크렘린의 마법사

LE MAGE DU **KREMLIN**

Пригожин　Путин　Березовский　Ксения

크렘린의 마법사

줄리아노 다 엠폴리 지음 | **성귀수** 옮김

책세상

이 소설은 실제 사실과 실존 인물을 기반으로
저자가 각자의 삶과 발언을 상상해서 기술한 이야기다.
그럼에도 그 내용은 러시아의 진정한 역사로 이루어졌다.

알마를 위하여

인생은 연극이다.

진지하게 연기해야 한다.

—알렉상드르 코제브

1

그에 관해서는 오래전부터 여러 얘기가 나돌았다. 아토스산 수도원에 처박힌 채 돌벽과 도마뱀들 틈에서 기도에 정진하고 있음이 분명하다느니, 코카인에 찌든 모델들에 둘러싸여 몸부림치는 것을 소토그란데 별장에서 직접 목격했다느니. 그런가 하면 샤르자공항 활주로와 돈바스 민병대 사령부 또는 모가디슈의 폐허 속에서 그의 족적을 발견했다는 주장도 있었다.

바딤 바라노프가 차르의 고문직을 내려놓은 후부터, 그와 관련한 이야기들이 잦아들기는커녕 폭증했다. 가끔 있는 현상이긴 하다. 힘 있는 사람 대부분은 현재 머무는 직위로부터 자신의 아우라를 끌어낸다. 그러다가 직위를 잃으면, 그건 마치 붙잡고 있어야 할 무언가를 놓치는 것과 같다. 그때부터 그들은 놀이공원 입구에 서 있는 인형들처럼 바람이 빠져나간다.

어쩌다 길에서 마주치면, 어떻게 저런 사람이 그토록 대단하게 보일 수 있었는지가 의아할 정도다.

바라노프는 다른 부류에 속했다. 어떤 부류인지는 솔직히 나도 알 수 없지만 말이다. 사진 속 그의 모습은 단단하기보단 육중해 보이는 체격에, 거의 항상 어두운 색조의 약간은 넉넉한 정장 차림이었다. 얼굴은 평범하면서 살짝 어린애 같은 인상이고, 창백한 안색에 검고 뻣뻣한 머리는 마치 첫영성체에 임하는 아이처럼 가지런한 모양이었다. 사적인 자리에서 촬영한 동영상이 그의 웃는 모습을 보여주는데, 해맑은 웃음이 어리석음의 표시로 받아들여지는 러시아에서 그건 매우 희귀한 일이었다. 사실 그는 외모에 대해 전혀 관심을 두지 않는 듯했다. 정확하게 그의 직업이 거울을 원형으로 배치해 불티 하나를 마법으로 변화시키는 일임을 생각할 때, 흥미로운 점이 아닐 수 없다.

바라노프는 수수께끼로 둘러싸인 인생을 헤쳐 왔다. 거기서 어느 정도 확실하다 할 것은 차르에 대한 영향력을 확보했다는 사실뿐이다. 차르를 보필해온 지난 15년, 그는 권력을 구축하는 데 결정적인 공헌을 했다.

사람들은 그를 '크렘린의 마법사', '제2의 라스푸틴'이라 불렀다. 당시 그의 역할은 명확하지 않았다. 온갖 현안이 신속하게 처리될 때면 대통령 집무실에 늘 그 모습이 보이곤 했다. 비서관들이 따로 연락하는 것도 아니었다. 아마 차르 본인이 직통라인으로 그를 호출하는 모양이었다. 혹은 무엇이 문제인지 똑 부러지게 짚어내지 못하면서 다들 입만 나불거릴 때를 그가 놀라운 재능을 발휘해 정확히 포착해내는 것인지도 모른다. 이따금 누군가 그 자리에 동석하기도 했다. 잘나가는 장관이라든지 공기업 대표 같은 이. 하지만 모스크바에서는 누구도 알맹이 있는 발언을 하지 않는 것이 수 세기를 이어온 원칙이다 보니, 어쩌다 증인이 되어줄 사람이 나타나도 차르와 그 조언자가 벌이는 야간작업의 전모를 밝히기엔 역부족이었다. 다만 작업의 결과가 공개되는 일은 간혹 있었다. 어느 아침, 새로운 자본주의 시스템의 상징으로 통할 만큼 누구보다 유명하고 부유한 기업가를 검거했다는 소식에 러시아 전체가 화들짝 깨어난 것도 바로 그래서였다. 한번은 인민에 의해 선출된 연방의 모든 공화국 대통령들이 일거에 해직된 적이 있었다. 잠이 덜 깬 시민들에게 그날 아침 첫 방송은, 앞으로 다른 누구도 아닌 차르가 대통령을 임명할 것이라고 알렸다. 대부분 이런 밤샘 작업의 결과물은 눈에 잘 띄지 않았다. 사실상 치밀한 공정의 산물임에도 지극히 자연스러워 보이는 일련의 변화가 수년이 흐른 뒤에야 비로소 감지될 뿐이었다.

당시 바라노프는 아주 과묵한 편이어서 사람들 눈에 잘 띄지 않았고, 그 자신 역시 인터뷰 따위에 응할 마음이 조금도 없었다. 다만 그에게는 어떤 독특함이 있었고 이따금 글을 썼다. 짧은 에세이를 써 이름 없는 독립잡지에 게재하는가 하면, 군수뇌부에 보내는 군사전략 연구논문을 작성하고, 가끔은 러시아 최고의 전통을 살려 역설적인 재능이 발휘된 이야기를 집필하기도 했다. 그런 글들에 본명을 기입하는 대신, 그는 크렘린에서의 밤샘 작업이 낳은 새로운 세상에 대한 해석의 열쇠를 여기저기 암시적 표현들로 심어놓았다. 바라노프의 숨은 전략을 어떻게든 먼저 해독하려고 기를 쓰는 모스크바 관료 집단이랄지 외국 대사관들은 어쨌든 그렇게들 믿고 있었다.

이때 그가 뒤에 숨은 니콜라스 브랜다이스라는 필명이 훗날 혼란의 요인으로 가세했다. 더없이 열심인 사람들이 그 이름으로부터 요제프 로트의 별로 중요하지 않은 소설 속 그다지 비중도 크지 않은 인물의 존재를 끄집어낸 것이다. 타타르인, 이야기의 결정적인 순간 갑자기 나타났다가 사라지는, 데우스엑스마키나 같은 존재인 그가 이렇게 말하는 대목이다. '무엇이든 쟁취하려고 애쓸 필요 없다. 모든 게 썩었고 알아서 긴다. 그러니 버려라, 내려놓을 줄 알아야 하거늘, 중요한 건 그것이다.' 엄청 무심한 가운데서도 만사형통인 타타르인의 행태에 늘 촉각을 곤두세우는 로트의 소설 속 인물들처럼, 크렘린의 고위층과 이를 에워싼 자들은 바라노프가 무슨 생각을 하는지, 또 그를 통해 차르의 의중이 무엇인지를 밝힐 단서를 집요하게 찾아 나서는 것이었다. 표절을 진보의 토대로 삼고자 할 만큼 크렘린의 마법사에게 뭔가 절실한 임무가 있는 모양. 도대체 어디까지 자기 생각을 표명하고 있는지, 아니면 다른 이의 생각을 희롱하는 것인지를 알 수 없는 이유이기도 하다.

이런 애매모호함은, 니콜라스 브랜다이스의 단막극을 공연 중인 전위 소극장 쪽으로 사이렌과 경호원을 줄줄이 거느린 세단 여러 대가 위용을 뽐내며 쇄도하던 어느 겨울 저녁, 최고조에 달해 있었다. 은행가, 석유 재벌, 장관, FSB 소속 장성들이 사파이어와 루비를 잔뜩 처바른 애인들을 데리고 그때까지 존재조차 모르던 객석의 푹 꺼진 안락의자에 착석하고자 줄을 서는데, 하필 그날 공연은 처음부터 끝까지 은행가, 석유 재벌, 장관, FSB 소속 장군들의 문화적 허세와 강박을 조롱하는 내용이었다고. 어느 대목에선가 주인공이 이렇게 단언하고 있었다. '문명국가에서도 내전이 터질 수 있는데, 우리나라엔 자유시민이 없으니, 내전이 터진다면 그건 노예들끼리의 내전일 거요. 딱히 자유시민의 싸움보다 나쁘진 않지만, 그보다 역겹고, 더 비참하지.' 그날 저녁 객석에서 바라노프를 본 사람이 없었으나, 용의주도하게도 은행가들과 장관들은 극장이 떠나갈 듯 손뼉을 쳐댔다. 하긴 박스석 오른편 작은 원형 창을 통해 작가가 1층 일반석을 관찰하고 있었다는 주장을 펴는 사람들이 있긴 했다.

하지만 그런 유치한 장난거리로는 바라노프의 불안증이 가실 리 없었다. 언제부터인가 그와 조우할 기회를 가진 소수의 사람들로부터 갈수록 음울해지는 그의 성향이 거론되기 시작했다. 왠지 초조하고 지쳐 보이더라는 둥, 뭔가 엉뚱한 데 정신이 팔렸더라는 둥. 너무 일찍 발동이 걸렸던 사람이라 이제는 지겨워하더라는 것이다. 무엇보다 자기 자신에게. 그리고 차르에게도. 반대로 이쪽은 전혀 지겹지 않을뿐더러 다 이해해주고 있는데. 나아가 슬슬 얄밉기 시작하고 있는데 말이다. 이런 식이다. 뭐가 어째? 우리가 너를 여기까지 이끌어주었건만 감히 지겹다고? 요컨대 정치적 관계의 감정적 본질을 과소평가하면 안 되는 법이다.

적어도 바라노프가 자취를 감춘 바로 그날까지는 그랬다. 러시아 연방 대통령 정치고문의 해직을 알려온 건 크렘린으로부터의 짧은 메모였다. 그때부터 세상 여기저기서 확인되지 않은 간헐적 출현을 제외한 그의 행적은 일체 오리무중이 되어버렸다.

몇 년 후 내가 모스크바에 도착했을 때, 바라노프에 관한 기억은 희미한 그림자처럼 떠돌고 있었다. 특히나 크렘린의 비밀스러운 역량을 떠올리기에 적당하다 싶을 때면, 어엿한 육체를 떠난 그림자가 이곳저곳 출몰하는 것이었다. 윤곽을 가늠할 수 없는 새로운 시대의 불가해한 도시 모스크바가 예기치 않게 무대 전면으로 부상한 이상, 크렘린의 은퇴한 마법사는 우리 같은 외국인 중에서도 꽤 의미 있는 해설가들을 거느리게 되었다. 가령 BBC의 어느 기자는 다큐멘터리를 한 편 찍었는데, 전위연극의 기교를 정치의 영역에 도입한 장본인으로 바라노프를 지목하고 있었다. 그 동료 기자 한 명이 쓴 책에서 바라노프는 간단히 손가락 한 번 퉁기는 것만으로 사람이든 정당이든 나타나게도 사라지게도 만드는 마법사처럼 묘사되었다. 어떤 교수는 그를 주제로 논문을 발표했는데, 제목이 〈바딤 바라노프와 페이크 데모크라시의 탄생〉이었다. 최근 그의 활동이 너도나도 궁금한 것이었다. 차르에게 여전히 영향력을 행사해왔던 것인가? 우크라이나 전쟁에서는 어떤 역할을 수행했나? 지구 전체의 지정학적 균형과 관련해 획기적인 성과를 이룬 프로파간다 전략 구상에 그가 공헌한 점은 무엇인가?

나로 말하자면 이 모든 부질없는 열정을 일정한 거리를 두고 지켜보는 중이었다. 산 사람은 죽은 사람보다 언제나 내겐 덜 흥미롭다. 동시대인들과 지지고 볶으며 사느니 대다수 시간을 죽은 자들과 어울려 지낼 수도 있겠다는 생각이 들기까지, 나는 길을 잃고 세상을 헤매는 기분이었다. 다른 어디든 마찬가지였겠으나, 그때 모스크바에서 주로 도서관이나 기록물 보관소를 찾아다닌 건 바로 그 때문이었다. 주변 레스토랑이나 카페의 종업원들은 늘 혼자인 나의 존재에 조금씩 익숙해졌다. 오래된 책들을 뒤적이다 말고 겨울의 창백한 빛 속을 거니는가 하면, 매일 오후 저물 무렵 셀레즈네브스카야 거리의 온천 수증기로부터 나는 다시 태어나곤 했다. 밤에 키타이고로드의 작은 술집은 내 등 뒤로 휴식과 망각의 문들을 너그러이 닫아주었고. 거의 어디서나 멋진 유령 하나가 함께 걸으며, 내가 몰입하는 일련의 사유를 위한 잠재적인 벗이 되어주고 있었다.

밖에서 볼 때 예브게니 자먀찐은 집시와 말 도둑들의 마을에서 태어나, 1905년 혁명에 참여한 죄로 차르 권력에 의해 체포, 유배당한 20세기 초 작가였다. 그는 호평받는 작가이면서 영국에서는 선박 기술자로 활동해, 쇄빙선을 여러 척 만들기도 했다. 1918년 볼셰비키혁명에 참여하기 위해 러시아로 돌아온 자먀찐은 노동자 계급의 낙원이 결코 이 시대의 당면 문제가 될 수 없음을 빠르게 깨달았다. 그래서 그는 《우리들》이라는 소설을 쓰기 시작했다. 이는, 과학자들이 평행우주의 존재에 관한 가설을 거론할 때, 과연 그것이 무슨 이야기인지를 우리에게 깨우쳐줄 경이로운 현상의 발현을 의미했다.

1922년에 자먀찐은 단순한 작가이기를 그만두고 시대의 동력이 되어 있었다. 건설 중인 소비에트 체제에 대하여 극렬한 비판의 글을 쓰고 있다 스스로 믿었기 때문이다. 그를 검열하는 자들도 그렇게 읽었고, 때문에 책의 출판을 금지했다. 그러나 사실 자먀찐의 발언은 그들을 향한 것이 아니었다. 자신도 모르는 사이 그는 한 세기를 뛰어넘어 지금 우리 시대를 직격했던 것이다. 《우리들》이라는 논리가 통치하는 사회를 그리고 있었다. 거기선 모든 것이 숫자로 전환되는 가운데 개인의 삶은 최대치의 효율을 위하여 극미한 부분까지 일일이 조정되었다. 무자비하지만 안정을 가져다주는 독재체제가 작동하면서 누구라도 버튼 하나만 누르면 시간당 소나타 세 곡을 만들어낼 수 있었고, 이성 간 관계는 자동제어장치로 통제되어 가장 적합한 상대가 결정되고 그들 사이의 짝짓기가 가능했다. 자먀찐의 세계에선 모든 것이 투명하다 못해, 예술작품처럼 장식된 진동막膜이 거리를 오가는 보행자들의 대화를 녹음했다. 투표가 공개된 행위여야 함은 물론이다. 중요 인물인

17

D-503이 한번은 이런 말을 한다. '옛사람들은 투표를 비밀리에 신속히 해치웠다고 하더군, 마치 도둑질처럼 말이야. 그렇게 몰래 해서 무얼 어쩌겠다고. 비밀이란 게 말 그대로 지켜진 적이 없잖아. … 우린 말이야, 아무것도 숨기지 않아. 부끄러울 게 전혀 없거든. 우리는 백주에 모든 걸 드러내놓고 정직하게 선거를 치르지. 그래서 모두가 후원자에게 투표한다는 것을 나는 알아. 내가 후원자에게 투표한다는 것을 모두가 알지.'

자먀찐이란 존재를 발견하고부터 나는 그를 강박적으로 읽었다. 그의 작품은 우리 시대의 모든 문제를 집약해놓은 것처럼 보였다. 《우리들》이 묘사하는 세상은 다름 아닌 소비에트 연방. 무엇보다 모난 데 없이 매끈한 세상과 그 알고리듬, 건설 중인 총체적 매트릭스와 더불어 이를 마주하는 우리네 원시적인 두뇌의 치유 불가능한 궁핍을 이야기하고 있었다. 자먀찐은 한마디로 오라클이었다. 그는 단지 스탈린을 겨냥해 말하는 것이 아니었다. 중국 일당체제의 고위 관료들, 실리콘밸리를 주무르는 소수의 지배자들, 미래의 모든 독재자가 그의 표적이었다. 그의 책은 지구를 뒤덮기 시작한 디지털 벌통에 대항할 최종 병기이며, 그 지구를 끄집어내 올바른 방향을 지향케 하는 것이 나의 의무였다. 문제는 내게 가용한 수단이 마크 저커버그도 시진핑도 떨게 만들 수준은 되지 못한다는 점이다. 자먀찐이 스탈린을 피해 파리에서 생을 마감했다는 사실을 내세워, 나는 그에 관한 연구에 자금을 지원하도록 내 소속 대학을 설득하는 데 성공했다. 한 출판사가《우리들》의 재출간 계획에 느슨하게나마 관심을 표명했고 내 친구인 다큐멘터리 프로듀서는 이를 소재로 뭔가 만들어보자는 아이디어가 나쁘지 않다고 했다. "네가 모스크바에 있는 동안 자료 조사를 해봐." 9번가 어느 술집에서 네그로니를 홀짝이며 그가 말했다.

그런데 모스크바에 도착해 이 비정한 도시가 아르바트와 페트로브카의 꽁꽁 언 골목길을 누비며 매일 느꼈던 것과 같은 미묘한 감흥을 유발한다는 사실을 발견하고부터 나는 내 임무에서 멀어져갔다. 스탈린적인 완강한 파사드의 침울한 기운은 귀족의 고택古宅들에서 우러나는 창백한 불빛에 가려 자취를 잃어가고, 끝없는 검은색 세단 행렬의 바퀴에 짓밟혀 진흙탕이 되어버린 눈은 지난 시대를 두런두런 이야기하는 작은 정원과 마당들을 만나 순수함을 되찾고 있었다.

그 모든 시간의 흐름, 자먀찐의 스무 살 생애와《우리들》이 그려내는 디스토피아적 미래, 도시에 각인된 스탈린의 상흔과 혁명이 일어나기 전 모스크바의 조금은 더 다정한 모습들이 내 안에서 교차하는 가운데, 정상적인 삶의 조건을 이루는 시차時差가 형성되고 있었다. 그렇더라도 주위에서 벌어지는 일에 내가 전적으로 무관심해진 건 아니었다. 당시 나는 신문 읽기를 그만둔 상태였는데, 사회 관계망 서비스는 그런 나의 정보에 대한 일정한 욕구를 풍부하게 채워주었다.

내가 팔로잉한 러시아인 프로필 중에는 니콜라스 브랜다이스라는 인물이 특히 주의를 끌었다. 크렘린의 마법사라기보다는 카잔의 원룸에 처박힌 대학생 느낌이었으나, 나는 의혹의 눈으로 그를 읽어나갔다. 러시아에서는 아는 게 하나도 없으니, 참고 적응해나가든지 그게 싫으면 떠나야 한다. 대단한 노동은 아니었다, 브랜다이스는 열흘이나 보름에 한 번꼴로 문장 하나를 올리곤 하니까. 시사 문제를 논하는 일은 없었다. 문학적인 글 조각을 각색한다든지, 노래 가사를 끌어 쓰거나 《파리 리뷰》를 참조해, 카잔의 대학생이라는 가설에 힘을 실어주는 정도였다.

'낙원에서는 모든 게 허용된다, 호기심만 빼고.'

'친구가 죽으면 땅에 묻지 마라. 조금 물러나 지켜보라. 독수리들이 날아들 것이고 너는 새로운 친구들을 얻게 되리라.'

'건강한 가정이 진부함을 이기지 못해 어떻게 지리멸렬하는지를 지켜보는 것보다 세상에 더 서글픈 일은 없다.'

젊은이는 다소 침울한 성향이지만, 현지 분위기에 무난히 적응하고 있었다.

하루는 저녁에 늘 가는 술집으로 향하는 대신, 나는 집에 틀어박혀 책을 읽었다. 독일 전쟁포로들을 동원해 모스크바 시민 수준에 부응하도록 지어낸, 요컨대 압제의 단단한 토대를 기반으로 한 부르주아적 권세와 안락의 상징과도 같은 50년대식 아름다운 건물 마지막 층에 나는 방 두 개를 빌려 살았다. 신경질적으로 내리치는 눈발 속에 도시의 오렌지색 불빛들이 창문마다 흐릿하게 번졌다. 여기저기 쌓인 책들 하며 패스트푸드 상자들과 반쯤 빈 포도주병이 평소 나의 성향을 반영하는 즉흥적 분위기로 아파트 내부를 지배했다. 이에 퇴폐적인 색채를 더하는 마를레네 디트리히의 음성은 당시 내 즐거움의 주요 자산이던 이방인의 감정을 강화해주고 있었다.

자먀찐을 놔두고 나보코프의 소설로 옮겨가 보지만, 늘 그렇듯 나는 곤한 잠에 빠져들곤 했다. 몽트뢰 팰리스 투숙객의 취향은 내겐 너무 섬세한 것이었다. 의식하지 못하는 사이, 2분마다 나의 시선은 책을 벗어난 위안거리를 찾았고 사악한 태블릿에 어김없이 날아가 꽂혔다. 거기 화를 돋우는 각종 현안과 코알라 이미지들 사이를 헤매다가, 문득 이런 문장이 눈에 들어왔다. '반짝이는 공기로 엮은 투명한 벽, 빛이 범람해 모두가 들여다보는 그 안에 우리가 살아간다. 우리는 서로에게 감출 것이 없다.' 자먀찐이다. 내가 켜놓은 르필닥튀* 채널에 그가 불쑥 등장하니 망치로 한 대 얻어맞는 느낌이다. 거의 자동으로 나는 브랜다이스의 트윗에 《우리들》에서 끌어온 다음 문장을 댓글로 올렸다. '나아가, 이는 관리자들의 고귀하면서도 고된 노고를 덜어준다. 그렇지 않다면, 무슨 일이 벌어질지 누가 알겠는가.'

다시 책을 읽어야 한다는 생각에 나는 방을 가로질러 태블릿을 던졌다. 다음 날 아침, 복수하듯이 쿠션 밑을 뒤져 녀석을 회수하려는데, 그 지긋지긋한 물건이 새 메시지의 수신을 내게 알려왔다. '프랑스에서 아직도 Z가 읽히는 줄은 몰랐는걸.' 브랜다이스가 이 글을 쓴 건 새벽 3시. 나는 아무 생각 없이 답글을 달았다. 'Z는 우리 시대 비밀의 왕이지.' 그러자 질문이 올라왔다. '모스크바에는 얼마간 머무시나요?'

잠깐 망설였다. 이 어린 학생이 어떻게 내 이동 경로를 알았을까? 하긴 지난 몇 주에 걸친 내 트윗으로부터 유추해냈을 법하다. 아마 행간을 읽다가 내가 이곳에 있음을 간파했겠지. 아직 정확히는 모르겠다 답하고는, 고독한 존재의 일상을 이어가기 위해 나는 도심의 차가운 공기 속을 파고들었다. 방으로

* Le Fil d'Actu. 정치·사회·경제 분야 시사평론 유튜브 채널.

돌아오자, 새 메시지가 기다리고 있었다. '여전히 Z에 관심이 있다면, 당신에게 보여줄 것이 있습니다.'

그래? 나야 손해날 것 없지. 문학 좋아하는 대학생 하나 알아두는 셈 치면 된다. 이따금 침울한 기분이 엄습해도, 보드카 몇 잔이면 보통은 해소되는 문제다.

2

　자동차가 시동을 건 채 길가에 정차 중이었다. 검은색 메르세데스 최신 모델, 모스크바의 기본 이동 수단이다. 건장한 사람 둘이 차 밖에서 조용히 담배를 피우고 있었다. 나를 보자 그중 한 명이 차 뒷문을 열어주고는, 자신은 조수석으로 가서 착석했다.

　나는 어떤 대화 시도도 하지 않았다. 이런 경우 무의미한 대꾸밖에 돌아올 것이 없음을 경험으로 알고 있었다. 현지인들은 이들을 '패치'라 부르는데, 각자 경호대상자에게 바짝 붙어다녀야 한다는 의미다. 말이 별로 없는 이들의 태도는 주위에 안정감을 조성한다. 매주 한 번 각자 어머니 집에서 저녁식사를 하는데, 그때마다 꽃다발과 초콜릿 한 상자를 들고 간다. 기회 있을 때마다 자식들의 금발을 쓰다듬어주기도 한다. 세차까지는 못 해도, 아기자기한 병뚜껑을 수집하는 자들도 일부 있다. 세상 그 누구보다 평화적인 사람들이다. 드물게, 그렇지 않을 때를 빼고 말이다. 그건 또 다른 문제니까. 지금은 얘기가 샛길로 빠지지 않는 것이 좋겠다.

사랑받는 도시의 인상이 눈앞을 빠르게 스쳐 지나고 있었다. 제국의 거대한 수도 중에서도 가장 아름답고 가장 서글픈 도시, 모스크바. 그 뒤로 어둡고 깊은 숲이 나타나는가 싶더니, 이미 내 머릿속에선 중단 없는 숲의 파노라마가 시베리아까지 뻗어나가고 있었다. 현재 위치는 전혀 알 수 없었다. 내 휴대전화는 차에 올라탔을 때부터 기능 정지 상태였다. 다만 GPS가 도시 반대편 극점으로 우리의 위치를 집요하게 송신하고 있을 뿐이었다.

어느 순간, 우리는 주도로를 벗어나 숲으로 난 샛길로 들어섰다. 이전까지 주행 도로를 달리던 기세 그대로, 숲속 오솔길에서도 자동차 속도는 거의 줄지 않았다. 러시아 운전기사는 아주 평범한 사태, 이를테면 늑대 무리와 마주치는 정도로 겁먹을 위인이 아니라는 말을 듣고 싶은 게다. 그리 오랜 시간은 아니지만, 음울한 예감을 살찌우기엔 충분할 만큼 우리는 계속 어둠을 파고들었다. 그때까지 나를 가지고 놀던 호기심이 어떤 불안감에 자리를 내어주고 있었다. 러시아에서는 대개 무사히 지내기 마련이나, 한번 일이 터지면, 정말 심각할 수 있다는 생각이 드는 것이었다. 가령 파리에서 당신에게 일어날 수 있는 참사라고 해봐야 과대 평가된 레스토랑을 만나든가, 어여쁜 아가씨의 무시하는 눈빛 아니면 벌금을 물어야 할 경우에 직면하는 것이 고작이다. 반면 모스크바에서 각오해야 할 불쾌한 경험의 스펙트럼은 어마어마하게 넓다.

우리는 어느 대문 앞에 도착했다. 초소 안에서 경비가 어중간한 손짓으로 경례한다. 그제야 메르체데스는 조금 얌전하게 구르기 시작했다. 자작나무 사이로 보이는 작은 호수에 백조 몇 마리가 밤을 향한 물음표처럼 떠다니고 있었다. 마지막으로 방향을 바꾼 차는 흰색과 노란색이 어우러진 신고전주의 양식의 웅장한 건물 앞에 멈추어 섰다.

차에서 내리자 올리가르히*의 저택이라기보다는, 알스터 호숫가에 자리한 함부르크의 여느 건물 앞에 내가 서 있는 느낌이었다. 그곳은 의사, 변호사, 아니 은행가일 순 있으나 과시욕이라고는 거의 없이 일에만 몰두하는 칼뱅주의자의 거주지였다. 입구에는 벨벳 복장의 노신사가 주저하는 표정으로 서

* 러시아의 독점 지배체제를 이끄는 신흥 재벌.

있었는데, 이곳까지 과격하게 운전해 온 다혈질 두 명과는 뚜렷한 대조를 이루고 있었다. 후자가 방금 떠나온 가혹하면서도 빛나는 도시에 속한 존재인 반면, 집사인 듯한 전자의 약간 피곤해 보이는 얼굴은 좀 더 유서 깊은 사적 공간을 담당하게끔 주인에 의해 선택된 사람으로 보였다.

안으로 들어서자, 코르크 벽으로 둘러싸인 대기실이 손님을 맞았다. 그곳 역시 다른 데선 한창 유행인 현대적 양식과는 거리가 멀었다. 맥없는 안내자를 따라 이런저런 방들을 지나는 동안, 상감세공을 한 수많은 가구와 불 밝힌 대형 촛대들, 금빛 액자와 중국산 양탄자가 만들어내는 따스한 분위기에 반투명 유리창과 장식 가득한 대형 도자기 난로가 가세하고 있었다. 집의 문턱을 넘자마자 감지한 엄격하게 조화된 느낌은 서재에 도착할 때까지 이 방 저 방을 지나면서 점점 더해갔다. 집사는 《전쟁과 평화》의 등장인물에게나 어울릴 화려한 디방**에 앉을 것을 손짓으로 권했다. 맞은편 벽에 걸린 초상화 속 노인이 궁정 어릿광대 복장을 한 채 조롱의 곁눈질을 내게 보내고 있

** 쿠션은 있으나 등받이나 팔걸이가 없는 긴 의자. 《전쟁과 평화》의 시대적 배경인 19세기에 유행했다.

었다.

황홀함과 동시에 약간은 어리둥절한 기분으로, 나는 주위를 둘러보았다. 보통은 사람을 방심하게 만들 호사스러운 분위기가, 이곳에선 힘과 안정감을 조성하고 있었다.

"무얼 기대하셨나요, 황금 수도꼭지라도?"

바라노프가 미소를 지었다. 빈정대는 투는 아니었고, 타인의 사고를 제어하는 데 익숙한 사람으로서 침착하기만 했다. 그는 아무 예고 없이, 아마도 옆문으로 불쑥 나타났다. 고가로 보이는 어두운 색의 부드러운 실내복 차림이었다. 더듬대며 대꾸하려 했으나, 러시아인은 그런 나를 안중에 두지 않았다.

"제 하루 일정표를 양해해주시기 바랍니다. 습관이 잘못 들었는데, 아직 벗어나지 못하고 있어요."

"여기서 혼자만 그런 것도 아닌데요."

활기 넘치는 모스크바의 밤을 생각하며 던진 말이었으나, 순간 나는 그 말이 차르의 습관을 암시하는 소리로도 들릴 수 있음을 자각했다.

스치는 생각 하나가 그의 무거운 눈빛을 가로지르는 듯했다.

"어쨌든 여기 생활은 즐거워요. 멋진 곳입니다."

말을 마치기 무섭게 내게로 와 꽂히는 바라노프의 시선을

새삼 느꼈다. 마치 이렇게 말하는 듯했다. '보통 사람들처럼 따분한 말이나 늘어놓으려고 예까지 온 건가?'

러시아인은 우두커니 서 있다 말고, 방금 들어온 문 쪽으로 걸어가며 말했다.

"그러니까 자먀찐 독자시군요. 따라오시죠, 보여드릴 게 있습니다."

우리가 건너간 방은 벽면 가득 방대한 서가로 빼곡했는데, 베네딕투스 수도원이라 해도 어울릴 만했다. 육중한 벽난로 속 이글거리는 불꽃이 수많은 고서를 비추는 가운데, 서가 전체가 번쩍번쩍했다.

"고서 수집이 취미인 줄은 몰랐습니다."

명백해 보이는 사실은 일단 입에 올리고 본다.

"수집하는 게 아닙니다. 읽지요. 둘은 아주 다른 문제랍니다."

러시아인은 살짝 짜증 난 듯했다. 자고로 수집가들이란 치졸한 자들로, 현실적으로 불가능한 통제력에 대한 강박을 살아가는 사람들이다. 바라노프는 자신이 그런 사람 중 하나라고는 전혀 생각하지 않고 있었다.

"사실 전부 제 손때가 묻은 책이라곤 할 수 없지요. 상당수는 할아버지로부터 물려받았으니까."

순간 노골적으로 놀라는 티를 낼 뻔했다. 고서 가득한 하나의 서가를 누군가에게 물려준다는 것은 적어도 소비에트연방 체제 내에서 결코 자연스러운 일이 아니었던 것이다.

"한데, 발견한 사람이 저랍니다."

보아하니 굳이 설명을 보탤 기분은 아니었다. 대신 가죽으로 된 서류 가방에서 누르스름하게 변색한 종이 몇 장을 꺼내 내게 내밀며 말했다.

"한번 보세요."

1931년 6월 15일 모스크바. 키릴문자로 적은 편지였다. 나는 읽기 시작했다.

친애하는 이오시프 비사리오노비치

지금 이 글을 쓰는 사람은, 중형에 처해진 자로서, 이를 감형해줄 것을 당신에게 청합니다. 내 이름은 아마 당신도 알고 있을 것입니다. 작가인 나 같은 사람에게, 글을 쓰지 못한다는 것은 곧 죽음과도 같은 것입니다.

잠깐 눈을 들자, 계속 읽을 시간을 주겠다는 듯, 바라노프는 책을 뒤적이는 척했다.

"자먀찐이 스탈린에게 보낸 편지 원본입니다. 소련을 떠나도록 허락해달라 청하면서 쓴 글이죠."

사람을 보지 않고 늘어놓는 러시아인의 설명을 듣고 나서도 나는 오랫동안 그를 뚫어져라 쳐다보았다. 당장 손에 들고 있는 것의 실체를 도저히 믿을 수 없었다. 마침내 정신을 추슬러, 나는 다시 편지를 읽어나갔다.

나는 무고하다고 주장하지 않습니다. 당장 유리한 말을 하기보단 진실이라고 생각하는 것을 말하는, 아주 무모하기 짝이 없는 나의 버릇에 대해서 나 자신도 잘 압니다. 소위 문학적 노예근성이라는 것, 아첨이랄지 수시로 변신하는 카멜레온에 대한 나의 자세를 감춘 적이 없지요. 나는 그런 것들이 글을 쓰는 작가에게나 혁명을 위해서나 품위를 심각하게 훼손하는 일이라고 생각합니다.

나는 한동안 편지를 읽는 데 푹 빠져 있었다. 다시 눈을 들었을 때, 바라노프는 나를 주시하고 있었다.

"예술가가 스탈린에게 보낸 가장 아름다운 탄원서 중 하나입니다. 자먀찐은 결코 숙이지 않지요. 이탈한 볼셰비키로서 진정성 있게 발언하고 있습니다. 그는 차르의 군대에 맞섰고, 유형에서 살아남았으며, 혁명하기 위해 돌아왔습니다. 단 하

31

나 문제라면, 그가 모든 걸 너무 빨리 이해해서, 일찌감치 글로 써버리는 경솔함을 저지른다는 점이죠."

최근까지 빈번하게 작가의 글을 조회해온 나는 이쯤에서 끼어들 필요가 있음을 느꼈다. 나는 예술과 권력 사이의 어쩔 수 없는 긴장 관계랄지, 자먀찐의 떠돌이 기질, 아무리 혁명적이라도 이념의 승리란 자동으로 세속화의 길을 걷기 마련이라는 그의 신념을 뻔한 수사修辭에 실어 두서없이 입에 올렸다. 바라노프는 학년말 발표회를 빠지지 않고 참관해주는 가족 친구의 자상한 태도로 나를 바라보고 있었다. 그러다 내 이야기 소재가 바닥을 드러내는가 싶자, 다시 입을 열었다.

"그래요, 맞습니다. 그런데 저는 뭔가 더 있다고 생각해요. 자먀찐은 스탈린을 멈춰 세우고자 했던 겁니다. 그는 이 자가 정치인이 아닌 예술가임을 익히 알고 있었어요. 미래가 두 가지 정치적 비전의 경쟁이 아닌, 두 가지 예술적 프로젝트에 따라 작동한다는 사실을 말이죠. 1920년대 자먀찐과 스탈린은 주도권을 놓고 서로 경쟁하는 전위예술가였습니다. 당연히 서로 가용한 힘에서 상대가 되지 않죠. 스탈린이 인간의 피와 살로 이루어진 물감을 사용해, 거대한 국가라는 화폭에 그림을 그리면, 관객인 전 지구인이 경외심에 가득 차 수많은 언어로 그의 이름을 읊어대니 말입니다. 시인이 상상 속에서나 이루어보는 것을 데미우르고스는 역사의 무대에 그대로 구현하자 주장합니다. 이 싸움에서 거의 완벽하게 고립된 자먀찐은 그럼에도 새로운 질서에 저항할 것을 모색합니다. 그는 스탈린의 예술이 결국에는 집단 수용소로 귀결되리라는 것을 알고 있습니다. '신인간'의 삶을 통제할 계획 속에 이단을 위한 자리는 없으니까요. 엔지니어임에도 자먀찐이 문학과 연극과 음악을 무기로 투쟁하는 이유가 바로 거기 있습니다. 그는 권력이 강제로 불협화음을 압살할 경우, 사회 전체가 굴라크로 전락하는 것은 시간문제임을 알고 있습니다. 비정상적인 화음이 억압당한다면 머잖아 세상은 박자 맞춘 행진을 위한 공간밖에 남지 않겠지요. 새로운 사회의 이념에 부합하지 않는 단조의 음정은 계급의 적이 될 것입니다. 장조! 오로지 장조입니다! 모든 길은 장조로 통합니다! 원래 가사가 없는 음악조차 가사에 철저히 종속되는 음악이 될 것이며, 마르크스레닌주의 영광을 기리지 않는 교향곡은 단 하나도 작곡되지 않을 겁니다."

마지막 말을 하면서 처음으로 러시아인의 목소리에 일말의 감정이 묻어났다. 단순히 역사적 사건을 논하고 있지 않은 눈치였다.

"자먀찐이 친구인 쇼스타코비치를 설득해 〈므첸스크의 맥베스 부인〉을 작곡하도록 한 이유가 무어겠습니까, 다름 아닌 소련의 미래가 바로 그 작품의 공연에 달렸음을 알기 때문이지요. 기획된 질서에 저항하는 개인의 독자적 가치를 다시 끌어들이는 것이 정치적 심판과 숙청을 물리칠 유일한 방법이라는 사실 말입니다. 3막이 끝난 뒤 화난 스탈린은 자리를 박차고 볼쇼이 극장 밖으로 나갔습니다. 작곡가와 등장인물의 자유가 자신의 권력, 자신의 예술가적 세계 전략에 대한 정면 도전임을 알기 때문이었죠. 그는 곧바로 《프라우다》에 저 유명한 기사를 게재토록 지시했습니다. 등장인물들에게 너무 많은 여지를 허용해, 결국 '야수 같은' 행태를 보이도록 만들었다며 작곡가를 비난하는 내용이었습니다. 스탈린의 작품에서 야수 본능을 위한 공간은 오로지 1인에게만 허용됩니다. '꿈을 꾸어야 한다'라는 레닌의 지령을 문자 그대로 실행하되, 유일하게 허용되는 꿈은 스탈린의 꿈인 것이죠. 다른 모든 꿈은 제거되어야 합니다."

바라노프는 잠시 숨을 돌렸다. 우리가 있는 방의 안락한 기운이 지금 거론되는 까칠한 사안들과 묘한 대조를 이루고 있었다.

그가 말을 이었다.

"생각해보면, 20세기 초반은 스탈린, 히틀러, 처칠 같은 '예술가들의 거대한 격돌'이라고밖에 정의할 수 없겠어요. 그다음으로 도래하는 것이 관료의 시대입니다. 세상이 쉬어가고자 했던 것이죠. 그런데 이제 예술가들이 돌아온 겁니다. 주위를 둘러보세요. 당신이 어디에 있든, 현실을 있는 그대로 묘사하지 말고 창조하라 떠들어대는 전위예술가들 천지입니다. 변한 것이 있다면, 그건 스타일일 뿐이에요. 옛날 예술가들 대신 이제는 리얼리티쇼의 등장인물들이 설칩니다. 단, 원리는 그대로죠."

"당신도 그들 중 하나입니까?"

"천만에요. 한동안 월급쟁이 노릇을 했지만, 지금은 은퇴했어요."

"아드레날린이 부족한 건 아니고요?"

"이보세요, 아침에 일어나 커피를 마시고 딸내미를 학교에 데려다주는 것보다 중요한 일은 세상에 없어요. 분명히 말하지만, 인생에서 조금이라도 더 나은 어떤 것을 원해 본 적이 없다고 생각해요. 그래도 때가 되면, 보통은 원하는 것을 손에 넣기 일쑤였지만. 지금은 원하는 게, 저런 것 말고는 아무것도 없어요."

바라노프는 서가를 비롯해 오래된 목재 지구의, 벽난로 속 이글거리는 불꽃을 손으로 가리켰다.

"사람들이 저런 걸 어떻게 받아들였을까요?"

"어떻게 받아들였기를 바라나요? 물론 좋지 않게 받아들였겠죠. 수족관*에서는 도둑질, 살인, 반역 모두 용서됩니다만, 이탈은 그렇지 않습니다. 맙소사! 설마하니 우리 입장에 살인도 불사할 무언가를 기대하는 건 아니겠죠? 크렘린의 아첨꾼들이 그런 당신을 용인할 리가 없어요."

"차르는 어떨까요?"

"차르는, 또 다른 차원입니다. 그분은 사안별로 살펴서 용인하지요."

빈정거리는 빛이 러시아인의 어두운 눈동자를 가로질렀다.

"현재 회고록을 작성 중이신가요?"

"그런 생각은 조금도 하고 있지 않습니다."

"하지만 할 이야기가 있을 텐데요!"

"권력의 진짜 게임은 어떤 책으로도 담아낼 수 없을 거예요."

"책으로만 이야기할 수 있다는 주장도 가능하죠."

눈동자 속에 옅은 그림자가 머물다 사라졌다. 바라노프는 미소를 지으며 대꾸했다.

* '크렘린'을 빗댄 표현.

"맞는 말씀입니다. 그럼 문장을 이렇게 수정하죠. '내가 쓴 그 어떤 책도 권력의 진짜 게임을 담아내지 못할 것이다.'"

"당신에게 권력이란 무엇입니까?"

"질문이 너무 직설적이군요. 권력이란 태양과도 같고, 죽음과도 같은 것입니다. 정면으로 마주 볼 수가 없는 대상이에요. 특히 러시아에서는 그렇습니다. 하지만 어차피 여기까지 오셨으니, 시간 여유가 좀 있다면, 제가 이야기를 하나 해드리지요."

바라노프는 몸을 일으켜 크리스탈 병에서 위스키 두 잔을 따랐다. 그중 한 잔을 내게 건넨 뒤, 그는 가죽 안락의자에 다시 앉았다. 잠시 나를 뚫어져라 바라보던 그의 눈길이 자기 잔 위로 내려앉았다.

"할아버지는 대단한 사냥꾼이었습니다."

그가 천천히 입을 열었다.

3

"할아버지는 대단한 사냥꾼이었습니다. 집에서 하인의 시중 없이는 잠옷도 잘 갈아입지 않는 분이 늑대를 잡기 위해서는 별빛 찬란한 숲을 며칠 밤 쏘다닐 정도였으니까요. 혁명이 일어나기 전 사냥은 단지 오락거리에 불과했습니다. 그는 법학을 공부했고 차르의 관료체제 안에서 어떻게든 자신의 입지를 다져갈 사람이었어요. 한데 볼셰비키가 권력을 빼앗자, 그에게는 사냥이 남은 겁니다. 본인은 인정하지 않았겠지만, 사실상 그로 인해 자유의 몸이 된 거나 다름없죠. 그는 공산주의자들을 혐오했어요. 그 지도자들 이름을 따서 개 이름을 붙여줄 정도였으니까. '이리 와, 몰로토프!', '엎드려, 베리아!', 이런 식으로. 다행히 그는 혼자 살았고, 아무도 그런 그를 고발하지 않았습니다. 다만 아버지는 아이 때부터 할아버지가 얼마나

괴상한 사람인가를 실감했답니다. 창피했던 거죠. 어쩌면 좀 무서웠지 않나 생각합니다. 당시 세상 돌아가는 분위기를 고려할 때, 충분히 그럴 만도 했죠. 할아버지 자신은 될 대로 되라는 식이었어요. 아니, 만사형통이었다고나 할까. 언제부터인가 사냥에 관한 책을 쓰기 시작했답니다. 개를 훈련하는 방법, 사냥감의 흔적을 찾아내는 방법 등등. 그에 이런저런 일화를 첨가하고, 열정을 함께한 괴짜들을 묘사한다든가, 여기저기 투르게네프를 인용하는 겁니다. 독자들이 찬사를 보내왔어요. 그가 쓴 책들에서는 옛 시절의 가벼운 감성이 느껴지면서도 제한된 영역에 국한되어, 권력의 눈에 용인할 만한 것으로 비친 겁니다. 시간이 지나면서 할아버지는 일종의 권력이 되었어요. 1954년 캅카스 지역에 늑대가 창궐하자, 이를 제압할 정부원정대 수장으로 할아버지가 임명된 거죠. 사실상 공무원이 된 건데, 그의 태도는 하나도 바뀌지 않았습니다. 그에게는 러시아 귀족 특유의 무례함이 있었어요. 비꼬는 말투를 포기하느니, 차라리 목을 매달 사람이었습니다.

내가 어렸을 때, 할아버지가 아버지를 놀렸던 기억이 있어요. '잘했다, 콜랴! 계속 그렇게 하면 5월 9일* 퍼레이드 내내 브레즈네프가 너를 무릎에 앉히겠구나!'라든가, '당 간부들이 두 부류로 나뉘는 건 너도 알지? (네, 아빠. 전에 얘기해주셨어요.) 하나는 아무 쓸모 없는 자들, 다른 하나는 물불 안 가리는 자들이지. 너는 둘 중 어느 쪽인지 궁금하구나, 콜랴!'

아빠는 진저리를 쳤지요. 그런 데 관여할 마음이 전혀 없었거든요. 내 생각에 아버지는 어렸을 적부터 골치 아픈 일은 멀리하자는 주의였던 것 같아요. 한데 때가 되자, 개혁자들과 어울리더니 곧장 콤소몰**에 입단하는 거였어요. 아마도 뿌리가 귀족인 자기 부친의 반동적 성분을 대신 사과하는 의미였을 것 같습니다. 그렇게 그는 보통 사람이 되고자 했어요. 나는 이해할 수 있습니다. 그 또한 그만의 방식의 저항이었던 거예요. 만약 당신이 그처럼 상식을 벗어난 사람 곁에서 성장해야 한다면, 유일하게 가능한 반항은 순응주의를 고수하는 것뿐이죠.

어쨌든, 매해 여름이면 나는 시골 할아버지 댁으로 보내졌습니다. 그는 마을 외곽 포플러로 지은 일종의 이즈바***에 살고 있었어요. 밖에서 볼 때 시골 분위기가 물씬 풍겼습니다. 집

* 독소전쟁 전승 기념일.
** 소비에트 공산당 청년조직.
*** 러시아 전통 농촌 통나무집.

주위로 오이와 감자가 열리고, 장과 덤불과 사과나무를 거느린 채소밭이 자리했고요. 녹이 심해 네바강 바닥에 수백 년 가라앉은 걸 꺼낸 듯한 철제 의자 몇 개가 작은 테이블을 에워싸고 있었습니다. 하지만 일단 집 안으로 들어가면, 왠지 할아버지가 과거 분위기를 어느 정도 되살려놓는 데 성공했다는 느낌이었어요. 그렇다고 비좁은 거실이나 식당이 호화스러운 가구로 들어찼더라는 얘기는 아닙니다. 다만 조용한 번영이랄까, 시대와는 전혀 어울리지 않는 어떤 기운이 사모바르****에서 우러나는 차 향기 감도는 공기 속을 떠도는 것이었습니다. 사냥의 전리품과 모피가 넘쳐나는 가운데, 소형 중국 조각상과 분석糞石, 자작나무 테이블의 호화장정 서적 몇 권이 전자의 위세를 누그러뜨리듯 집주인의 조금은 섬세한 배려 속에 이곳저곳 자리를 차지하고 있었습니다. 이성과의 공존에 대한 할아버지의 깊은 혐오를 잊었다면, 아마 그 우아한 분위기에서 나는 여성의 존재를 주저 없이 탐지했을 겁니다. 할아버지의 아내 즉, 아버지의 엄마는 스물세 살 나이에 복막염으로 돌아가셨는데, 그 사건이 그분 정서적 삶의 책장을 단번에 닫아

**** 물을 데우고 끓이는 데 쓰는 러시아 전통 주전자.

버린 것 같았어요. 어느 정도 소개할 만한 여자 친구가 몇 명 찾아온 적은 있었죠. 하지만 그중 어떤 여자도 사냥과 문학, 빈정대는 말투와 퍼마시는 술로 이루어진 이 남성적 우정의 전당에서 몇 시간을 채 버티지 못하고 떠나갔답니다.

그나마 자카르와 니나가 집안일을 봐주고 있었어요. 공식적으로는 콜호스*에서 일한다지만, 사실 이들 시골 부부는 이 집 저 집 다니며 하인 노릇을 해주는 사람들이었습니다. 할아버지는 대단한 기수였지만, 자동차 운전은 할 줄 몰랐어요. 그가 어디 외출할 일이 있을 때, 자카르는 낡은 볼가를 몰고 나와 일일 운전기사가 되어주었지요. 그때마다 할아버지가 베푼 유일한 배려라면 뒷좌석이 아닌 옆좌석에 민주적으로 착석하는 것이었습니다. 기껏해야 마실 나가는 수준이었지만, 그와의 동행은 늘 엄청난 고역이었습니다. 항상 그에게만 닥칠 어떤 상황들이 전개되었거든요. 지난 시절의 향수와 될 대로 되라는 식의 오기가 일종의 아우라를 이루며 그를 감싸, 가혹한 시간의 흐름에서 그를 보호하고 어느 순간이든 즉흥적인 흥취의 여건을 만들어내는 것 같았습니다. 그는 국가가 운영하는 카

* 소련의 농업 경영 형태 중 하나. 반관반민 형태로 운영되는 집단농장 체계다.

페 중에서도 가장 음산한 곳을 찾아들 줄 알았는데, 들어서는 즉시 옛 시절 마법의 기운이 그를 휘감았어요. 잿빛 리놀룸 바닥에 놓인 플라스틱 의자에 걸터앉아도, 그의 안에서 우러나는 무언가가 샴페인 병마개를 칼끝으로 따버리는 무도회의 이미지를 떠오르게 하는 것이었습니다. 마치 상트페테르부르크의 어느 살롱인 것처럼 늘 깍듯한 태도로 왕년의 무용담을 늘어놓는 이 우아한 노인의 카리스마에 낯모르는 사람들이 자기도 모르게 다가오곤 했지요. 그때 나는 다른 테이블에 앉아 있었는데, 기분 나쁜 표정으로 그를 노려보는 소비에트 공산당의 한 중진 인사가 눈에 띄었어요. 하지만 감히 할아버지에게 손을 대는 사람은 없었습니다. 어떻게든 그는 스탈린주의의 숙청 작업에서 살아남았지요. 시간이 지나면서 사람 잡는 체제의 성격도 많이 사라졌고요. 정치에 전혀 관심이 없어 보이는 사람일수록 그런 체제를 힘겹게 견뎌내야 했습니다.

친구들은 일단 사냥꾼이어야 했어요. 출신 성분은 다양했죠. 그처럼 몰락한 귀족이 있는가 하면 농부와 시베리아 떼강도 출신도 섞여 있었습니다. 심지어 길들인 공산주의자 몇몇도 포함되어 있었는데, 본인 말로는, 향수를 불러일으키는 입담과 말술의 위력을 발휘해 타락시키는 데 성공한 공산당원을 그렇게 부른답니다. 겨울이 시작될 무렵, 그들은 눈 녹는 봄

날 다시 맛보겠다며 집 마당에 보드카를 병째 뿌려대곤 했습니다. 겨울 동안은 다들 안으로 칩거하되, 매주 최소 두 번씩은 모여 카드를 쳤지요. 그러면서 사냥 이야기도 하고, 자기들 멋대로 시국에 대해 한마디씩 하는데, 대개는 농담조의 객설에 불과했습니다.

'자네 소비에트 이중주단의 정체가 뭔지 아나? 외국으로 순회공연 떠난 사중주단이야.'

'감독위원회가 정신 병동을 방문했네. 환자들이 그들을 환영하면서 일제히 합창했어. 소비에트의 나라에서 살아가니 얼마나 기쁜가! 그런데 처음부터 입 다물고 서 있는 한 사람이 눈에 띄는 거야. 위원회가 물었지. 그대는 왜 노래를 부르지 않지? 그러자 대답이, 저는 간호사지, 환자가 아닙니다.'

'흐루쇼프 동지가 돼지 농장을 방문해서 사진을 찍었대.《프라우다》의 편집부는 사진과 더불어 전설이 될 문안 작성을 놓고 토론에 들어갔어. 「돼지들과 함께하는 흐루쇼프 동지」, 「흐루쇼프 동지와 돼지들」, 「돼지들, 흐루쇼프 동지를 에워싸다」, 기타 등등. 모든 제안이 줄줄이 거부당했지. 마침내 부장이 결정했는데, 전설의 문안은 다음과 같았어. 「오른쪽 세 번째가 흐루쇼프 동지」.'

대차게 폭소가 터졌고, 서로 등짝을 두드려댔으며, 술동이가 연거푸 비워졌습니다. 그런데 할아버지 집이 언제나 생기 넘치는 곳이었다고는 말할 수 없습니다. 그는 혼자 있기를 좋아했어요. 공산주의자들을 도저히 견딜 수가 없어서라고 했죠. 사실 그는 어떤 체제에서도 인간 혐오자로 살았을 겁니다. 그런 그의 성향 일부를 내가 물려받았다고 생각해요…."

바라노프가 미소 지었다. 그는 위스키병을 붙잡고 크리스탈 잔에 가득 술을 부었다.

"하루는 저녁에 벽난로 가까이 앉아, 할아버지가 내게 나폴레옹 몰락 후 파리를 점령한 차르의 군대 이야기를 들려주고 있었습니다. 특히 유르코라고 하는 자의 이야기인데, 우리 선조이신 할아버지와는 동기 사이로, 황제친위대 소속의 중증 알코올중독자였다고 해요. 파리에 입성하기 무섭게 유르코가 약국으로 달려가 의료용 알코올 병에 코를 대고 킁킁거리더니, 일부러 챙겨온 오이 두 쪽과 함께 홀랑 마셔버렸던 모양입니다. 현장을 목격하고 기겁을 한 약사는 러시아군에 대한 독살 기도로 몰려 총살형을 걱정해야 할 처지가 되어버린 거죠. 약사는 제일 가까운 곳에 주둔한 부대로 무작정 달려갔고, 말이 좀 통할 것 같은 장교를 아무나 붙잡아 자기는 유르코의 임박한 죽음과 아무 상관 없으며, 그 러시아인이 무어라 말릴 틈도 없이 냅다 약병을 들이키더라고 다급하게 떠들어대기 시작했어요. 자초지종을 듣던 바실리 바라노프, 우리 선조께선 말을 가로막고 물었습니다. '당신은 러시아 병사에 대해 잘 모르죠?' 약사는 고개를 끄덕였습니다. '근데 면역의 개념은 익히 알 겁니다, 그렇죠?' 약사가 어리둥절한 표정으로 할아버지를 쳐다보았어요. '이것 보시오, 약사 양반, 러시아의 삶은 파리의 삶에 비해 불편한 점이 많아요. 우리의 치즈는 가짓수가 많지 않고, 여자는 별로 웃지 않으며, 길은 거의 언제나 얼음판이지요. 그래도 좋은 점은, 무엇이든 사람을 죽이거나 그렇지 않으면 강하게 만들어준다는 점입니다. 수 세기에 걸쳐 러시아인들의 신진대사는 많은 것에 단련될 시간이 충분했어요.' 할아버지는 태연하게 앉아 동지 두 명과 함께 카드를 치고 있는 유르코를 손으로 가리켰어요. 테이블 위엔 반쯤 비운 보드카 병이 놓여 있었답니다.

할아버지는 너털웃음을 터뜨리며 얘기를 이어갔어요. '내가 열여덟 살 때, 차르의 친위대로 선발되었단다. 엄청 자랑스러웠지만, 알다시피 대단한 일은 아니었어. 나 이전에 아버지와 할아버지도 같은 부대에 근무했는데, 내가 알기론, 선대의 모든 바라노프가 그랬거든. 어쨌든 나는 아르타반*처럼 자신만

만했지. 모두가 나를 칭찬했어. 콜랴, 차르의 친위대에 들어가다니 엄청나게 출세한 거다. 너의 부모는 참 좋겠어, 등등. 그런 어느 날, 오전 훈련을 하다가 말에서 떨어져 고관절에 금이 갔지 뭐니. 이건 보통 일이 아니었어. 친구들이 모두 한마디씩 하더군. 콜랴, 참 안 됐다. 이제 막 무도회 시즌인데 말이야. 난 죽을 맛이었어. 동료들은 화려한 제복을 다려 입고 무도회장을 누비는데, 나는 침대에 누워 카드놀이나 하고 앉았으니. 그런데 갑자기 전쟁이 터진 거야. 동료들이 일제히 전선으로 떠나더군. 그러고는 첫 교전에서 독일군 기관총에 모조리 당했지. 딱한 녀석들, 내가 아직 회복 중이라 집에서 쉬고 있는 동안에 말이다. 물론 죄책감이 없진 않았어. 하지만 페테르부르크의 어여쁜 아가씨들이 앞다퉈 돌봐주는 맛도 무시할 수 없었단다.

너의 할머니를 만난 게 바로 그때였다. 힘든 시기였지만 우리에겐 계획이 있었고, 적어도 그렇게 우린 믿었지. 아니나 다를까, 우리 가문의 서열과 함께 내가 그때 막 시작한 법학 공부

---

* 구세주의 탄생을 찾아 나선 동방박사 3인 외에 네 번째 동방박사로 전해지는 전설 속의 페르시아 현자.

가 고위 행정직을 향한 관문을 열어주는 것이었어. 나는 궁궐을 드나들기 시작했고 장인어른은 넵스키 대로가 보이는 곳에 아담한 저택을 지을 참이었단다. 한마디로 탄탄대로가 놓인 것처럼 보였지. 그런데 난데없이 얼치기 떼강도가 들고일어나 차르를 더 이상 용인할 수 없다고 결정해버리는 거야. 우리의 신성한 어머니 러시아가 이제 공화국이 되어야만 한다나. 그들의 작전은 성공했고, 마침내 권력을 차지했어! 볼셰비키가 사방에서 쏟아져 나오더니, 차르주의자건 공화주의자건 닥치는 대로 학살하더군.

혁명은 전례 없는 재앙이었어. 하지만 혁명이 없었다면 나는 평생 공무원으로 살든지, 잘해야 궁에서 눈칫밥이나 먹는 신세였을 거다. 내 입으로 공산주의가 좋다는 말은 하지 않겠다. 너도 알겠지만, 솔직히 어떤 체제에서도 사람은 행복할 수 있어… 왜 아니겠니, 바쟈? 그건 모르는 일이란다. 세상일은 마음대로 통제가 안 되는 법이야. 게다가 어떤 일이 네게 닥칠 때 그게 좋은 일인지 나쁜 일인지 너는 알 수가 없어. 네가 살면서 무얼 기대하고, 애써 무언가를 갈망한다 치자. 마침내 그게 이루어져. 한데 얼마 지나지 않아 너는 깨닫지, 인생을 그로 인해 망쳤다는 걸. 혹은 그 반대의 경우도 가능해. 가령 네 머리 위로 하늘이 무너져. 근데 얼마 지나지 않아 너는 그나마 땅이 꺼지는 최악의 사태를 면한 걸 깨닫게 된다. 잘 들어, 네가 유일하게 통제할 수 있는 것은 세상일을 해석하는 너만의 방법이야. 괴로운 것은 현실 그 자체가 아닌 현실에 대한 우리의 판단임을 자각할 때, 비로소 너는 인생을 자기 것으로 만들고자 희망할 수 있게 돼. 그렇지 않으면 계속 파리 떼를 겨냥해 대포를 쏘아대는 상황을 벗어나지 못하겠지.'

나는 그 모든 이야기를 하던 할아버지의 표정을 지금도 기억합니다. 그는 진지하게 말하면서도, 늙은 꼰대 역할을 한다는 생각이 좀 걸리는지, 때때로 자조적인 말투를 섞었어요. 하지만 열심이었습니다. 그 세대 사람들은 자기들이 인생에서 깨친 걸 전수하는 일에 열심이에요. 중요하다는 걸 느끼는 거죠. 그런 식으로 사고하는 마지막 세대일 겁니다. 내 아버지 세대부터는 어떤 교훈이든 후대에 애써 전수하는 것이 가치 있는 일이라고 아무도 생각하지 않아요. 우리는 너나없이 지나치게 쿨하고, 지나치게 현대적입니다. 웃음거리가 되는 걸 무서워하며 살아요. 아무도 꼰대 노릇을 하려 들지 않습니다.

할아버지는 19세기 가부장적 인물이 아니었어요, 이미 현대인이었습니다. 그는 카프카와 토마스 만을 읽었으면서도, 내게 해줄 이야기는 반드시 할 만큼 웃음거리가 될지 모를 위험을 개의치 않았어요. 나는 그에게 늘 감사하며 살 겁니다. 그

때 이후 우리가 어둠 속을 더듬으며 살아간다는 생각이 나의 뇌리에 깊이 박혔거든요. 우리에게 무엇이 좋고 무엇이 나쁜지 우리 자신은 알지 못한다는 생각. 대신 우리에게 일어나는 일들에 부여할 의미를 놓고는 얼마든지 자유로운 결정을 내릴 수 있다는 생각 말입니다. 그것이, 결국엔 우리가 가진 유일하고 독보적인 힘이니까요."

4

"할아버지가 가문의 서가를 어떻게 안전한 장소에 위치시
켰을지 누가 알겠습니까? 내 생각엔 세상 누구도 그의 물건을
뒤져볼 엄두를 못 냈을 거예요. 우리도 다락방에 올라갈 권리
가 없었거든요. 이따금 그는 책 한 권을 손에 쥔 채 다락방을
나서곤 했습니다. '자, 이게 바로《카사노바 회고록》이다. 네 아
빠한테는 말하지 마.' 처음에는 그럭저럭 아이들을 위한 책들
이었습니다. 라퐁텐의 우화집이랄지 세귀르 백작부인의 소설
들. 그러더니 슬슬 인내심을 상실하더군요. 상대가 아이일지
라도, 누군가와 어떻게든 책 이야기를 나누고 싶어 했습니다.
그래서 색다른 것들을 하나둘 들고 내려오기 시작했어요. 그
가 레츠 추기경의 회고록을 읽어보라 한 것이 내 나이 열 살이
넘지 않았을 때라고 기억합니다. 나에게 그 책은 일종의 무협

소설이나 마찬가지였어요. 당시 콩데 대공과 롱그빌 공작부인은 미키마우스와 아기곰 미샤보다 내게 더 친근했답니다."

바라노프가 씩 웃더니, 서가의 넓은 구간을 손으로 가리켰다.

"저 책들 상당수가 그의 것입니다. 보시다시피, 거의 전부가 프랑스 책이에요. 할아버지 표현으론, 문명의 최고봉이라고나 할까. 더구나 그가 아는 세계는 파리를 바라보며 형성된 것이었으니까. 구체적인 행동거지와 패션, 사소한 버릇까지 어처구니없게 따라 했었죠. 빈회의의 유명한 러시아 협상가 네셀로드가 러시아어를 사용하지 않았다는 걸 당신은 압니까? 제국의 대외정책을 40년간 이끌어왔으면서 자국어를 전혀 사용하지 않았어요. 자기 자신 말고 타자가 되고자 하는 이 열정, 이 애정이란 대체 무얼까요? 그 애정의 대가는 어떤 식으로 지불받았죠? 한마디로 경멸. 언제나, 모든 시대에 걸쳐, 한결같은 경멸이에요!"

바라노프가 또 다른 책을 빼들며 말했다.

"이 후레자식 퀴스틴*을 좀 봐요. 차르는 그를 형제로서 환대하고, 궁정에 받아들였으며, 정해진 의전을 급히 고쳐가며 딸의 결혼식을 참관토록 해주었습니다. 한데 그자는 이에 대해 어떤 식으로 답례했죠? 전체 네 권, 총 1130쪽에 달하는 지면 가득 러시아를 지옥으로 묘사한 책을 여행기랍시고 싸질러놓았습니다. 읽어보세요. '덩치가 아무리 커도, 이 제국은 하나의 거대한 감옥일 뿐이며 열쇠를 관리하는 황제는 그 감옥의 간수에 불과하다. 그런데 간수의 삶이라는 것이 죄수들의 그것과 크게 다르지 않다.' 또 이런 대목도 있습니다. '러시아인들은 스스로 문명화되기보다 문명화된 것처럼 믿게 만드는 일에 훨씬 적극적이다.'

할아버지는 그 '러시아 여행기'를 가증스럽게 생각했어요. 그러면서도 이런 얘기를 한 걸 보면, 뭔가 매료되는 점이 있었던 겁니다. '이 빌어먹을 프랑스인은 러시아를 기가 막히게 해석했어. 여기선 궁정의 인맥이 부와 권력에 이르는 유일한 수단이거든. 민중의 열정에 기대는 건 러시아에서 아무 효과 없

---

* 아스톨프 루이 레오노르 드 퀴스틴 후작(1790~1857). 《1839년의 러시아》라는 여행기를 써, 러시아에 대한 부정적 이미지를 전 유럽에 정착시켰다.

지. 요컨대 이기는 자는 언제나 궁정을 자기 힘의 근거로 삼는다고. 재능보다는 아첨이, 웅변보다는 침묵이 더 나은 방법일 수 있는 이유가 거기 있단다. 차르에게 잘 보이려고 한겨울 망토 없이 산책하는 페테르부르크의 귀족들을 퀴스틴은 예리하게 지켜본 거야. 그들이 죽어가는 모습을. 카페에 죽치고 앉아 없는 신문 뒤적이며 세태를 논할 수 있는 것도 아니고, 세상 돌아가는 소식은 언제나 나지막한 소리로 그걸 이야기하는 사람에 의해 조금씩 변하기 마련. 벙어리의 나라, 잠자는 미녀의 나라, 자유의 숨결이 결핍된 만큼 경이로우나 생명이 없는 나라. 어제와 같은 오늘.'

할아버지가 그런 논거들을 펼칠 때마다 아버지는 벌벌 떨었습니다. 그는 다락방의 서가를 잠재적인 전복의 장소로 생각하여 무서워했어요. 그래도 아버지에게 경의를 표하는 뜻에서 한마디 덧붙이자면, 그는 내게서 서가를 박탈할 힘을 가진 적이 없었습니다. 그가 주로 집에만 있는 사람이었다고는 할 수 없어요. 오히려 학술회의다 심포지엄이다, 툭하면 여행을 다니느라 집을 비웠지요. 한데 어느 시점에 이르자 당黨 사회과학아카데미 원장으로 임명되더니, 당시 가장 큰 명예로 여겨지던 《소비에트 대백과사전》에 당당히 이름을 올리는 것이었어요. 그럼에도 아버지는 결코 들뜨는 사람이 아니었습니다.

그 와중에도 우선 목표가, 한밤중 주먹으로 대문 두드리는 보안 요원들 때문에 잠 깨는 일이 없는 삶이었을 거예요. 러시아에서 그처럼 어처구니없는 목표에 희생당하는 재능이 몇인지 당신은 모를 겁니다."

"상식을 갖췄다는 증거겠죠."

"그럴지도 모르죠. 아버지가 상식을 갖춘 분인 건 확실합니다. 비록 생각하기에 따라, 그때만 해도 재앙적인 고지식함의 한 형태로 보이긴 했지만 말이죠. 오로지 자기 의무를 완수한다는 생각, 의무의 소용돌이에 뛰어드는 사람은 의무에 매몰되는 것이 아니라 기필코 그 끝장을 보고야 만다는 생각 말입니다. 누구든 아버지를 조금만 공들여 관찰한다면, 이분 스스로 자기 어깨에 올려놓은 짐의 무게가 사람을 짓누르고 있다는 걸 느꼈을 겁니다. 할아버지는 그런 아버지를 어린 홍위병이라 불렀어요. 어린 나를 웃게 만드는 말이었지만, 당시 나의 소비에트적 삶을 떠받치는 온갖 특권은 오로지 아버지의 직무와 신중함 덕분에 가능한 것이었다는 사실을 인정해야만 했습니다. 이를테면 특별상점들과 외국에서 수입된 그곳의 상품들, 영어, 독일어, 프랑스어를 가르치는 학교들 그리고 자유주의자나 예술가로 의심받지 않도록 너무 자주 드나들지 않는 것이 좋은 극장의 지정석들.

그 시절 모스크바에서 가장 귀한 특권은 '크렘리오브카'라고, 당중앙위원회 위원과 고위 공무원에게 돌아가는 식량 바구니였습니다. 매일 아버지의 운전기사 비탈리가 그라노브스코보 거리 2번지로 달려가 그것을 받아왔어요. 나는 되도록 그 심부름에 동행하려고 애썼답니다. 평범해 보이는 건물 앞에 차가 섰는데, 주변에 거의 언제나 공무용 차량들이 시동을 켠 채 정차해 있는 걸 보면, 건물 안에서만큼은 뭔가 중요한 일이 벌어지고 있다는 생각이 들었어요. 비탈리와 나는 건물로 들어가 긴 복도를 지난 뒤, '자유통행소'라는 팻말이 붙은 유리문 앞에 다다랐습니다. 비탈리는 노크하고 나서 대답을 기다리지 않고 들어갔지요. 접수대 너머 회색 옷을 입은 여직원이 이쪽을 향해 미소를 짓고 있더군요. 그 역시 놀라운 특혜였습니다. 당시 소비에트연방의 공무원은 결코 웃지 않았거든요. 여직원이 비탈리에게 용건을 묻자, 비탈리가 나를 돌아보며 '자, 블라덴카, 오늘은 무얼 먹을래?' 하는 것이었어요. 그럼 나는 원하는 것을 마음대로 고를 수 있었습니다. 연어 피로슈키와 양갈비, 캐러멜 레노프와 아제르바이잔산 오렌지. 내 생애 그때만큼 짜릿한 행복과 절대적 권력을 만끽한 적이 없어요."

바라노프는 주위를 두리번거렸다. 그곳 고급 내장재와 새하얀 천장의 호사스러운 분위기가 어려서 맛본 피로슈키 바구니 앞에선 쪽도 못 쓴다고 말하는 눈빛이었다.

"요컨대 문제는 내가 꽤 유복한 어린 시절을 보냈다는 점입니다. 그것이 깊은 영향을 미치는 것 같아요. 나는 세상에 복수한다든지, 어떤 분노의 감정을 제대로 느껴본 적이 없습니다. 이건 나 같은 인생을 살아가는 사람에겐 치명적인 약점으로 작용해요. 러시아에서 이건 정상적인 일이 아닙니다. 이 나라 사람은 모두 희생으로 점철된 이전의 삶을 잊지 않아요. 러시아 엘리트는 코트다쥐르의 별장과 페트뤼스 와인 시리즈를 즐길 수 있기까지 각자 거쳐 온 지난 세월 고난의 경험을 공통분모로 공유하고 있답니다. 누구는 그걸 내세우고, 누구는 그걸 수치로 여기지만, 3만 달러짜리 수트를 입은 서로의 모습을 바라보면서 그들은 변해버린 세상에 대한 같은 분노와 같은 허탈감에 젖는 거예요. 차르도 마찬가집니다. 작금의 위치로 자신을 이끈 운명과 힘을 확신해도, 마음 깊은 곳에 꿈틀거리는 의심을 끝내 감출 수 없지요. 바스코프 거리의 콤무날카*를 누

* 다가구 공동 아파트.

비던 개구쟁이가 지금은 버킹엄궁에서 잉글랜드 여왕의 차 대접을 받는단 말입니다! 내 경우는 좀 달라요. 집에서 흰 장갑을 착용한 하인들이 은쟁반에 핑크 진을 내오고 있었으니까. 솔직히, 돈이 많았던 건 아닙니다. 다만 그 시절엔 돈이 그다지 필요치 않았어요."

"오늘과는 딴판이군요."

"그렇죠, 오늘과는 딴판이죠. 설사 절반만 사실이라 해도 말입니다. 외국인들은 새로운 러시아인이 돈에 사로잡혀 있다고 생각하는데, 그건 그렇지 않아요. 러시아인은 돈을 가볍게 여깁니다. 마치 색종이 조각이나 되는 것처럼 돈을 허공에 뿌려대죠. 돈이 너무 빨리 그리고 많이 벌린 겁니다. 어제는 돈이 하나도 없었어요. 내일 사정이야 알 수 없는 것 아니겠어요? 당장 흥청망청 써버리는 편이 낫죠. 당신들에게는 돈이 중요하죠, 모든 것의 기반이라 할 수 있습니다. 분명히 말하지만, 여기선 그렇지 않아요. 러시아에서 중요한 건 권력과의 근접성 즉, 특권입니다. 나머지는 부수적인 문제예요. 차르의 시대가 바로 그렇습니다. 공산주의자로 활동하던 시기는 더더욱 그렇고요. 소비에트 체제는 신분을 토대로 하죠. 돈은 중요하지 않아요. 어차피 시중에 많이 돌지도 않으니, 별로 쓸모없습니다. 누가 돈을 얼마나 가졌는지를 따져서 그 사람의 가치를 평가하겠다는 생각은 아마 아무도 하지 않을 거예요. 만약 당이 당신에게 다차*를 하사할 때까지 기다리지 못하고 본인 돈으로 그것을 직접 구입했다면, 이는 당신 자신이 그걸 거저 받아낼 만큼 중요한 인물이 못 된다고 판단했다는 뜻이에요. 중요한 건 신분이지 현찰이 아닙니다. 물론 함정이죠. 특권이란 자유의 반대이며, 노예화의 한 형태이니까. 혹시 베르투슈카가 뭔지 압니까?"

"모릅니다."

"교환기예요. 공산주의 체제에서 그건 가장 탐나는 물건이었죠. 왜냐면 보통 교환기와는 다르거든요. 그건 모든 거물급과 직통으로 연결이 가능한 특수 교환기였습니다. 베르투슈카의 번호는 네 자릿수에 불과했어요. 만약 당신 사무실에 그 교환기를 설치한다면, 당신은 성공한 사람이라는 뜻입니다. 그기기를 소유한 사람들 이름을 수록한 총람이 매년 붉은 가죽양장을 갖춘 책으로 출간되기도 했습니다. 명의자는 직접 번호를 조합하고 누구에게든 스스로 응답해야 합니다. 권력자들은 집과 다차, 자동차에 제각각 기기를 비치했지요. 베르투슈

* 대도시 근교의 별장.

카 소지자들은 오직 자기 기기만을 통해 소통할 수 있었습니다. 만약 일반 교환기를 사용하면 그건 거짓 검소함의 소치일 뿐더러 애써 베푼 특혜를 경시한다는 표시로 받아들여졌어요. 잠재적 전복 세력인 자유사상가의 속임수라고나 할까."

바라노프는 잠시 말을 중단하고 희미한 미소를 지었다.

"물론 모든 대화가 KGB에 의해 도청되었지만, 누구도 개의 치 않았어요. 차르의 신료들이 어떻게 그런 굴종의 도구에 목 을 매게 되었는지가 참 재밌습니다.

어느 밤 우연한 기회에 나는 그걸 이해하게 되었어요. 영화 에 대한 열정이 있었던 아버지는 이따금 아카데미에서 사적인 영화 감상회를 열곤 했습니다. 중앙위원회 관리 한둘쯤 섞인 동료 몇 명을 초대해, 전체 10여 명 인원으로 꾸려나가는 자리 였어요. 당연히 작품 선정에 유의해야겠지요. 아무 영화나 틀 어댈 수는 없을 테니까. 하지만 검열 규칙이 철저하게 작동되 는 것도 아니었기에, 아버지는 종종 자기 맘에 드는 영화를 보 여주기도 했습니다. 어쨌든 그는 아카데미 원장이었으니까요. 서구 부르주아 문화의 타락상에 관한 연구야말로 그 아닌 누 가 적임자겠습니까? 내 나이 열둘에서 열셋인가, 아버지가 로

셀리니 감독작인 〈루이 14세의 권력 쟁취〉를 틀었던 기억이 납니다. 그 영화 아시죠?"

나는 어렴풋한 죄책감을 안고서 고개를 끄덕였다. 몇 번이고 그 영화를 보겠다며 스스로 다짐했건만, 그 다짐을 지켜낼 힘이 없었던 자의 죄책감.

"영화는 태양왕이 베르사유 궁전을 짓고 귀족들을 궁정으로 끌어들임으로써 어떻게 그들을 우리 속에 가둘 수 있었는가를 이야기합니다. 온갖 의식과 자잘한 특전들로 빡빡한 궁정 생활에 매몰되다시피 하여, 자기도 모르는 새 자유를 빼앗기고, 가장 기본적인 위세도 부리지 못하게 되는 과정을 말이죠. 마지막 장면에서는 왕이 몸에 걸친 모든 장신구와 사치품을 떨쳐버립니다. 화려한 의상은 하나의 책략일 뿐이며, 자연이 모든 것을 태양에 의존하듯 왕국의 신민 각자가 국왕에게 모든 걸 의존할 수 있도록 권력을 공고히 하는 수단에 불과하다는 것이었어요.

그날 밤, 상영실에 다시 불이 들어왔을 때 나는 관객들의 불편한 기색을 읽을 수 있었습니다. 다들 바보가 아니었거든요, 오히려 그 정반대면 모를까. 공부도 할 만큼 했고, 나름 노력하고 희생하고 머리 써가면서 피라미드 정상에 올라선 이들이잖습니까. 그런데 지금 영화 상영이 끝나자 묘한 분위기로 서로 멀뚱멀뚱 쳐다보는 거예요. 당최 이유 모를 불편한 기분에 휩싸인 것처럼 말입니다. 그들은 평소보다 신속히 흩어졌고, 당이 각자에게 하루 24시간 제공하는 차량에 올라 집으로 돌아갔습니다.

소비에트 엘리트 집단이 차르 시대 귀족들과 참 많이 닮았다는 사실을 알아야 합니다. 우아함이 덜하고 교육 수준은 좀 떨어질지 모르나, 돈에 대한 귀족 특유의 경멸감이 존재하고 민중에 대한 엄청난 괴리감과 거만하면서 폭력적인 성향이 귀족의 그것을 빼쏘았어요. 사람은 자기 운명을 벗어나지 못하는 법입니다. 러시아인의 운명은 이반 뇌제의 후손들이 휘두르는 권력의 지배를 받는 것이에요. 프롤레타리아 혁명이 됐든 광적인 자유주의가 됐든, 원하는 무엇이든 창출할 수 있지만 결과는 매한가지입니다. 그 정상에는 항상 오프리치니키*, 차르의 경비견들이 버티고 있으니까요. 오늘날에는 적어도 약간의 질서, 최소한의 상호존중이 회복된 상태입니다. 그것만

* 이반 뇌제 시대 비밀 정치경찰.

해도 대단한 일이에요, 얼마나 오래갈지는 두고 봐야겠지만."

러시아인은 갑작스럽게 일어나, 예기치 않은 생각이 떠오른 것처럼 책상 쪽으로 다가갔다.

"베르투슈카가 여전히 존재한다는 거 아시나요? FSB**에서 운용하는 지하 보안통신선입니다. 차르와 소통하길 원하는 자는 반드시 하나 가지고 있어야 해요. 바로 이겁니다."

바라노프가 가리킨 책상 한쪽 구석에는 구식 모델 전화기가 한 대 놓여 있었다.

"붉은색일 줄 알았습니다!"

"아뇨, 회색입니다. 다른 전화기들과 똑같아요."

"당신이 평소 모스크바를 회색으로 생각한다면, 유럽을 며칠 다녀보셔야겠습니다. 워싱턴을 가보시든가."

"그럴 일은 없습니다! 거기는 회색이 아니라, 아예 죽어 있어요."

** 러시아연방보안국.

그가 칼날 같은 미소를 짓더니, 말을 이었다.

"알다시피, 그런 곳을 방문할 자유가 내겐 없습니다…."

"압니다. 언젠가 공개적으로 발언하셨죠, 미국에 대한 관심은 투팍 샤커와 앨런 긴즈버그 그리고 잭슨 폴록에 대한 것이 전부라고, 그래서 굳이 거기까지 갈 필요가 없다고…."

"누구나 가끔 어리석은 말을 하기도 하니까요…."

"아버지는 어떠셨습니까?"

"말했잖아요, 꼼꼼하고 점잖은 사람이라고. '동시대 방언'이라든가 '소비에트 언어학의 이론적 문제'에 관한 책의 편집 작업에 언제나 푹 빠져 지내는 분이셨죠. 한동안은 그런 모든 일이 잘 진행되었어요. 쉰 살에 레닌상을 수상했고 소련의 모든 도서관이 수만 권에 이르는 그의 출간작을 소장하기 위해 열을 올렸습니다. 그런 와중에 고르바초프가 등장한 겁니다, 우유 한 잔과 함께요!"

"우유 한 잔이라뇨?"

"네. 고르바초프가 소련을 붕괴시킬 것인가를 알기 위해 그의 연설을 귀담아들을 필요는 없었어요. 그를 가만히 지켜보기만 해도 충분했습니다. 그가 연단에 오르자 누군가 곧장 그에게 우유를 한 잔 가져다주었거든요. 사람들은 자기 눈을 믿을 수 없었어요. 이어서 그는 보드카 가격을 두 배로 올렸죠.

모든 이에게 우유를 실컷 먹이고 싶어 했어요. 러시아에서요. 이해됩니까? 그러고 나자 모든 것이 걷잡을 수 없는 소용돌이에 휘말려 다들 놀라는 겁니다.

어쨌든 그로써 아버지도 끝장난 셈이었습니다. 일, 특권, 명예, 모든 것을 잃었으니까요. 반세기 동안 이루어온 모든 것을 말입니다. 단 하나 그에게 남은 거라곤 난해하기 짝이 없는 마르크스주의 비평서들로 빼곡한 아파트 한 채뿐이었습니다. 그 역시 결국에는 팔아치워야 했지만.

제일 심각한 문제는 삶의 근거로 삼아온 모든 기준이 한순간에 날아가버렸단 사실입니다. 당시 나는 고등학생이었는데, 공부할 마음은 별로 없었어요. 대신 소소한 일들을 해가며 내 앞가림하고 있었지요. 중고 텔레비전이나 녹음기를 구해 되팔곤 했습니다. 제법 괜찮은 일감이었어요. 어느 정도 시간이 지나고부터는 내가 아버지보다 더 많이 벌었으니까. 사람들이 아버지가 아닌 내게 용무가 있어 찾아올 정도였습니다. 나는 아무것도 모르는 열여섯 살 철부지였고, 바로 그렇기에 모든 걸 다 아는 아버지보다 이 새로운 세상에 더 잘 적응했던 겁니다.

언제부터인가 아버지는 집 밖으로 나가지 않았어요. 이따금 소비에트 시절의 또 다른 생존자가 그를 찾아오곤 했습니다. 하지만 다들 자신의 추억을 수치스럽게 여겼어요. 마치 버려진 신전의 잔해처럼, 말없이 있다 가는 것이었습니다.

어쩌다 몸이 아프면, 그 자체가 하나의 위안이 되었어요. '드디어 누워 있을 좋은 핑계가 생겼군그래.' 그렇게 말하고는 파이프를 물고 고골, 푸시킨, 톨스토이 등 고전을 다시 읽으면서 조용히 지냈습니다.

그동안은 마치 무거운 짐을 내려놓은 사람처럼 거의 쾌활하다 싶을 정도였어요. 역설적으로 들리겠지만, 병이라는 것은 그리 심각한 문제가 아닙니다. 심각한 문제와 꾸준한 노력, 힘겨운 일은 건강한 사람들만이 누리는 특권이에요. 죽어가는 사람들은 할 일이 없습니다. 그저 남은 수명에 신세를 질 따름입니다. 적어도 아버지의 경우는 그랬어요. 놀다가 지친 아이처럼, 아버지의 야망은 잠들어버렸습니다. 그에게 남은 시간은 총대주교 연못을 따라 산책한다든지, 햇볕을 쬐거나 책을 읽기 위한 시간일 뿐입니다. 그것도 강연에 필요한 책이 아니라, 아무 쓸모 없는 그냥 양서요. 마침내 그가 제대로 발병하여 크렘린의 병원에 입원해야 할 때가 있었어요. 그 역시 특권이긴 했으나 과연 시대가 변했더군요. 환자들 가운데 단연 이목을 끄는 스타는 지난 시대의 가련한 그림자인 그가 아니라, 사라토프 억양이 거센 뚱뚱하고 저속한 중년 여성이었습니다. 입만 열면 사르데냐로 휴가 갔을 때라든가 런던에서 쇼핑

한 경험, 몬테카를로에서 보낸 밤들 이야기로 날 새는 줄 모르는 여자였어요. 다른 환자들, 간호사들과 심지어 의사들까지 그녀의 수다에 최면이라도 당하는 것 같았습니다. 개인 전용 비행기와 해수 풀장 이야기를 들을 땐 헤벌쭉 넋 나간 웃음까지 지었으니 말입니다. 그 꼴불견 마나님의 굵은 목과 귀에 주렁주렁 달린 보석들, 카르티에 손목시계 그리고 뻔뻔하게 과시하는 최신형 전자기기들이 이야기의 진실성을 보증하고 있었어요. 아버지는 그 모든 걸 딱히 나쁘게 보지 않는 눈치였습니다. 처음으로 세상을 심판하는 일에 철저히 무심한 듯 보였어요. 죽음이 가까워지면서 비로소 자기 삶을 통제할 수 있다는 기분에 젖는다고 할까, 이전에는 결코 가져본 적 없는 통제력을 느끼는 것 같았습니다. 의사와 간호사들은 그가 죽어가고 있지 않다고, 몇 주 후면 정상적인 삶을 누릴 거라고 안심시키느라 갖은 애를 다 썼습니다. 하지만 정작 그 자신은 사실이 그렇지 않다는 걸 알고 있었어요. 그래서 유별난 자존심을 고집했습니다. '저들은 어쩌지 못해서 부끄러운 거야. 두고 봐라, 언제까지나 진실을 숨기려들 테니. 하지만 난 알고 있어, 내가 죽어야 한다는 거. 중요한 얘기 하나 해볼까? 나는 생각보다 훨씬 더 준비되어 있단다.'

삶의 마지막 국면에 이르러 아버지는 난생처음 땅을 딛고 일어서는 사람처럼, 그 자신 짐작도 못 한 용기를 증명하고 있었습니다. 그때 비로소 우리는 생애 유일하게 진정한 대화를 나누었어요. 나는 그의 오른편, 형편없는 플라스틱 병원 의자에 앉아 있었습니다. 오후 내내 우리는 역사와 철학을 논했고, 중요하지 않은 일들과 지난 과거, 할아버지의 낡은 프랑스 책들에 관해 이야기했어요. 마치 자작나무 장작 타는 냄새 은은한 시골 이즈바의 가죽 안락의자에 푹 파묻힌 기분이었습니다. 아버지의 말투에선 한번도 내가 들어보지 못한 매서우면서 통렬한, 왠지 진한 환멸이 느껴졌습니다. 그의 정신은 또렷했고, 할아버지와 같은 종류의 아이러니를 구사했어요. 이 모두를 그 오랜 세월 감추고 사셨다고는 도저히 믿을 수 없었습니다. 문득 관료로서의 그의 경력이 불합리하고 비극적인 차원으로 다가오는 것이었어요.

그러던 어느 날 그는 죽었습니다. 성대한 장례를 치렀다고는 말 못하겠습니다. 관을 실은 남루한 마차를 애도하는 사람 넷이 따르는 가운데 벼락부자들이 모는 메르체데스들이 전속력으로 추월하는 광경을 상상해보십시오.

그때 내가 무슨 생각을 했는지 압니까? 결국 이 인간은 화려한 장례식을 보장받기 위해 평생을 살았겠구나 싶더라고요. 명예, 사람들의 존경, 군인들의 경례, 당의 총서기장이 수여하는 화관, 고위 관료들의 도열,《프라우다》에 실린 추도문 기타 등등. 그런 걸 전혀 달성하지 못한 셈이죠. 하긴 달성했다 한들, 달라질 게 무어겠습니까? 그렇게 사는 사람이 얼마나 되는지 당신은 모를 거예요. 성대한 장례식을 보장받기 위해 사는 사람 말입니다. 성공하는 사람들도 있고, 그렇지 않은 사람들도 있지요. 근데 무엇이 다르죠?

내가 원하는 건 그런 게 아닙니다. 예전에도 그렇게 생각했고 지금도 그런 생각이에요. 그러기 때문에, 나는 아버지가 죽은 뒤 그가 나를 위해 걸어간 길과는 정반대의 길을 택했노라고 생각하는 겁니다."

5

"젊을 때는 어떤 일을 하는 것만으로 만족하지 못합니다. 그
걸 정당화해야 직성이 풀려요. 아버지는 내가 외교관이 되기
를 바랐죠. 이미 파리와 빈의 살롱에서 나이 많은 대사들과 어
울리며 러시아 문학을 열심히 논하는 아들의 모습을 떠올리곤
했습니다. 그러나 내가 원하는 것은 일체의 의도와 의무, 기획
으로 이루어진 세계로부터 나 자신 자유로워지는 것이었어요.
내가 모스크바의 연극예술 아카데미에 들어가 연극쟁이들의
무절제한 삶을 살기 시작한 이유가 바로 거기 있습니다.

90년대 초 모스크바는 전격적인 도시였습니다. 우리는 갓
스무 살을 넘겼고, 무엇이든 정복할 힘이 넘치는 우리 앞에 새
로운 세상이 활짝 열려 있었습니다. 모스크바의 거리, 스탈린
의 거대한 건물들, 흙탕물 범벅인 보도와 지하철의 큼직한 조

명등 모두가 그대로이면서 별안간 에너지의 기포를 머금고 숨을 쉬는 것이었습니다. 우리는 너무 흥분해, 밤에 서너 시간밖에는 잘 수가 없었습니다. 아카데미 강의 시간은 지금도 기억납니다. 서구세계의 연출작들을 처음으로 관람할 수 있었을 뿐 아니라 내로라하는 배우들, 감독들을 직접 만나 동틀 때까지 토론을 벌이기도 했어요….

드디어 우리가 나서서 새로운 토대 위에 이 사회를 재건할 때가 되었다는 확신이 있었습니다. 예술이 단지 문화일 뿐 아니라 건설이자 예언이자 진리이기도 하다는 러시아의 오랜 관념에 철저히 사로잡혀 있었죠. 우리는 죽은 지 이미 오래되어 희미한 속삭임으로 남은 언어의 세계에서 온 사람들이었어요. 그 세계의 언어를 당당히 말할 수 있는 보기 드문 용기의 소유자들은 광인 아니면 영웅이었습니다. 우리는 그런 언어가 아무 쓸모 없고, 오로지 행동이 중요하다는 생각에는 아직 익숙하지 않았어요. 그 시절, 예술과 문학을 다루는 신문들은 불티나게 팔리고 있었죠. 사람들은 그 모든 자유로운 언어를 드디어 아무 여과 없이 읽어나갈 수 있게 된 것 자체를 도저히 믿을 수 없었습니다. 그들에겐 포만의 경험이 전혀 없었어요. 그런 가운데 우리가 어땠을지 한번 상상해보십시오. 인간을 구원하는 예술의 신화 속에서 살아가는 우리입니다. 그 시절엔 나 또한 그걸 믿는 척하고 다녔어요. 젊은이들이 어떤 친구들인지는 당신이 잘 알겠군요. 그들은 무엇이든 엄청 진지하게 받아들입니다. 그 나이의 저주예요.

그리고 크세니야가 나타난 겁니다. 어떤 파티에서 그녀를 만났어요. 밤새도록 노는 자리인데, 때가 무르익어 참가자 절반의 언성이 높아진다 싶으면, 나머지 절반은 화장실에서 떡을 치는 그런 분위기였습니다. 한데 고귀한 처녀 하나가, 흡사 어느 그리스 섬의 작은 광장에서 백개먼 게임에 몰입하기라도 한 듯, 그 한복판을 조용히 지키고 앉아 있는 겁니다.

나는 양해를 구하면서 그녀에게 접근했고, 당장 재치 있어 보일 만한 이야기를 하나 하기 위해 머리를 굴렸습니다. 그녀는 매정함이 돋보이는 달빛 같은 미소를 지으며 내게 말했어요. '정말 멋진 이야기네! 그런 종류로 더 해줄 이야기 있니?'

가까이서 볼 때 당혹스러웠던 점은, 그녀가 결점이라곤 조금도 없는 외모의 소유자라는 사실이었습니다. 얼굴의 균형을 무너뜨리는 작은 점 하나 보이지 않았고, 거의 보랏빛에 가까운 광채를 발하는 눈짓만이 묘한 불균형을 자아내고 있었습니다.

'없어, 그게 제일 재밌는 거였어!'

미소가 알게 모르게 부드러워지더군요. 나는 얼떨결에 크세니야 행성과의 첫 번째 접점을 확보한 셈이었습니다.

　그녀의 부모는 둘 다 히피였습니다. 알다시피 우리 집안에도 히피가 몇 명 있지요. 그녀의 어머니는 에스토니아 출신이었답니다. 거기선 핀란드 방송이 잡히는데, 그래서인지 유행이 한층 빠르지요. 어머니는 스몰렌스크 지역의 한 콘서트에서 음악가를 만났었다고 합니다. 둘은 서로 눈이 맞았고 그 결과 크세니야를 가졌다고 해요. 사랑의 결실이었던 거죠. 하지만 곧 헤어져 각자 자기 갈 길을 갔답니다. 크세니야는 어머니를 따라 이곳저곳을 누비며 성장했습니다. 닥치는 대로 무료 편승해가며 여기저기 집단 야영지를 전전하는 가운데, 이 학교 저 학교 옮겨 다니다가 결국에는 학교 자체로부터 멀어지고 말았답니다. 사람들은 통념적인 적개심에 사로잡혀 언제나 이 모녀를 반감 어린 시선으로 대했다고 해요. 유일하게 안정적이었던 시기는 어머니가 좀 더 자유롭게 자기만의 열정을 추구하려고 아이를 조부모에게 맡겼을 때였어요. 당시 불규칙하게 이어졌다 끊겼다 한 교육은 고도로 무관심하고 떠돌이 기질이 심하며, 일탈의 무감각에 길든 인간을 탄생시켰다고 크세니야 스스로 술회한 적이 있습니다. 일상의 삶조차 그녀는 늘 얼음을 지치는 기분으로 살았고, 평범한 인간이 범접하기 어려운 불꽃을 틈틈이 뱉어냈다고 합니다. 극단적인 느낌에서 안정을 찾는 타입이라, 진부한 상황일수록 그녀는 견디기 어려워했어요. 매우 지적이면서도 체계적인 과정을 수행하기에는 너무 게으른, 얼추 산만해 보이는 그녀는 종종 번개 같은 직관력으로 난해한 문제의 핵심을 꿰뚫어 사람들을 놀라게 했습니다. 그런가 하면, 네 살짜리 아이도 망설임 없이 풀었을 만한 수식 앞에서 한참을 헤매는 일도 있었어요. 그녀는 사람의 눈을 들여다보면서 과거에 무슨 일이 있는지를 읽어내는 능력이 있었습니다. 하지만 워낙 자신에게 몰입하는 성향이 강하다 보니, 방금 읽어낸 내용을 무시하고 아무것도 보지 못한 척하기 일쑤였다고 해요. 그녀는 삶을 어떤 이력이나 계획으로 설명하는 것에 심한 거부감을 지니고 있었습니다. 미래의 담론은 사람을 저절로 지치게 만든다는 것이 그녀의 지론 중 하나였어요. 언젠가 그녀는, 나른한 오후 소파에 누워 책을 읽고 잠을 자며 시간을 보내는 것이야말로 자신의 이상이라고 말했습니다. 하지만 주체할 수 없는 활동성이 폭발적인 소용돌이로 휘몰아칠 때도 없지 않았어요. 그럴 땐 뜬금없이 거창한 파티를 기획한다든가 무작정 숲속을 쏘다니고, 연극을 무대에 올리거나 갑자기 일본어를 배우는 것이었습니다. 무얼 하든 재능 있는 여자였기에 그 모든 행태가 결코 무의미하게 느껴지진 않았으나, 한 번도 오래 지속된 적은 없었어요.

나는 이따금 내가 천년을 살더라도 그와 같은 여자를 만나기는 어려울 거라는 생각이 들곤 했습니다. 물론 그녀로 인해 내 인생이 편안했다고는 말할 수 없어요. 아무리 짧은 이별이라도 매번 당하고 나면 처음부터 모든 걸 다시 시작해야 했으니까. 크세니야는 나약함을 드러내는 극히 사소한 징후도 놓치는 법이 없었습니다. 내리깐 시선, 이마의 땀자국, 목소리의 미세한 떨림 등, 조금이라도 약한 모습을 보이는 순간 암호랑이로 돌변해 상대를 집어삼킬 태세였어요. 눈은 웃어도 입술은 이미 사납게 떠는 경우가 허다했습니다. 아예 눈동자 빛깔이 변하죠. 원래 회색이던 눈동자가 점점 투명해지면서 거의 흰색이 되는 거예요. 이는 상대를 향해 곧 거센 폭풍이 몰아친다는 뜻입니다. 그땐 개연성 있는 원인을 찾아 지난 시간의 사건들을 빠르게 되돌아봐야 해요. 대부분은 원인을 발견하지 못하는데 일시적인 기분이랄지, 몇 달 전에 경험한 어떤 사건의 기억, 그냥 지루하다는 느낌 등, 사실상 아무 상관 없는 일로 그런 위기가 초래되곤 한답니다.

시나리오는 매번 똑같았어요. 시작은 늘 크세니야의 몫입니다. 잔뜩 째려보면서, 태어난 후 줄곧 가슴에 쌓여온 무력한 분노를 거친 욕설에 담아 퍼붓습니다. 상대의 반응은 문제가 안 돼요. 가만히 있으면 도발은 계속될 뿐 갈수록 기세등등해져, 심약함의 결정적 증거인 상대의 수동적 태도를 두고두고 먹이로 삼습니다. 만약 발끈해서 뭔가 대응을 모색한다거나 같이 화를 내며 되받아칠 경우도 결과는 같습니다. 크세니야는 상대의 그런 반응을 새로운 도발의 땔감으로 삼아버리니까요. 한바탕 그러고 나면 소나기가 그렇듯 분노가 가라앉고, 크세니야는 자기가 한 말을 기억조차 못 합니다. 오히려 상대의 황당한 표정을 의아해하면서 이유를 묻기 일쑤였어요. 가끔은 무턱대고 포옹해오는 일도 있었습니다. 결국 위로가 필요했던 거죠. 한번 버려진 아이를 안심시켜줄 것은 여간해서 찾기 어려울 테니까.

크세니야가 휘두르는 공포의 힘은 그 예측 불가능성으로부터 오는 것이었습니다. 역사상 위대한 독재자들이 그랬듯, 크세니야는 예상치 못한 처벌보다 신하들에게 더 큰 두려움을 줄 수 있는 것은 없다는 걸 본능적으로 알았어요. 뚜렷한 이유 없이 갑작스럽게 벌을 가해야 사람을 항상 긴장 상태에 묶어놓을 수 있는 것이죠. 약간의 규칙만 따르면 얼마든지 편히 지낼 수 있다는 생각은 결국 만용을 키워 반란의 불씨로 성장할 위험이 있습니다. 반대로 지속적인 불확실 상태에 놓인 사람은 늘 공포에 사로잡혀 있습니다. 반항할 생각을 감히 할 수가 없죠. 언제 후려칠지 모를 벼락을 모면할 생각에 옴짝달싹 못하는 겁니다.

크세니야가 내게 행사하던 힘의 본질이 바로 그런 것이에요. 인정사정없고 변덕스러운 야수이면서 완전 무방비 상태라는 점. 질투심에 사로잡혀 툭하면 속에 감춘 말을 토해내곤 했습니다. '말만 그럴싸하지 너도 똑같은 사람이야, 더러운 배신자 같으니, 딴 남자들하고 하나 다르지 않아!' 재밌는 건, 사정이 그와는 정반대로 전개되더라는 겁니다."

6

"시간이 지나면서 크세니야와 나는 하나의 물방울 속에 갇힌 신세가 되었습니다. 우리 관점에서 외부 세계의 유일한 역할은 우리가 고립되었음을 부각해주는 것뿐이었어요. 저 바깥은 가능성이 넘쳐나는 도시인데 말이죠. 거의 매일, 뭔가 해볼 만한 사업 아이디어를 가지고 찾아오는 예전 학교 동기가 한 명 있었습니다. 대부분 황당한 내용이었지만, 일은 어찌어찌 진행되었던 모양이에요. 그러더니 밑창을 갈러 구둣방을 드나들던 친구가 어느새 팔콘 스포츠화를 구입해 알프스로 스키여행을 떠나는 광경이 펼쳐지곤 하는 겁니다. 하루는 누가 자기 할아버지 자전거를 타고 찾아왔는데, 나중에 보니 경호원이 에워싼 방탄 벤틀리를 타고 나타나는 거예요.

사업가로 변신한 고등학교 동창들 얼굴이나 볼까 하고 나만의 인디언 보호구역을 벗어날 때 이따금 마주치던 녀석에게도 그런 일이 벌어지곤 했습니다. 미하일은 공과대학 다닐 때 공산주의청년단 대표였어요. 그렇다고 아파라치크* 같은 타입을 상상하진 마십시오. 최종 단계에서 콤소몰이 포섭하는 대상은 되도록 냉소적이고 야심 가득한 청년들뿐입니다. 무슨 일이든 결행할 각오가 된, 돈 욕심 많은 자들. 80년대 말, 소련에서 허용된 유일한 사업 형태는 대학생 협동조합이었어요. 러시아식 자본주의를 공부하는 비즈니스 학원이라고나 할까. 오늘날의 올리가르히 대다수가 거기서 형성되었습니다.

미하일이 바로 그 무모한 종족에 속한 자였죠. 당시 여러 차례 그가 설명했지만, 나는 정확히 무얼 한다는 것인지 이해하지 못했습니다. 그는 국영기업 간 채무상환을 위한 전략을 상세히 설명해주었는데요, 대충 말해 자기가 중간에 비집고 들어가 여기저기서 돈을 빌리고 또 출자함으로써 상호거래를 원활하게 만들어왔다는 겁니다. 이를테면 진짜 은행이 인가를 받기 수년 전, 일종의 작은 은행 역할을 한 셈이지요.

물론 미하일의 작업은 스위스 회계원의 그것과는 많이 달랐

* 소비에트 공산당 중진 인사.

습니다. 그는 가용 자산을 동원해 온갖 종류의 거래에 뛰어들었어요. 예컨대 컴퓨터를 수입했고, 여행객들을 위한 기념품을 만들었으며, 청바지 표백 공장을 열었습니다. 한번은 내게 말하기를, 코냑을 한 상자 손에 넣은 적이 있다고 했어요. 그걸 병당 50달러에 팔려고 하자, 잘 안 되더라는 겁니다. 그래서 아예 500달러로 단가를 정하니까, 사려는 사람들이 떼로 몰려들었다고 합니다.

그 시절 모스크바가 그랬어요. 미하일은 물 만난 고기 같았을 겁니다. 소비에트 상점의 맵시 없는 저고리를 입고 다니던 친구가 얼마 지나지 않아 휴고보스의 짙은 자색 수트를 걸치는가 싶더니, 나중에는 새빌로의 맞춤 정장 차림으로 나타나더군요. 안경 낀 선량한 청년이던 그가 잘나가는 엘리트를 위한 신간 잡지들에 하나둘 얼굴을 내밀기 시작했어요.

우리는 당시 딱 하나 있는 고급 호텔인 래디슨의 바에서 가끔 만났습니다. 내가 그의 무용담을 듣고 싶었던 이유는, 그와 같은 사람들을 소재로 구상 중인 희곡작품에 언젠가 써먹어볼까 하는 막연한 생각이 있어서였습니다. 하루는 저녁에 크세니야가 바람이나 쐬자며 찾아왔습니다. 바로 그날 크세니야는 미하일을 처음 만났습니다. 의례적인 인사를 나눈 뒤, 한동안 말없이 그를 쳐다보더군요. 흡족해하는 용모에 세련된 티타늄 안경 너머 예리한 눈빛, 지저분한 내 스웨터와는 뚜렷한 대조를 이루는 스리피스 정장 차림을 말입니다.

크세니야가 다짜고짜 물었어요.

'그 끔찍한 넥타이는 어디서 난 거예요?'

그때 알아봤어야 했습니다, 이 첫 대면에서 이미 내 운명은 결정되었다는 사실을. 크세니야가 미하일을, 그의 저속함과 그의 에너지, 복잡하게 생긴 그의 시계와 영국제 구두를 선택하리라는 사실을 말이죠. 당사자인 그는 즉시 알아차렸습니다. 삐딱하게 웃으며 대답해주는데, 나폴리의 어느 상점 이름이 끼어 있었던 걸로 기억합니다. 내 여자가 되면 데리고 갈게라는 눈빛이었어요.

그때 모든 걸 깨달았습니다. 그 즉시 깨친 거예요. 다만 오랫동안 그 모든 걸 스스로 믿지 않으려 했던 것이죠. 크세니야는 변덕스럽고 앙칼진 나의 여신이었으니까. 언제 돌변할지 모르는 그 막돼먹은 성질을 감내해오면서도, 악어가죽 가방과 크리용 특급 호텔 스위트룸이면 그녀를 고분고분한 여자로 만들기에 충분하다는 걸 상상조차 못 한 겁니다. 나의 고난에 찬 시적 노고로부터 한 알 한 알 뽑아낸 진주를 나날이 그녀 발 앞에 바치면서도, 다이아몬드 팔찌 하나면 그보다 훨씬 더 오래가는 효과를 거둔다는 걸 몰랐어요. 우리 자신으로부터 진실을 감추기 위해 이따금 우리의 두뇌가 기를 쓰는 걸 보면 참 기분이 묘해요. 온갖 단서가 눈앞에 빤히 드러나 보이는데도, 우리의 정신은 그것들을 주워 담으려 하질 않습니다. 그렇게 처음 대면한 후, 미하일은 뻔질나게 우리 집을 드나들기 시작했어요. 혼자 몸으로, 또는 제국 구석구석을 뒤져 피부 광택과 몸매비율을 기준으로 고른 아가씨들을 동반한 채로 말이죠. 그러고는 자신의 벤틀리나 재규어 또는 거대한 메르체데스에 우리를 태워, 도심에 있는 조지아식 최고급 레스토랑으로 직행하곤 했습니다. 때로는 아예 하인 두 명을 데리고 와 우리의 작은 아파트 테이블 위에 값비싼 굴 요리와 캐비아를 차려놓곤 하는 것이었어요. 하루는 일본에서 직접 초빙해온 스시 전문가를 집으로 데려와, 3제곱 미터에 불과한 주방의 보잘것없는 조리대 위에서 저녁 내내 참치와 방어를 조각조각 썰게 한 적도 있습니다.

미하일이 이 모든 기적 같은 일을 우리 눈앞에 펼쳐 보일 때마다, 그의 태도 어딘가에는 성당의 초 한 자루에 불을 붙이는 장사꾼의 죄 많은 기색이 어른거리곤 했습니다. 그런 태도야말로 크세니야와 내가 일생을 헌신하기로 결정한 예술을, 언제부터인지는 모르나 그 나름 존중해서일 거라고 나는 생각했어요…. 그 시절, 문화라는 것이 현실 세계에 어떤 방식으로든 영향력을 행사할 수 있기라도 했던 것처럼 말입니다. 당연히 나의 착각이었죠. 미하일은 오래전부터 알고 있었고요. 때문에 그는 진흙에서 난 우리의 비참한 진주알들을 두고, 마치 어린아이가 그린 그림을 칭찬하듯 감탄해 마지않는 척했던 겁니다. 앞 못 보는 나는 그 횡설수설 얼버무리는 태도 뒤에 감추어진 거짓 호의를 제대로 보지 못했던 거고요. 반면 크세니야는 늘 그렇듯 모든 걸 간파하고도 묵인해왔다고 할 수 있습니다. 이미 그녀는 문화라는 것이 일종의 저렴한 장식물로 변질하고 있음을 느끼기 시작했어요. 세상 우두머리들이 별생각 없이 구입하는 그런 신기한 물건들 있잖습니까. 그리고 이제 미하일이 등장한 거죠. 그의 태도가 이를 확인해주고 있었어요. 처음에는 그녀도 불편해했습니다. 미하일이 상징하는 실존적 위협을 나보다 먼저 감지했으니까. 우리 커플뿐만 아니라, 우리가 사는 세계 전체에 대해서 그렇단 겁니다. 새로운 러시아의 조류 속에서 얼굴 없는 수많은 남녀의 꿈과 열망에 쓸려나갈 그 모든 작고 보잘것없는 것들, 공들여 아로새긴 아라베스크. 저 멀리 수평선 너머 경주용 자동차와 자가용 제트기, 헬리스키 휴가와 5성급 호텔을 가득 실은 대형 선박들이 몰려오는데, 우린 그저 길들인 코끼리들 틈에서 화려한 가운이나 걸치고 버찌 시럽과 장미꽃 소르베의 호사에 매달린 동방의 왕족인 양 굴었던 겁니다. 미국 책을 읽고 베를린 친구들을 사귄 우리가 변화의 첨병이라고 확신할 때, 사실 우리는 그토록 무시해온 선조들의 무기력한 별, 죽은 별의 마지막 추종자들에 불과했어요. 책과 사상, 끝없는 토론에 대한 열정을 그들에게서 물려받아 놓고 말입니다. 이 점을 미하일은 뚜렷하게 의식하고 있었어요. 그는 화려한 세상에 자연스레 어울렸고 돈을 유연하게 잘 다루었으며, 그것이 가진 화끈한 위력에 대해서도 숙지하고 있었습니다. 세상 무엇도 그를 뒷걸음질 치게 할 수 없었죠. 그런 그가 크세니야를 원하고 있었습니다. 폐허나 다름없는 망자들의 도시에서 우리와 함께 지체하기로 한 건 바로 그 때문이었어요.

달이 갈수록 크세니야는 점점 더 그의 공물 공세에 민감해졌습니다. 대놓고 내색하진 않았지만, 평소보다 조금씩 예민해지는 것을 나는 느낄 수 있었어요. 처음에는 일종의 고풍스러운 낭만주의로 치부했던 나의 부족한 점들이 이젠 성장을 제한하는 쇠사슬로 변해, 그녀를 협소한 세계 속에 가두고 있었습니다. 하필 새 시대가 주는 가능성을 끝까지 밀어붙여도 시원찮을 시기에 말이죠. 거의 매일 미하일은 새로운 선물과 새로운 제안을 들고 나타났어요. 처음 우리의 삶 속에 슬그머니 끼어들 때의 그 절제된 겸손을 유지하려 애쓰면서도, 왠지 행동

거지에서 더 많은 자신감이 느껴진다는 생각을 지울 수 없었습니다. 우리 관계의 첫 단계를 수놓은 책 읽기와 음악 감상, 밤샘 토론이 어느새 자취를 감추면서 돈의 밀도가 높아진 활동들에 자리를 물려주고 있었어요. 나로선 수긍할 만한 서열을 견지하기가 점점 더 어려워지는 활동들이 대부분이었습니다. 갤러리와 디스코텍 오픈 파티랄지, 화이트선이나 에르미타주에서의 저녁 식사, 오후 내내 즐기는 쇼핑이 긴박한 리듬으로 이어지는 가운데, 그 모든 갑작스러운 변화가 초래하는 강력한 불안 의식이 나의 진짜 문제로 자리 잡기 시작했어요.

이와 나란히 크세니야는 미하일의 라이프스타일에 갈수록 중독되어가고 있었습니다. 이젠 그와의 지극히 사소한 약속조차 우리로선 무시하기가 매우 어려워졌어요. 외출 빈도를 낮추려고 내가 어렵사리 시도할 때마다 그녀의 싸늘한 조소와 혹독한 말싸움을 각오해야 했습니다. 크세니야는 아주 속이 상한 얼굴로 말했어요. '하여튼 바샤는 기분 좋게 외출하는 일이 없더라. 좋아하는 거라곤 그저 집에 처박히는 거라니까.'

사실 맞는 말이었습니다. 크세니야가 그 정도로 나를 이해할 만큼 충분하게 깨끗하지도, 충분하게 더럽지도 않은 여자라는 사실이 문제일 뿐.

하루는 밤에 잠이 깨서 내 옆에 누운 그녀를 한참 동안 들여다보던 기억이 납니다. 이미 먼 곳으로 떠나버린 사람을 바라보는 느낌이었어요. 어쩌다 돌아온다면, 아직 쏘아붙일 말이 남아서일 것만 같은 그런 여자. 그녀를 되돌려놓고 싶었습니다. 나야, 나 모르겠어? 하지만 내 옆에 반듯이 누운, 그리하여 아침의 전투를 위해 숨을 고르는 중인 저 복수의 여신에게 내가 줄 것이 무어겠습니까? 나는 마치 있지도 않은 시험을 준비하듯 꼬박꼬박 메모해가며 삶을 가로질러 왔습니다. 그래서인지 너무 지친 느낌인데, 아직 이룬 것이 하나도 없어요. 생각이 너무 많다 보니 모든 행동이 부질없어 보였습니다. 나의 상상력은 매일 다른 삶을 옮겨 다니게 만들지만, 그중 어느 하나도 또 다른 삶에는 쓸모가 없는 겁니다. 결국 내 야심에 걸맞은 낙하점이 아파트 거실의 초록색 소파뿐이더라고요. 이따금 내가 얼마나 대단한 사람인지 크세니야도 알 거라는 망상을 끌어안아 보기도 했어요. 하지만 시간이 갈수록 나에 대한 그녀의 감정이 처음에는 조소의 형태를 취하다가 이제는 노골적인 경멸로 진화해간다는 느낌을 지울 수 없더군요.

시골에서 안개가 하도 짙어 얼굴 앞에 바짝 갖다 댄 내 손조차 잘 보이지 않던 어린 시절의 그 어느 가을날 같은 기분이었어요. 할아버지가 말씀하셨죠, '햇빛을 구해 오거라.' 그럼 나는 무작정 밖으로 나가 숲속을 걸었습니다. 계곡을 굽어보는 벼랑을 기어올랐어요. 그렇게 앞으로 나아가는 동안 공기가 점점 빛을 머금는가 싶더니, 기적처럼 희부연 베일 사이로 태양이 나타나면서 온통 서리 뒤집어쓴 나무들이 수천 조각 다이아몬드로 반짝이는 세계를 폭로하는 것이었습니다. 거기서 나는 보석으로 장식된 나뭇가지 몇 개를 꺾어 집으로 향했어요. 그런데 도중에 얼음이 녹을지 누가 알았겠습니까. 집에 도착했을 때 내가 손에 쥔 건 보잘것없는 갈색 나뭇가지 다발이 전부였습니다. 그거면 된다고 생각했는데 말이죠. 나는 거짓말을 둘러댔습니다. 도망쳤습니다. 크세니야는 알고 있었습니다. 평화를 향한 나의 열망은 진지하지만, 아직은 내게 자격이 없다는 것을. 어림없었죠.

갑자기, 크세니야가 잿빛 눈을 반짝 뜨고는 나를 뚫어져라 쳐다보았습니다. 새벽녘 독수리처럼, 거기 그렇게 그녀의 잠을 지키고 앉은 내 존재가 너무 당연한 듯, 조금도 놀라는 눈치가 아니었어요. 그러고도 친근한 기색은 전혀 찾을 수 없었습니다. 이런 생각이 들더군요, 네가 나를 사랑하지 않으니, 너는 나보다 강한 거야. 내가 괴로워해봤자 그녀의 권태만 더해갈 뿐이었습니다.

하루는 토요일 아침, 모처럼 모스크바를 벗어나 보았습니다. 미하일이 준비한 외출이었고 우리는 그가 매입하려는 오래된 다차를 방문할 참이었습니다. 그는 새 얼굴을 하나 데리고 나왔는데 이름이 마릴렌이었던 걸로 기억합니다. 대형 투자회사에서 일하는 귀엽게 생긴 프랑스 여자였어요. 미하일이 평소 가까이하는 시르카시아 미녀들보다는 덜 휘황찬란한 붉은 머리였습니다. 조금은 진지한 관계 같았는데, 왠지 여자 쪽에서 어떤 확신을 가진 것처럼 보이더군요.

문제는 그날 마릴렌이 러시아 시골길에 영 익숙하지 않더라는 사실이었습니다. 더욱이 미하일의 난폭한 운전이 문제였어요. 블라디미르주의 비포장도로를 30분간 곡예운전 하고 나자 마침내 여자가 탈이 난 겁니다. 미하일의 고집에도 불구하고 그녀는 결국 차를 세웠고, 포르셰 운전대를 내게 넘기지 않으면 히치하이크해서라도 자기는 모스크바로 돌아갈 거라 엄포를 놓았어요. 나 또한 내키지 않는다는 의사를 표하려 했으나 상황이 상황인지라 어쩔 수 없이 운전대를 잡게 되었습니다. 옆에는 거의 기절 상태인 마릴렌을, 뒤에는 미하일과 크세니야를 태운 채로요.

10만 달러짜리 슈퍼카로 자갈투성이 길을 달리는 일에 전혀 익숙할 리 없는 나는 바짝 긴장하지 않을 수 없었어요. 기고만장한 미하일과 비교해 늘 패배자 신세가 되고 마는 상황에 허구한 날 엎어지고야 마는 나 자신이 그토록 답답할 수가 없었습니다. 반면 그는 날 계속 조롱하고 있었어요. '그래, 바쟈, 어디 한번 자네 실력 좀 보여줘. 아마 5분만 지나면 마릴렌이 다시 운전대 잡아달라며 내게 싹싹 빌걸.'

'그만해, 미하일.'

크세니야가 끼어들어 나를 편드는 척하더군요.

'바쟈는 운전 잘해. 할아버지 트랙터 모는 걸 네가 좀 봐야 하는데.'

'할아버지 마차가 아니고?'

뒤에 둘이 신났더라고요. 그러는 동안 포르셰는 내가 별 확신 없이 정한 방향으로 그럭저럭 굴러가고 있었습니다. 기어박스에는 알 수 없는 장치가 있었는데, 나는 그저 4단에 머무는 상태를 유지하고 있었어요. 문득 백미러를 올려보고 싶었습니다. 더듬더듬 거울을 조절하면서 뒷좌석을 흘끔 넘겨다보았습니다. 미하일의 손이 크세니야의 무릎에 얹혀 있더군요. 마치 큼직한 게처럼, 거기 그렇게 꼼짝하지 않고 있었어요.

기분 참 묘했습니다. 뭐라 설명해야 할지 모르겠더군요. 충격과 동시에 이미 알고 있는 무언가를 눈으로 확인하는 느낌이었습니다. 어떤 의미에선 거의 흡족하다고까지 할 수 있었어요. 아무튼 나는 아무 내색도 하지 않았습니다. 나는 계속 운전했고 그날 하루 내내 아무 일 없는 것처럼 행동했습니다. 귀가하면서 크세니야에게 말했어요, 내가 떠나겠다고. 일단 싸움을 걸려고 하더군요. 내 기억에 잔을 한두 개 깨트리기까지 했습니다. 하지만 결국은 나처럼, 물론 서로 이유는 달랐지만, 평정을 되찾았습니다."

7

"서민 아파트 맨 꼭대기 층 작은 방 하나를 건축가 친구가 모스크바라는 수렁에 뜬 일종의 하얀 캡슐로 리모델링 해줘, 그리로 거처를 옮겼습니다. 많이 괴로울 거라고 예상했는데, 다시금 가볍고 힘이 솟는 느낌이었어요. 보기보다 실연의 고통에 소질이 덜한 게 분명했습니다. 누가 말했던가요, 여자가 우리를 괴롭힘으로써 드러내 보여주는 진실만큼 소중한 여자는 세상에 단 한 명도 존재하지 않는다고.

이제야 확실히 알겠는데, 연극이란 크세니야를 떠남으로써 내 안에 깨어난 야망을 충족시킬 만한 것이 못 되었습니다. 최소한의 기쁨조차 양산해내지 못하는, 현실 앞에서 늘 무능하고, 어디를 가든 깊은 회한만을 동반한 채 유물을 보존하려는 비장한 시도랄까, 문화의 상실을 애도하는 지식인의 처절한 슬픔을 나는 더 이상 견딜 수 없었습니다. 이른바 '문화생활'이라는 것, 수많은 아카데미와 포상들, 진정한 재능과는 인연이 없는 평범한 예술가들이 오직 살아남기 위하여 억지로 꾸며대는 자잘한 계책들에 대해서는 굳이 말할 필요가 없지요.

나는 내가 속한 시대의 일원이 되고자 했지, 논평이나 할 생각은 아니었습니다. 서가로부터 스스로 멀어질수록 어떤 운명이든 맞설 수 있다는 신념이 내 안에 무르익어갔어요. 나는 일생을 끌어모아 한 점에 집중할 순간만을 찾고 있었습니다.

나는 도심을 가르는 어둠의 전류에 난생처음 몸을 맡겼어요. 그때 알게 된 막심이란 자는 그라우초 막스를 빼닮은 얼굴에 늘 깔끔한 이탈리안 정장을 갖춰 입고 화려한 여성들에 둘러싸인 광고업자였습니다. 그가 말했어요, '내가 못생기다 보니 일주일에서 최고 열흘은 시간이 걸린다니까.' 그는 신속한 과정에 익숙한 제물을 대상으로 하여, 작지만 지속적인 관심을 투여하다가 부지불식간에 먹잇감을 낚는 기술을 다듬어왔다고 했어요. 특히 자기 자신을 바라보는 태도에서도 순발력을 잃지 않았는데, 그건 우리 같은 사람들에게선 극히 드문 자조감으로, 또 다른 재능이라 할만했습니다.

약간의 시간이 흐르면 항상 결과는, 먹잇감들이 막심의 초대에 응할 뿐 아니라 그에게 반하는 것으로 귀결되었습니다.

일단 외모에 따른 거부감만 넘어서면, 여자들은 그의 광기와 지성, 섬세한 매너에 휘둘리기 일쑤였어요. 그 자상함 너머, 보기와는 달리 범접하기 어려운, 강인한 성격이 숨어 있음을 여자들은 직감으로 알아챘습니다. 그렇게 서로의 역할이 바뀌면, 남자를 몸 달게 하던 여자가 오히려 상사병을 앓는 여인네로 돌변하죠. 여자들은 무작정 막심을 물고 늘어졌고, 그의 달콤한 무심함의 비밀을 파고들기 위해 수단과 방법을 가리지 않았습니다. 솔직히 말해 막심의 입장에서 딱히 얻는 건 없었어요. 서로 역할이 바뀔 때마다 그는 무기를 내려놓은 적군에 대해 늘 관대한 태도를 견지했으니까요. 단지 새로운 정복에 나설 때가 되었음을 알리는 신호로 모든 걸 잠자코 받아들일 뿐이었죠. 일단 상황이 재개되면 재앙에 가까운 떠들썩한 소란의 연속이 불가피할 테니까. 나로 말하자면, 그의 주변에 끊임없이 여자들이 꼬인다는 사실에서 나름 이득을 취하고 있었어요. 크세니야가 패주한 이후 나는 생각을 바꿀 필요가 있었고, 그런 차원에서 90년대 중반의 모스크바는 적절한 장소임을 인정해야만 했습니다. 당신은 어느 오후 담배를 사러 집을 나섰다가 어찌 된 영문인지 몹시 흥분한 친구와 우연히 마주칠 수 있고, 그 이틀 뒤에는 쿠르슈벨의 한 별장에서 반쯤 벌거벗은 몸으로 깨어나 몽롱하게 취한 미녀들과 뒹굴고 있는 자신을 발견할 수가 있어요. 어떻게 해서 그곳에 와 있는지는 전혀 모르고 말이죠. 또는 스트립 클럽 파티에 참석해 모르는 남자와 말을 섞기 시작했다가 꼭지가 돌게 보드카를 퍼마시고는, 다음날 수백만 루블짜리 광고캠페인의 첫머리를 장식한 자기 모습에 맞닥뜨릴지도 모르는 겁니다.

예측 불가능성이란 언제나 러시아적 삶의 중요한 속성 중 하나였습니다. 다만 그 시대 유독 그런 현상이 극에 달했다는 것이죠. 상상해보세요, 한창 피 끓는 시절, 대부분 명석하고 때로는 천재적이지만 늘 삭막한 인생을 살 수밖에 없다고 생각하던 모든 남녀의 눈앞에, 불현듯 세계로 향하는 길이 활짝 열리는 겁니다. 이제 원하는 무엇이든 될 수 있고, 떼돈을 벌 수도 있으며, 지구를 두루 여행할 수도, 모델들과 잘 수도 있게 되었어요. 불과 몇 년 전만 해도 세상에 존재한다고 짐작조차 하지 못한 모든 것이 현실적으로 가능해진 겁니다. 머리가 돌 만도 하게 생겼죠. 실제로 많은 사람이 이성을 잃었습니다. 폭력의 수준이 어마어마하게 급등했어요. 유치원생들에게 돌아갈 학용품에 반자동 소총을 무더기로 섞어 나눠준 격이라고나 할까. 터무니없는 이유로 너나없이 사방에서 총을 쏴댔습니다. 일반인을 보호해야 할 민병대가 오히려 날뛰는 경우를 보기도 했습니다. 폭탄을 터뜨리질 않나, 칼라시니코프*를 난

사하질 않나, 모스크바의 방사성 기포를 키우는 데 모두가 기여하고 있었어요. 수십 년 노화한 공산주의의 무력증에 허덕여온 온 나라의 축적된 열망이 바로 여기에 수렴하고 있었습니다. 패권을 이어받는다고 믿었으나 실은 아무것도 상속하지 못한 지식인들이 생각하듯, 중심에는 문화가 존재하지 않았어요. 중심, 거기엔 텔레비전이 있었습니다. 그건 마법의 추를 놀려 시간을 왜곡하고 욕망의 반사광을 사방에 투사하는 새로운 세계의 신경중추였어요.

연극 무대의 경험을 텔레비전 프로듀서의 경력으로 전환하는 일은 증기자동차에서 람보르기니로 갈아타는 것이나 마찬가지였습니다. 필터 없는 담배 연기 자욱한 주방 테이블에 앉아 뜨거운 차를 마시며 마야콥스키를 논하던 내가, 다음날엔 네덜란드 건축가들이 설계한 탁 트인 공간에서 카푸치노를 홀짝이며 파워포인트 프레젠테이션을 편집하다 말고 마라케시로 떠날 휴가 생각에 마냥 즐거워하는 것이었어요. 당시 막 민영화한 러시아 텔레비전 제1채널 ORT 스튜디오에서는 단순히 방송하는 게 아니라, 훗날 새로운 러시아인들에 의해 채택

---

* 칼라시니코프가 발명한 돌격소총 AK-47.

될 삶의 형태를 실험하고 있었습니다. '맙소사!'와 '맘대로!'로 점철된 나날을 지나, 이제는 와인바에서 사시카이아와 샤토마르고의 효능을 비교하며 논쟁을 벌이고 있었어요. 여자들은 저마다 〈섹스앤더시티〉 분위기를 풍겼고 남자는 죄다 조니 뎁이었습니다. 러시아인 특유의 모방 능력은 '버즈buzz'를 퍼뜨리고 '하이프hype'를 유발함으로써 '쿨cool'한 것으로 간주될 모든 언행에 동원되었죠. 결과는 명백하게 우스꽝스러웠습니다. 그래도 현 단계에서 국가의 집단적 상상력을 재건한 건 우리였어요. 모든 기관이 붕괴한 상황에서 길을 가르쳐주는 건 텔레비전이었습니다. 낡은 체제의 잔해를, 변두리 지역의 임대 아파트를, 스탈린이 세운 고층 빌딩의 첨탑들을 챙겨, 그것들로 우리만의 리얼리티쇼를 꾸려나간 겁니다. 우리는 술주정뱅이 가장이랄지, 시골 할머니, 야심 많은 창녀, 니힐리스트 대학생 등 러시아 인민의 특징이 가장 뚜렷한 전형들을 선별하여 그들 각자에게 새로운 세계로 동참할 최선의 길을 제시해주었습니다.

첫째가는 룰은 '지루해선 안 된다'였어요. 나머지는 다 부수적인 문제였고. 소비에트의 권력자들은 나라 전체를 답답한 권태의 장막으로 뒤덮어 질식시키지 못해 안달이었죠. 지금은 단조로움만 아니면 무엇이든 허용되는 세상입니다. 우리가 거의 매일, 이전보다 조금은 더 엉뚱한 아이디어를 새롭게 선보여온 이유가 바로 거기에 있어요. 가령 지방 어느 소도시의 주도권을 놓고 서로 다투는 두 갱단에 관한 리얼리티쇼는 어떤가요? 그럴듯합니다! 아가씨들을 대상으로 벼락부자 후리는 방법을 가르치는 학교들에 관한 다큐멘터리는요? 나쁘지 않아요! 주가의 흐름을 내다보는 점성가는? 마리앙투아네트 스타일 전문의 실내장식가는 괜찮을까요? 그 역시 방송을 탔었죠!

우리는 미디어의 본질에 부합하게끔 되도록 야만적이고 통속적인 텔레비전 방송을 추구해왔습니다. 그 점에서 미국인들은 더 이상 우리에게 가르칠 것이 없었어요. 요컨대 '트래시 trash'의 경계를 넓힌 건 우리란 말이죠. 다만 아득한 시대, 러시아의 영혼이 심연으로부터 불쑥불쑥 고개를 내밀었습니다. 한때 우리는 애국적 내용의 대규모 쇼를 기획한 적이 있어요. 먼저 대중에게 각자의 영웅들 즉, 어머니 나라 러시아의 긍지를 일으켜 세운 인물들을 적시해주길 요구했지요. 우리가 기대한 건 톨스토이, 푸시킨, 안드레이 루블레프 같은 위대한 인간이랄지 가수나 배우 등 얼른 떠오르는 유명인들의 이름이었어요. 한데 구부정한 자세로 눈을 내리까는 데 익숙한 무정형의 방관자들인 인민은 우리에게 무엇을 제출했을까요? 수많은 독재자의 이름이었습니다. 그들의 영웅, 나라의 기틀을 다진 주인공들은 폭군 이반, 표트르대제, 레닌, 스탈린 등 피비린내 나는 권위주의 정치인들의 목록과 다르지 않았어요. 적어도 학살자가 아닌 전사로 평가받는 알렉산더 넵스키를 낙점하기 위해서 우리는 어쩔 수 없이 목록을 조작해야만 했습니다. 그럼에도 제일 많은 득표수를 기록한 건 스탈린이었어요. 스탈린 말입니다, 이해하시겠습니까? 그때 비로소 나는 러시아가 결코 평범한 정상국가가 될 수 없다는 사실을 깨달았어요. 진정 회의적이라 할 정도는 아니지만 말입니다."

8

"당시 ORT의 소유주는 보리스 베레좁스키라는 억만장자였어요. 첫눈에 특별히 신뢰할 만한 올리가르히로는 보이지 않는 자였습니다. 용모 어디서도 위엄이랄지 품위를 찾기 어려웠으니까요. 작고 살찐 체형에 근시에다, 늘 잡념에 시달리면서 웃거나 남을 웃기려고 안달이었죠. 자기가 힘 있는 사람인 건 모두가 아는 사실인데, 틈만 나면 그 점을 강조하려고 했어요. 특히 그는 어디선가 전화가 걸려 와 식사가 중단되는 상황을 즐겼습니다. 두 눈을 반짝이며 말하곤 했어요. '대통령 영애 타티아나로군.' 부총리에게서 온 전화에는, '아, 아나톨리!'라며 티를 냈죠. 터무니없는 자기 무용담을 늘어놓지 않고서는 4분 이상 대화를 이어가 본 적이 없는 사람이에요. 가령 체첸공화국에 들어가 인질 구한 얘기를 하면서 포상으로 받은

8만 달러짜리 손목시계를 증거랍시고 내보인다든지, 아예로 플로트를 장악한 다음 스튜어디스의 새 유니폼에 대한 아이디어를 식탁보에 그려 보인다든지.

한번은 노보쿠즈네츠카야역 쪽에 있는 오래된 궁전을 매입한 적이 있습니다. 성 클레멘트 성당에 인접한 긴 형태의 낮은 흰색 건물이었죠. 원래는 회사가 들어설 자리인데, 베레좁스키는 뭔가 더 특별한 것, 일종의 클럽이랄까, 자기 말로는 로고바자그룹을 만들어 사업 파트너는 물론 이런저런 이유로 자주 만나야 할 모든 이에게 개방된 공간으로 꾸몄어요. 누구든 그곳에서 온종일 시간 때우며 고급 시가를 즐기고, 벨라루스 출신 기업가라든가 함께 작당하여 세계를 개조할 카자크 장군과 조우할 수도 있게 말이죠. 벽을 따라 거대한 수족관이 들어서는가 하면, 바이에른의 어느 성채에서 직접 뜯어온 벽난로와 닥치는 대로 끌어모은 이콘들, 상아 조각품들, 쪽매붙임 탁자들이 즐비하고요. 카펫 바닥에 놓인 골동품들 하나하나는 미학적 안목에서보다 금전적 가치를 따져 선별되었음을 느끼게 했습니다. 그래도 전체적으로는 매력이 없지 않았어요. 성공적인 모험의 산물이랄까, 무장 강도의 은행 털기랄지 대박 난 하룻저녁 블랙잭 테이블을 연상시키는 분위기였거든. 바냐 아저씨*가 사는 집을 제임스 본드가 리모델링 하면 그럴까. 그리

좋은 취향이 돋보인 건 아닐지 몰라도, 거기 드나드는 사람 대부분이 단 하나 욕망을 가졌던 건 사실이지요, 가능한 오랜 시간 머물고 싶다는.

클럽에 사람이 제법 북적댔다고 말할 순 있을 겁니다. 대도시의 정치, 비즈니스, 쇼맨십, 범죄가 당시 연출할 수 있는 최상의 장면들을 마음껏 펼쳐 보이는 곳이었으니. 어느 정도 때가 무르익은 다음부터는, 다른 은하계로부터 날아든 것만 같은 여자 생물들이 심심찮게 모습을 드러내기도 했어요. 보리스와는 가능한 한 늦은 시각 조우하기 위해 다들 신경 쓰는 분위기였습니다. 저녁 8시부터 클럽에서 죽친다는 건 모스크바를 통틀어 가장 흥미진진한 파티에 자동 초대됨을 의미했거든요. 그 시간이 일단 지나면 일과 쾌락이 통째로 뒤얽혀, 어떤 사업 계획을 논의하러 모인 자리도 손쉽게 통음난무의 장으로 변질하기 마련이었어요. 모스크바의 권력은 그런 식이었습니다. 삶의 현장과 따로 놀아본 적이 없어요. 당신들 나라에선 권력을 행사하는 사람들이 회계원 이상도 이하도 아니죠. 회색빛 인간들이 아침 일찍 일어나 통밀 시리얼로 식사를 때우고

---

* 총 4막으로 구성된 안톤 체호프의 희곡 〈바냐 아저씨〉(1899).

각자 사무실로 기어들어 하루 열 시간, 열두 시간 아니 열네 시간 정해진 일을 합니다. 그런 다음 차를 타고 운전기사에게 말하죠, 집으로 돌아가거나 다시 지루한 인간들을 만날 저녁 자리로 이동하자고. 그나마 최상의 가설을 따를 경우, 목적지는 내연녀의 숙소가 될 수도 있지만 말입니다. 한마디로 '역사의 종언'*인 셈이죠. 러시아에서는 상상 불가한 일입니다. 우리는 권력에 대하여 전체론적인 생각을 지니고 있어요.

그 시절, 텔레비전 프로듀서라는 소소한 이력 덕택에 나는 이따금 로고바자그룹의 파티에 초대받곤 했습니다. 보통 베레좁스키는 이런저런 방송 계획에 관한 정보를 얻기 위해 나를 불렀고, 가끔은 즉석에서 친척이나 댄서를 추천하기도 했어요. 그러던 어느 저녁이었습니다, 갑자기 대화가 예기치 않은 방향으로 흘러갔지요. 우린 건물 2층 사무실에서 그의 조지아 출신 선배이자 동업자와 동석하고 있었어요. 두 사람 다 약속이나 한 듯 최근 내가 연출한 형편없는 작품의 시청률을 칭찬

* 프랜시스 후쿠야마가 저서 《역사의 종언》(1992)에서 주장한 개념. 자유민주주의 시장경제가 전체주의적 통제체제의 모순을 궁극적으로 해소함으로써, 역사 발전의 패러다임에 근본적인 전환이 닥친다는 전망.

하는가 하면, 다음 방송할 프로그램에 대한 정보를 슬그머니 물어왔습니다. 나는 이 사람들이 뭔가 다른 속내가 있음을 재빨리 눈치챘죠. 그러던 어느 순간, 베레좁스키가 정치 이야기를 꺼내기 시작했어요. 장관인 한 친구의 처지를 언급하는데, 내각에서 방금 쫓겨났다는 겁니다. '러시아 정치는 러시안룰렛과도 같아. 딱 하나 알아야 할 건, 내가 목숨 걸 준비가 돼 있느냐 아니냐지.'

그러고는 나를 돌아보며 말해요. '여보게 바쟈, 이 나라의 아름다움은, 자네가 무얼 걸지 않더라도 똑같은 부담을 안고 간다는 점이야. 그냥 구석에 처박혀 자기 일 하면서 잘먹고 잘산다 치자고. 언제 누가 나타나 자네가 가진 걸 빼앗으려고 할지 몰라. 만약 그자가 권력이 있든지 하다못해 완력이라도 있다면, 아마 목적을 이룰 수도 있을걸. 그럼 자네는 아무 잘못도 없으면서, 말짱 도루묵 신세 되는 거지. 그럴 바엔 대차게 한번 걸어나보는 게 낫지 않겠어?'

보리스는 사람 마음속에 조금씩 의혹을 흘려 넣는 말투를 구사하고 있었어요. 이자가 단지 사회학적인 고찰을 표명하는 것인지, 아주 살짝 노골적인 협박을 섞어 공갈을 늘어놓는 것인지….

'내가 겪은 일이 바로 그런 거라네. 구석에 처박혀 내 일만

하면서 편안히 지냈지. 합법적이면서 아주 근사하고 세련된, 이른바 서구적인 아이템으로 그럴듯한 사업을 일구었어. 방방곡곡 무더기로 차를 팔아주는 나만의 딜러들을 망조직으로 거느리면서 말이야. 그런데 어느 날, 웬 빌어먹을 놈이 나타나 내 사업을 날로 들어먹겠다는 거야. 그놈이 무얼 만드냐고? 그놈 하는 사업이 나와 경쟁 관계에 있냐고? 미국이나 유럽에서처럼 시장 논리로 한판 붙어보겠다는 거냐고? 천만의 말씀! 그 원숭이 같은 자식이 낡은 오펠 자동차에 폭약을 잔뜩 채워 내가 다니는 길에 세워두는 거야. 내가 오후에 차를 몰고 그 길을 지날 때, 놈이 원격 조정 버튼을 누르면, **쾅!** 베레좁스키는 그걸로 끝장이지. 어쨌든 놈의 생각은 그랬어. 다만 일이 꼭 그렇게 굴러가진 않았는데, 어쩜 베레좁스키가 고양이보다 목숨이 여럿인가 보더라고. 어떻게 됐느냐? 정신이 들고 보니, 내가 운전기사의 머리통을 품에 안고 있더라니까. 그놈의 오펠 파편이 날아와 마치 기요틴 칼날처럼 기사의 목을 싹둑 잘라버린 거야. 대신 나는 무사했던 거고. 약간의 찰과상뿐이었지. 사람들이 새카맣게 변한 내 차를 바라보면서 자기들 눈을 의심하더라니까.'

보리스는 회의에 가득 찬 표정으로 고개를 흔들었습니다.

'내가 무슨 말을 하면 좋겠나, 바쟈? 그날 나는 깨달았네, 너는 권력에 관심이 없어도, 권력은 너에게 관심이 아주 많다는 걸. 그 뒤로 2주 정도 요양차 스위스에 머물렀지. 다시 모스크바로 돌아와 내가 한 일이 무언지 아는가? 테니스 클럽에 등록하는 거였어.'

　나머지는 내가 아는 내용이었습니다. 모스크바 사람이면 다들 아는 사실이고요. 테러의 시대에 늙은 대통령은 이미 힘을 잃어가고 있었습니다. 집무실에는 거의 모습을 보이지 않았어요. 참새언덕에 스포츠 클럽을 세우고 테니스를 치면서 시간을 보냈습니다. 아니면 술집에 진을 치든지요. 그의 주변에선 일군의 정치꾼과 거간꾼들이 뒷거래에 몰두하고 있었습니다. 권력과 가깝게 지냄으로써 엄청난 이득을 누리다가, 바로 그 권력이 한순간 사라질 수 있다는 생각에 벌벌 떨기 시작하는 자들이지요. 재능이라곤 우두머리의 사소한 약점과 허영을 부추기는 게 전부인 그저 그런 자들이라, 보리스를 일종의 메시아로 보았던 겁니다. 그의 지성과 야망, 열정은 대통령의 딸에게 곧바로 호감을 불러일으켰고, 이를 통해 늙은 곰의 호감까지 사버렸습니다. 그들이 보기에 베레좁스키는 하늘에서 떨어진 만나와도 같은 존재였어요. 아주 망한 건 아니라고, 비록 타격은 있었지만 대통령은 아직 해결할 힘이 있다고 설득에 나선 자가 바로 그였어요. 노인네 귀에 대고 속삭이는 그의 모습이 지금도 보이는 듯합니다. '선배, 러시아는 아직도 선배가 필요해. 선배의 용기, 그 진정성이 필요하다고…. 설마 공산주의자들 손에 조국을 넘겨줄 생각은 아니겠지?'

그런 논거를 통해서, 베레좁스키는 우선 국영 텔레비전을 장악했고 대선 캠페인을 기획했습니다. 그리고 두 달 안에 옐친을 부활시키는 데 성공했어요. 만약 상대 진영이 선거에서 이길 경우 그 즉시 시베리아 집단 수용소가 다시 가동될 것이며 빵을 사기 위한 줄이 또다시 길게 이어질 거라는 암시를 퍼뜨림으로써, 경쟁자들을 모조리 퇴출시켰다고 하는 게 맞겠군요. 단 하나 문제는, 선거를 2주 남겨놓은 시점에 노인네가 또 심근경색을 일으켰다는 사실입니다. 그날 일정상으로는 국민을 향한 최종 연설의 녹화가 있는 날이었어요. 결국 녹화는 취소되었지만, 며칠이 지나 별의별 괴소문이 퍼지면서 대통령의 출현이 불가피하게 되었습니다. 하지만 옐친 본인이 집무실로 출퇴근하기 어려운 상태라, 보리스는 크렘린의 집기들을 대통령 관저로 옮기라는 지시를 내렸어요. 그렇게 해서라도 현재 대통령의 정상적 직무수행이 가능하다는 느낌을 주려는 것이었습니다. 마침내 녹화가 이루어지던 날, 옐친은 의자에 똑바로 앉아있기 어려울 정도로 상태가 최악이었죠. 하는 수 없이 그의 등 뒤로 판자를 밀어 넣어 몸을 지탱하지 않으면 안 되었습니다. 그러고도 연설 자체는 여전히 무리였어요. 대통령 입에서 나오는 말을 도무지 알아들을 수가 없는 겁니다. 그래서 우리는 할 수 있는 데까지 입술을 움직여 달라고만 요청했습니다. 모든 연설은 편집실에서, 이전에 했던 연설을 이리저리 짜깁기해서 만들어내고요.

선거 당일, 옐친은 너무 상태가 안 좋았고 투표용지를 투표함에 밀어 넣는 것조차 힘겨워했습니다. 베레좁스키의 카메라들이 현장을 촬영했으나, 흰옷 입은 의사 두 명이 대통령을 부축하는 장면은 추후에 편집되어 사라졌지요. 물론 러시아에서 뭔가 필요한 해결책을 동원할 때는 늘 그렇듯 터무니없는 조작이 먹혀들었고, 옐친은 큰 표 차로 재선에 성공하게 돼요. 이후 늙은 곰은 완전히 무력한 상태에 빠졌고 베레좁스키가 러시아의 진정한 주인이 됩니다.

바로 그 시점에 그자가 내 앞에 나타난 거예요. '러시아 정치는 러시안룰렛과도 같아. 자넨 목숨 걸 준비가 돼 있나, 안돼 있나?'

당연히 나는 걸고자 하는 쪽이었죠. 그때까지 나는 어떤 식으로든 일전을 불사한다는 각오로 살아왔거든요.

'모르겠습니다, 보리스, 전 그저 제 일을 사랑할 뿐이에요.'

'그야 그렇지, 자넨 제법 잘나가고 있잖아. 내가 제안하는 건, 더 높은 차원으로 넘어가자는 거지.' 베레좁스키는 안경 너머 최대한 강렬한 시선으로 내 얼굴을 쏘아보고 있었습니다. '자네 이제 허구를 만드는 일은 그만두고 현실을 창조해보는 것에 대해서 어떻게 생각하나?'

그때만 해도 그가 하는 말을 도무지 알아들을 수 없었습니다. 그의 곁에는 조지아인이 고향 친구 같은 푸근한 표정으로 웃고 있더군요.

'자네도 알다시피 크렘린 내부에 내 인맥이 좀 있지 않은가.' 분명 조심스럽게 내비친 말 앞에서 어떤 반응을 보일지 기대하는 느낌이었지만, 나는 아무 대꾸도 하지 않았습니다. 그는 약간 실망한 눈치로 말을 이었어요. '과거에 내가 도움을 주는 일이 간혹 있었지. 하지만 지금은 시나리오가 완전히 바뀌었어. 더 이상 존재하는 무언가를 지원하는 일은 의미 없다 이거야. 아직 존재하지 않는 것을 새로 만들어내는 일이 중요하지.'

'아직 존재하지 않는 사람…' 동업자가 끼어들더군요.

'물론이지, 사람…! 하지만 그건 둘째 문제야. 요컨대 새로운 현실을 창조해야만 하거든. 선거에서 이기는 게 아니라, 하나의 세계를 건설하는 게 문제라고.'

베레좁스키는 끝까지 일반론만 늘어놓았으나, 나는 그가 내심 하고자 하는 말을 이해하기 시작했습니다. 대통령 선거까지 남은 시간은 대략 1년 남짓. 두 차례의 권한대행과 다섯 번의 심근경색을 거친 다음부터 늙은 곰은 사실상 정계아웃이에요. 이 사람은 바로 거기에 맛을 들인 겁니다. 설사 이번에는 공산주의의 위협이 지난번보다 덜 절박할지언정, 조국을 구원할 자신의 역할을 다시금 자각하고 있는 것이죠. 아니, 현실을 자기 마음대로 왜곡하는 꼭두각시 조종사의 역할일지도 모르겠네요. 어차피 본인 머릿속에선 그게 그거였겠지만.

'지금 필요한 건 무엇보다 정당이네. 이 문제는 타티아나와 이미 얘기해두었어. 우린 통합당을 창당할 거야. 그게 제일 시급해. 우익도, 좌익도, 공산주의자도, 자유주의자도 이젠 됐어. 사람들이 원하는 건 통합의 감정을 되찾는 거라고. 그들은 공산주의 그 자체가 아닌 하나의 질서, 말하자면 공동체 의식이랄지, 진정 거대한 무엇에 속해 있다는 자부심을 그리워하는 거야. 러시아인은 미국인과 다르고, 앞으로도 다를 것이네. 그들에겐 돈 열심히 모아 식기세척기나 구입하는 삶은 충분치 않아. 그들이 바라는 건 다 같이 하나 되는 일에 참여하는 것이지. 그를 위해 자기를 희생할 준비가 되어 있는 사람들이라고. 차량 구매 할부금 내는 문제를 넘어서는 비전을 그들에게 되찾아주는 것이 우리가 해야 할 일이란 말일세. 중요한 건 통합의 이상이야. 사람들의 권위를 회복시켜주는 운동. 나는 벌써 그래픽 디자이너들을 고용해 일련의 상징작업을 의뢰한 상태라네. 자, 보라고, 바쟈, 어떻게 생각하나?'

베레좁스키가 종이를 한 장 내밀었는데, 거대한 갈색곰의 옆모습이 고도로 양식화되어 있었어요. '자유주의자들이 여우, 공산주의자들이 매머드라면 우리에겐 곰이 있네. 곰이야말로 고귀하면서도 야성적이고 강력한, 러시아의 영혼을 상징하지. 우리 모두에게 필요한 게 바로 이런 존재라고, 바쟈. 사람들이 더 이상 정치에 관심이 없다면, 우린 그들에게 신화를 제공하면 되는 거야!'

보리스는 그날 너무 흥분했고, 얼떨결에 앞에 놓인 펜대를 쓰러뜨린 기억이 납니다. 어쨌든, 아주 무의미한 주장은 아니었어요. 90년대 초 고르바초프와 옐친이 혁명을 일으켰지만, 다음날 대다수 러시아인은 생전 듣도 보도 못한 세상에서 눈을 떠야만 했습니다. 도대체 어떻게 살아가야 할지 알 수가 없었던 거죠. 아메리칸드림과 유럽의 꿈이 무너지기에 앞서 소비에트의 꿈이 허물어진 겁니다. 당신들 세상에선 전혀 알아채지 못했을 거예요, 꿈이라는 것이 그처럼 초라하고 칙칙한 재료로 만들어졌다고는 생각할 수 없었을 테니까. 가령 교수나 공무원 같은 선망의 직업에 앙증맞은 지굴리* 차량, 감자밭이 있는 다차, 소치라든가 가끔은 바르나로도 떠나는 휴가, 흑해에서 다리를 첨벙대고 난 뒤 친구들과 즐기는 바비큐 파티 따위. 그래도 그 세계엔 힘과 긍지라는 게 있었습니다. 군인과 초등학교 여교사, 트럭 운전기사와 지치지 않는 노동자라는 영웅들이 존재했어요. 거리와 지하철역의 수많은 포스터는 바로 그들에게 바쳐진 것이었습니다. 그런 것이 몇 달 지나지 않아 모두 쓸려 내려간 거죠. 이제 새로운 영웅인 은행가와 슈퍼모델들이 지배권을 주장하고 나섭니다. USSR의 3억에 이르는 주민들 생존을 떠받쳐온 원칙들이 일거에 전복되고 마는 거예요. 조국의 땅을 밟으며 성장했건만, 어느 날 갑자기 슈퍼마켓에 들어와 있는 겁니다. 당시 돈에 눈을 뜨는 일은 가장 당혹스러운 사건이었습니다. 아울러 주식시장 붕괴와 3천 퍼센트에 이르는 인플레이션으로 그 돈이 아무런 가치가 없다는 사실 역시 깨달아야 했죠.

　　베레좁스키의 직관은 정확했습니다. 기후가 변하고 있었고, 피로감에 시달리는 사람들은 질서를 되찾고자 했어요. 문제는 이런 요구에 어서 답을 주는 것이었습니다, 다른 누가 같은 생각을 하기 전에 말이죠."

* 러시아 고유의 소형차 모델명.

9

"베레좁스키는 구 KGB인 FSB 건물에서 나와 만나기로 약
속했습니다. 어둡고 음산한 입구 로비가 마치 로고바자그룹의
화려한 접견실이라도 되는 양, 그는 활짝 웃는 얼굴로 나를 맞
이했어요. 그 음침한 장소에서도 아주 편안해 보이는가 하면,
내심 나를 겁주려는 유혹을 떨치지 못하는 것 같았습니다. '자
네 소련 시절 루뱐카*에 대해 모스크바 사람들이 뭐라 이야기
한 줄 아는가? 시내에서 가장 높은 건물이라고들 했지. 지하실
에서 시베리아가 보일 정도라고 말이야….'

나는 그냥 웃어넘겼습니다. 할아버지 세대에서나 통할 농담

* KGB 건물.

이었어요. 아버지만 해도 전혀 웃긴다고 생각하지 않았을 겁니다. 나로 말하자면 완전히 다른 행성에 살고 있었어요. 당시 나는 우리가 그 세상을 한참 지나왔다고 생각했거든. 정작 지나가는 건 아무것도 없다는 사실을 전혀 깨닫지 못한 채로 말이죠. 나는 일종의 눈도장을 찍는 차원에서 그곳을 방문하는 줄 알았습니다. 러시아에서 보안 요원들과 돈독한 관계를 유지한다는 건 언제나 바람직한 아이디어니까요. 그런데 창문 하나 없는 4층 기나긴 복도를 걷는 동안, 보리스는 나의 그런 예상을 여지없이 깨트렸습니다. 그 태도로 보아, 이번 만남은 전날 저녁 우리의 대화와 관련이 있었어요. 'FSB 국장이 참 좋은 재목인 것 같더군. 완전 무명인데, 노인네가 신뢰하는 사람이라네. 결정적인 순간에 능력을 증명해왔다는 거야. 젊고, 능력 있고, 현대적이고. 정확히 러시아가 필요로 하는 사람인 거지. 게다가, 이따 보겠지만, 겸손한 타입이라더군. 전임자들의 집무실을 자기가 차지하기보단 모두 박물관으로 개조했대, 시대가 바뀌었다고 말하듯이 말이야.'

비서실을 빠르게 통과한 뒤, 우리는 우체국장이 일하는 곳이라 해도 될 작은 사무실로 안내되었습니다. 방주인은 연한 금발에 창백한 인상으로, 아크릴베이지 수트 차림에 회사원 같은 자세였어요. 아주 미세하게 냉소적인 느낌인데, 악수를 청하면서 '블라디미르 푸틴'이라 하더군요.

당시만 해도 차르는 아직 차르가 아니었어요. 오늘날 그의 눈빛에서 느껴지는 금속과 같은 날카로움이 애써 자제함에도 어렴풋이 드러나긴 했으나, 나중에 체득할 결연한 권위가 아직 동작 하나하나에서 우러나는 수준은 아니었습니다. 다만 존재 자체가 어떤 안정감을 전파하고 있었어요.

버릇대로, 보리스는 말의 홍수를 쏟아냈고 그 물살은 매번 같은 방향으로 흘렀습니다. 푸틴 같은 인물이 나서서 러시아가 새천년으로 무난히 진입하도록 상황을 관리해야 한다는 얘기.

FSB 국장은 아주 난색이었습니다. '이봐요 보리스, 보안 업무라는 건 모든 점에서 정치보다 효과적이면서 그 폐단과는 무관한 분야랍니다. 저로 말하자면 현 체제의 핵심부에 자리 잡고서 모든 사안에 귀와 눈을 열어놓고 있어요. 대통령과 그 가족의 보호를 위해 필요할 땐 언제든, 가장 효율적으로 모든 일에 개입합니다. 아시다시피 과거에도 그랬고 앞으로도 항상 그럴 거예요. 그런 저를 여기서 빼내 내각에 박아넣으면, 탐조등 불빛에 낱낱이 노출하겠다는 거고, 그럼 저는 아무것도 할 수가 없습니다. 최근 몇 년 사이 총리들처럼 저 역시 만신창이가 될 거고, 당신은 이 궁전에서 당신의 안위를 보장해줄 가장 충실한 책임자를 잃고 말 거예요.'

'당신이 무슨 말을 하려는지는 잘 알아요, 볼로자. 하지만 이거 하나는 유념해야 합니다. 우리가 빨리 움직이지 않으면, 앞으로 1년 후 정작 보호할 대통령도 가족도 없을 겁니다. 말해봐요, 크렘린의 새 주인이 집무실 의자를 차지한 뒤 제일 처음 무슨 일을 할 거라 생각하오? 바로 FSB 국장을 교체하는 일입니다.'

자단목 책상 너머 웅크린 푸틴의 표정은 분명 흔들리고 있었습니다. '그럴 수도 있겠죠, 하지만 다른 해결책이 있을 겁니다! 스테파신이 총리 자리에 오른 지 이제 석 달도 채 안 되었어요. 왜 그에게는 기대를 걸지 않는 거죠?'

'그럴 일은 없을 거요, 볼로자. 그에 대한 지지도가 현재 3프로요. 여론이 어떻게 형성되는지는 당신도 잘 알 거요. 한번 판단이 서기까지 극히 짧은 기간이 필요할 뿐입니다. 그 뒤로는 여간해서 바뀌지 않아요. 사람들은 스테파신이 일하는 걸 지켜봤습니다. 그 결과, 상황을 수습할 적임자가 아니라는 확신에 이른 거예요. 솔직히 대중의 그런 판단은 일리가 있습니다. 당신은 군대를 이끌고 캅카스로 진격하는 스테파신의 모습을 상상할 수 있겠소? 이는 거위에게 칼라시니코프 소총을 쥐여주는 것과 같아요. 이봐요 볼로자, 러시아는 지금 사나이를 원하고 있습니다. 새천년으로 자신을 이끌어줄 진정한 주인 말

이요.'

'그건 알겠는데, 보리스, 그 주인이 하필 저라는 생각을 하게 된 이유가 대체 뭡니까? 저는 일개 공무원입니다. 평생 남의 지시를 따르고 의무를 이행하는 것 말고는 다른 일을 하지 않았어요. 대중을 상대로 연설을 한 것도 서너 차례에 불과할 뿐더러, 모두 평범한 내용들입니다. 그동안 대통령의 일하는 모습을 여러 번 보아왔는데, 일단 방에 들어가면 공기부터 쿵쿵 냄새 맡고, 그러고 나면 순식간에 모든 사람을 정복해버립니다. 모두를 웃기고, 모두를 울리며, 마치 그 하나하나와 주방 테이블에 편히 마주 앉는 것처럼 소통하시더군요. 오늘도 마찬가집니다. 본인 상태가 별로 좋지 않은데도 그리하세요. 그걸 바라보는 사람들은 모두 감동합니다. 저는, 그런 사람이 아니에요.'

'블라디미르 블라디미로비치, 제가 감히 말씀드리자면, 바로 그 점이 중요한 것 같습니다.'

푸틴의 차가운 시선이 그때 처음 내게로 향했습니다. 동시에 베레좁스키의 표정은 나더러 어서 말해보라는 투였어요.

'대통령은 두말할 필요 없이 독특한 개성을 가지신 분입니다. 우리나라가 낡은 소비에트연방을 벗어나 오늘의 러시아로 옮겨가는 과정에서 그의 인간적 자질은 핵심적인 역할을 했어요. 하지만 8년의 통치기가 끝나가는 지금 그의 몸 상태만 감안해도, 한물간 프로필이지요. 여론조사에 따르면, 현재 러시아인은 자신이 계속 사랑은 하나 더는 존경하지 않는 한 남자에게서 버림받았다는 느낌을 지니고 있습니다.'

민감한 주제였어요. 하지만 FSB 국장은 아무런 반박도 하지 않았습니다.

'그것이 우리가 지속성을 가지면서도 과거로부터 단절이 가능한, 무언가 다른 인물이 필요하다고 생각하는 이유입니다. 블라디미르 블라디미로비치, 당신이 이 나라 총리가 되면 자연스럽게 합법적인 권위를 갖게 됩니다. 이는 지금 무엇보다 안정을 갈망하는 러시아인에게는 핵심적인 가치를 확보한다는 의미지요. 그런가 하면, 당신이 가진 이미지는 현재 대통령으로 있는 사람의 이미지와 매우 대조적인 메시지를 만들어낼 겁니다. 당신은 젊고, 활동적이며, 에너지가 넘쳐요. 당신은 국가 경영을 책임질 수 있다는 느낌을 줍니다. 보안국에서 일했다는 경력은 당신에 대한 신뢰를 보장하는 기능을 할 겁니다. 말수가 적다는 것 역시 장점으로 작용할 거고요. 러시아인은 말만 앞세우는 떠버리들에게 질린 상태예요. 거리에 질서를 바로 세우고 국가의 도덕적 권위를 회복해줄 든든한 일꾼이 자신을 이끌어주길 바라고 있습니다.

앞으로 있을 선거는 단순히 사람을 모으고 공약을 남발하는 방식으로는 이루어지지 않을 겁니다. 요컨대 기존 방식과는 정확히 상반되는 스타일을 고려 중이에요. 과연 누가 차별화된 정치인의 모습을 보이느냐로 승부를 가름하는 선거가 될 겁니다.

블라디미르 블라디미로비치, 저는 정치를 잘 알지 못합니다만, 연출에 대해서는 좀 압니다. 제가 질문 하나 할까요? 모든 시대를 통틀어 가장 위대한 여배우가 누구인지 아십니까?'

푸틴은 무표정한 얼굴로 고개를 가로저었어요.

'그레타 가르보입니다. 왜일까요? 자기를 잘 드러내지 않는 우상의 권력은 강화되는 법이기 때문입니다. 신비감이 곧 힘의 원천인 것이죠. 거리감이 경외심을 살찌웁니다. 러시아 사회의 상상력은 두 가지 차원으로 작동합니다. 하나는 수평축, 다른 하나는 수직축이죠. 수평축은 일상의 근접성을 의미하고, 수직축은 권위가 주축인 의식구조에 해당합니다. 지난 몇 년 러시아 정치는 전적으로 첫 번째 축, 그러니까 수평축을 중심으로 돌아갔습니다. 소비에트연방 시절 그 차원은 거의 미지의 영역이었기 때문입니다. 길을 가다 멈춰서서 사람들과 이야기를 나눈 고르바초프를 시작으로 (소련의 어느 지도자도 그런 적이 없죠), 때로는 국가 지도자보다 그냥 술친구로 보이기를 원한 옐친에 이르기까지 말입니다.

하지만 오늘날 진자는 명백히 반대 방향으로 움직이기 시작했습니다. 수평의 과잉은 거리에서의 총격이라든가 국가재정 부도 사태, 국제무대에서의 굴욕 등 온갖 카오스를 낳았어요. 말장난을 조금 하자면, 수평의 과잉이 결국 수평선을 지우고 만 겁니다. 전망을 제대로 잡으려면 다시 상승할 필요가 있게 되었어요. 현재 우리의 가용한 모든 자료는, 오늘날 러시아인이 수직의 욕망 즉 권위 의식을 키우고 있음을 말해줍니다. 정신분석학적 개념을 잠시 빌리자면, 러시아인은 지금 어머니의 언어를 지우고 아버지의 언어를 복권해줄 지도자를 기다리는 셈이에요. 디폴트 사태가 났을 때 모스크바 시장이 이런 발언을 했지요. 「실험은 끝났습니다.」

이때 보리스가 끼어들었어요. '수혜자가 본인 아닌 경우만 빼고.' 당시 그는 수도의 대표시민과 일련의 소송을 진행 중이었습니다.

'그 점에 관해선 베레좁스키의 말씀이 일리 있다고 생각합니다. 모스크바 시장인 루시코프가 전직 총리 프리마코프와 함께 지지율 선두인 이유는 옐친과 견주어 혁신의 단초로 느껴지기 때문이죠. 두 사람 다 무대에 등장한 지 오래여서, 대통령과 별반 다름없이 낡은 이미지이긴 합니다만.'

방금 거론한 정치인들보다 공적 이미지가 훨씬 더 진부해 보이는 흔치 않은 사람 중 하나가 내 옆에서 열심히 보스 편을 들고 있었어요. 나는 애써 이를 무시하면서 나의 논리를 계속 펴나갔습니다.

'알다시피 러시아인은 자기의 지도자에 대해 매우 부정적인 이미지를 가지고 있답니다. 정치가 그렇게 비방의 대상이 될 때, 경험은 이점이라기보다 약점이 되고 말아요. 정치적 경험 부족이 오히려 당신의 강점인 이유가 바로 거기 있어요, 블라디미르 블라디미로비치. 당신은 신선합니다. 러시아인은 당신이란 사람을 몰라요. 지난 시절 자기를 다스린 자들과 관련한 그 어떤 오류와 스캔들도 당신과 연계해서 생각할 수 없습니다. 물론 보리스가 말한 대로, 여론은 단시간에 형성되죠. 따라서 당신이야말로 현 상황에 적임자임을 러시아인에게 설득하는 데엔 몇 달밖에 시간이 없어요. 그런데 우리가 보기에, 당신에겐 그에 필요한 자질이 충분하다는 겁니다.'

베레좁스키가 다시 끼어들었습니다.

'바로 그거요, 볼로쟈. 우린 확신하오. 그러니 당신이 결코 혼자가 아님을 잊지 말아요. 항상 당신 곁에는 내가 있을 것이고, 필요할 때면 언제든 지원과 조언을 아끼지 않을 테니까.'

어쩌면 나의 착각인지 모르겠으나, 베레좁스키의 그 말이 끝나기 무섭게 푸틴의 눈동자에 뭔가 스쳐 지나가는 빛을 본 듯했어요. 대화가 시작된 이래 요지부동이던 그 눈이 냉소의 빛으로 미세하게 흔들리는 것을… 어쨌든 그날 밤 보리스는 아주 흡족한 기분에 취해 클럽으로 돌아갔습니다. 그리고 닥치는 대로 사람을 붙잡고 같은 말을 반복했어요.

'드디어 호주머니 안으로 들어왔어. 우승마를 찾았다고. 노벨 과학상 수상은 아니지만, 실로 대단한 일을 할 사람이라네. 배역에 딱 맞는 용모야. 이제 우리가 가진 홍보력에 맡기기만 하면 돼. 졸지에 알렉산더 넵스키의 재림으로 탈바꿈할 거라고. 그레타 가르보든지, 안 그런가, 바쟈?'

그는 어린애처럼 웃어댔어요.

아무래도 내가 전직 KGB 국장에게 미국의 늙은 여배우를 모범 사례로 추천한 것이 그에게는 너무 웃겼던 모양입니다. 나는 고개를 끄덕이며 같이 웃어주었죠. 하지만 솔직히 말해, 차르와의 첫 만남은 내 입안에 뭔가 묘한 맛을 남겼습니다. 정확히 짚어 말할 순 없지만, 베레좁스키가 떠들어대는 것보다는 훨씬 복잡한 문제라는 느낌이었어요.

우리가 매번 만나는 동안, 푸틴은 보리스에 대하여 늘 깍듯하게 예의를 지켰습니다. 특히 사업가로서의 조언을 접할 땐, 거의 공손하기까지 했어요. 그런데 베레좁스키 특유의 친한 척하는 태도가 앞선 채로 말을 걸어오면, 일순 짜증 섞인 그림자가 공무원의 눈빛을 흐리는 것이었어요. 급기야 앞으로는 한 발 한 발 자신이 가르쳐주는 대로 나아가면 된다는 말에 그만의 냉소가 섬광처럼 번득였습니다. 이런 자가 FSB 국장을 이끌 수도 있다는 생각이 엄청난 코미디로 느껴지는 모양이었어요.

베레좁스키는 분명 아무것도 눈치채지 못하고 있었습니다만, 나의 추측이 사실로 확인되기까지는 그리 긴 시간이 걸리지 않았습니다. 며칠 뒤 편집실에 있는데 갑자기 내 핸드폰이 격하게 진동하는 것이었어요. '바딤 알렉세예비치? 저는 이고리 세친이라고 합니다, 블라디미르 푸틴의 비서지요. 국장님이 다음 화요일 점심 식사를 같이 하셨으면 합니다.' 예를 갖춘 초대이긴 했으나, 상대방의 목소리는 분명 거절을 염두에 두지 않는 투였습니다. 이 남자 비서, 베레좁스키와는 달리, 나는 그가 구소련 노멘클라투라*의 기품을 갖추었다는 걸 감지할 수 있었습니다."

* 공산체제 고위 당직자 집단. 이른바 '공산귀족계급'이라 할 특권층을 지칭.

10

"약속 장소는 아르바트와 직각으로 교차하는 거리에 최근 오픈한 프랑스식 레스토랑이었습니다. 내게는 다소 의외의 선택이었어요. 첫 만남에서 근엄한 사람으로 본 푸틴의 인상과는 맞지 않았기 때문이죠. 내가 도착하자, 비서인 세친이 문 앞에 나와 있더군요. '서두르세요, 바딤 알렉세예비치. 블라디미르 블라디미로비치께서 벌써 와 계십니다!' 나같이 별 볼 일 없는 인물이 자기 주인을 기다리게 한다는 생각으로 언짢은 티가 선명했어요.

안으로 들어가니 혼자 있는 푸틴의 모습이 보였습니다. 다른 테이블에 비해 약간 구석진 큰 테이블에 앉아 있더군요. 긴장을 푼 표정에 편안한 자세였습니다. 지난번엔 분명 의도적으로 드러내지 않은 게 분명한 권력자의 차가운 인상이 지금은 자연스레 배어나고 있었습니다.

그는 앉은 채로 악수했고, 아까부터 방울뱀에게 홀려 옴짝달싹 못하는 생쥐처럼 그만 주시하고 있는 급사장에게 말했습니다. '추천해보시게, 파벨 이바노비치.'

'수산물을 좋아하시면 슈플뢰르 무슬린 소스를 가미한 생자크* 또는 불에 그을린 가재를 곁들인 솔카르디날**을 권해드립니다. 육류를 더 좋아하시면….'

'카샤*** 한 그릇 주시오.'

'저도요.'

급사장은 떨리는 것을 겨우 참으며 신속히 물러났습니다. 그때 처음으로 푸틴이 요리에 대해서 전적으로 무관심하다는 것을 알았고, 나중에는 인생을 말랑말랑하게 해줄 다른 즐거움들에 대해서도 차르가 아예 무감각하다는 사실을 확인하게 되었습니다. 하긴 파우스트의 말처럼, '남에게 지시하는 자는 지시 자체를 행복으로 여기는 법'이니까요.

* 가리비 관자.
** 혀가자미 요리.
*** 메밀, 보리죽을 주재료로 한 러시아 민속 요리.

그 사이 FSB 국장은 이미 본론으로 들어가 있었습니다. '나는 베레좁스키를 많이 존경하고 그의 제안을 고맙게 생각하고 있습니다. 우리가 이제 막 착수하려는 과업은 상당한 노력이 필요한 일이에요. 이걸 보리스는 이미 기적이 일어날 것처럼 말하고 있어요. 나는 다섯 번의 심근경색을 거친 68세 노인이 아닙니다. 내가 그런 모험에 뛰어들기로 한다면, 어디까지나 나 자신의 힘을 믿어서지 다른 누구의 힘에 기대서가 아니에요. 나는 지시를 이행하는 데 익숙한 사람이긴 합니다. 어떤 면에서 그건 일하는 처지로 볼 때 더없이 마음 편한 조건이라고 생각해요. 하지만 러시아 대통령은 그 누구에게도 머리를 조아릴 수 없거니와, 조아려서도 안 됩니다. 그의 의사가 어떤 식으로든 사적인 이해관계를 조건으로 결정된다는 것은 나로선 도저히 생각할 수 없는 일이에요.'

그날 푸틴의 눈빛은 베레좁스키와 만났을 때보다 훨씬 더 날카로웠습니다. 자기가 하는 말이 내게 불러일으킬 효과를 가늠하기 위해 집요하게 내 눈을 응시하고 있었어요.

'바딤 알렉세예비치, 당신이 성장한 배경을 고려한다면, 내가 지금 무슨 이야기를 하는지 이해할 수 있을 거예요.'

맞는 말이었습니다. 국가가 개인에 대하여 도덕적 우월성을 갖는다는 건 내 안에 깊이 뿌리내린 생각이었어요. 보리스와 그 수하들이 회전 경보등까지 켠 채, 버스전용차선을 전속력으로 내달릴 때마다 내 기분은 몹시 불쾌할뿐더러, 모스크바 시민 대다수도 같은 감정이리라 생각하니까요.

푸틴은 계속 말을 이었습니다.

'그날 당신의 분석이 참 신선했어요. 당신 경력을 조사해봤습니다. 그 정도 능력이면, 지금이든 나중이든, 어떤 종류의 일이든, 내가 하는 일에 소중한 도움이 되어줄 수 있을 거라 믿어요. 대신 우리 사이에 하나는 명확히 해두어야 합니다. 비록 베레좁스키를 존경하긴 하나, 나는 그의 손안에서 놀아나는 사람이 아니에요. 그래서 말인데, 바딤 알렉세예비치, 당신이 나의 제안을 받아들인다면, 앞으로 나를 위해서만 일해야 합니다. 행정부에서 봉급이 책정되어 나갈 겁니다. 유감스럽지만 액수는 지금 받는 것보다 적어요. 그걸로 충분하게 살아가야 합니다. 보리스는 물론 다른 누구에게서도 이익을 취하든가 보너스를 탐한다면 나는 결코 용인하지 않을 겁니다. 돈에 관심이 있으면 민간 분야에서 계속 일하십시오. 국가에 이바지하는 사람은 자기 자신을 포함한 그 무엇보다도 공공의 이익을 우선해야 합니다. 당신이 이 계약 조건을 받아들인다면, 앞으로 그 준수 여부를 확인할 방법은 내게 얼마든지 있다는 말씀은 군이 드릴 필요 없겠지요.'

시간을 낭비하는 중이었다고는 말하지 않겠습니다. 텔레비전 프로듀서의 짧은 경력 중에도 내 눈치 봐가며 아첨하는 사람들에 익숙하다 보니, FSB 국장의 무뚝뚝한 제안 정도는 언제라도 제안자에게 반려할 참이었어요. 문제는 그의 분석이 정확하다는 점이었습니다. 내가 돈에는 별로 관심이 없다는 것, 특히 푸틴이 염두에 두고 있는 듯한 그 과업에 참여하는 것에 비하면 돈 따위는 내게 아무것도 아니라는 사실을 그는 정확히 이해하고 있었어요. 두루뭉술 에둘러 말하지 않고 단번에 정곡을 찔렀던 겁니다. 이후, 차르가 항상 그런 식으로 일한다는 걸 알게 되었죠. 그는 남들보다 빨리 문제의 핵심을 파악했고, 주저 없이 목표로 돌진했습니다. 자잘한 예법과 형식을 챙기는 일은 그에게 중요하지 않았어요.

'당신의 수직축에 관한 개념을 곰곰이 생각해보았습니다. 흥미롭긴 한데, 빨간 풍선처럼 마냥 공중에 떠 있기만 하더군요. 바닥을 단단히 디뎌 구체성을 가져야 하는데 말입니다. 나라가 온통 혼란에 휩싸여 확실한 지도자를 원하고 있습니다. 그렇다고 모든 문제를 단번에 해결하겠다는 생각은 망상에 불과해요. 우리에겐 권력의 수직성을 직접적이고 특별한 방식으로 복구해줄 확정된 공간이 필요합니다. 그렇지 않으면 다른 모든 이들처럼 방향을 잃고 무기력함을 드러낼 뿐이에요.'

'맞습니다, 블라디미르 블라디미로비치, 하지만 상황이랄 지, 뜻밖의 변수가 있는 법이죠.'

'날 믿어요, 바딤 알렉세예비치. 뜻밖의 변수란 언제나 준비가 없는 결과입니다. 당신네 스타니슬랍스키가 말하지 않았던가요? 「기술만으론 부족하다, 진정한 창조에 이르려면 뜻밖의 변수가 필요하다…….」'

내가 루뱐카에서 얼추 보았다고 느낀 푸틴의 냉소적 눈빛이 또다시, 그러나 이번에는 한층 더 생생하게 번득이고 있었습니다. 나로 말하자면 어안이 벙벙하다고나 할까, 지난주까지만 해도 그가 스타니슬랍스키라는 이름을 알 줄은 꿈에도 생각하지 못했을 거예요.

푸틴이 말을 이었습니다. '지금 우리 눈앞에 투기장이 펼쳐 있다고 생각해봅시다. 조국이 수세에 몰리고 있어요. 이슬람 근본주의자들은 이제 체첸만으론 만족하지 않습니다. 그들은 다게스탄을 차지할 것이고, 그 뒤로 인구시와 바시키르를 거쳐 이 나라의 심장부까지 넘볼 거예요. 그냥 놔뒀다간 몇 년 사이에 연방은 흔적조차 남지 않을 겁니다.'

'블라디미르 블라디미로비치, 아무래도 그 난장판에 뛰어들기 전에 저는 한번 더 생각해봐야겠습니다. 지난 몇 년에 걸쳐 체첸은 전쟁터의 적군보다 모스크바의 직업 정치인을 더 많이

죽였어요.'

'그 정치인 중 누구도 강력하게 맞서지 않았기 때문입니다. 그들은 전쟁 아닌 전쟁을 원했어요. 인간적이랄까, 아메리칸 스타일의 전쟁. 결과가 어떤지는 당신이 아는 그대로입니다. 이슬람 근본주의자들 손에 학살당하고 말았죠. 나는 당신에게 다른 이야기를 하는 겁니다. 노벨평화상을 수상하는 일에는 관심이 없어요. 나는 분리주의자들을 패퇴시켜, 러시아 연방의 결속을 저해하는 저들의 위협을 영구히 분쇄하는 일에 관심이 있습니다.'

'저는 지정학적 문제를 논하자는 게 아닙니다, 블라디미르 블라디미로비치. 사실 그쪽으로는 아는 게 없어요. 대신 제가 말씀드릴 수 있는 건, 그게 정치적으로 자살행위라는 겁니다.'

'바로 거기서 당신이 잘못 생각하고 있어요, 바딤 알렉세예비치. 당신은 선거 캠페인이 마치 파워포인트로 작성된 서류 하나를 놓고 두 경제 전문가 집단이 서로 다투는 것과 같다고 생각하는데, 그건 서구인들의 요설에 현혹된 시각일 뿐입니다. 현실은 그렇지 않아요. 러시아에서 권력은 전혀 다른 무엇입니다.'

그날 나는 푸틴의 암시를 정확히 이해하지 못했습니다. 대신 식사를 마치고 나오면서 이거 하나는 확실히 깨달았어요.

베레좁스키가 엄청난 실수를 저질렀다는 사실. 내가 식사를 같이한 남자는 세상 그 누구의 가르침이 자신을 일방적으로 이끄는 걸 결단코 용인하지 않을 사람이었습니다. 함께 갈 수는 있겠죠. 적어도 내 의도는 그렇게 하자는 것이었고요, 일방적으로 이끄는 것이 아니라. 보리스는 이런 실상을 최대한 빨리 깨달을수록 좋았어요."

11

"크렘린에 사는 자는 시간을 소유합니다. 성곽을 에워싸고 모든 것이 변하는 가운데, 스파스카야탑의 장중한 시계 종소리와 대통령궁 경비대 소속 보초들의 순찰만 아니면 내부의 삶은 멈춰 선 것처럼 보입니다. 수 세기에 걸쳐 이곳을 드나드는 사람 누구든, 이반 뇌제가 모스크바 중심에 두려고 한 거대한 화석의 문턱을 넘는 순간, 갓난아기의 머리를 어루만지듯 여차하면 인간의 운명을 손쉽게 으스러뜨릴 제한 없는 권력의 손아귀를 느끼기 마련이지요. 그 힘이 동심원을 그리며 끝없이 퍼져나가는 가운데, 모스크바라는 도시의 마력이라 할 공포의 아우라가 거리 구석구석을 파고듭니다. 육중하고 흉물스러운 루뱐카, 중앙 도로를 에워싼 일곱 개의 탑과 모스크바 시티의 현대적 고층 건물들 그리고 루블룝카의 로코코 양식 별장 모두 성곽의 중심에서 뻗어나가는 어두운 에너지의 그림자일 따름이에요.

그런데 1999년 여름, 마력의 효험은 대통령궁의 지치고 살찐 시베리아 곰에게서 풍기는 술 냄새와 함께 산산이 흩어져버렸습니다. 주변에는 다이아몬드로 치장한 몇 안 되는 친지만 남아, 자기들 부와 안전을 책임진 인간의 하루가 다르게 망가져가는 모습을 황당한 표정으로 지켜보고 있어요. 옐친은 짐이 되어버렸습니다. 그는 이제 저들을 보호해주지 못할 뿐아니라, 자칫 나락으로 곤두박질치게 만들지 몰라요.

바깥세상에 살아 숨 쉬는 도시인들은 권위의 무는 힘이 느슨해졌음을 본능적으로 감지했습니다. 모스크바는 더 이상 제국의 수도가 아니었어요. 그것은 볼쇼이 공연 중에도 마구 울어대는 휴대전화기와 정글의 법칙에 마피아들의 자동소총이 판치는 대도시가 되어버렸어요. 이제 기준은 크렘린이 아니라 돈이 제시했습니다. 채찍 소리 요란하게 군중을 가르며 내달리는 차르시대 귀족의 마차들 대신, 오늘날 중심가를 누비는 것은 올리가르히의 메르체데스 방탄차들이에요. 모스크바의 온순한 인민들 난방 장치를 가동할 돈도 없이 하루 일을 끝내고 귀가하는 사이 말입니다.

8월 초, 늙은 곰은 대다수 사람에게 생소한 인물을 총리로

지명했습니다. 블라디미르 푸틴의 임명은 보편적인 회의론 속에 받아들여졌어요. 옐친이 1년 조금 넘게 유지될 자리에 정부 서열 5위의 인물을 앉힌 겁니다. 국가두마* 의장이 이렇게 단언한 바 있지요. '그 자리는 인준을 서둘 필요가 없소. 어차피 두 달 후면 또 다른 사람으로 교체되어 있을 테니까.' 푸틴은 사안을 좀 다른 시각으로 보고 있었어요. 대중의 뇌리에 뚜렷하게 각인되기까지 자기에게 주어진 시간이 몇 주도 채 되지 않는다고 봤거든요. 그는 시간을 허비할 마음이 없었습니다.

우리가 일할 사무실은 크렘린이 아니라 일명 '벨리 돔'**이라 하는 옛 소비에트 궁전 안에 있었습니다. 이 나라를 진드기들로부터 지켜내지 못하고 있는, 모스크바 강변의 거대한 나프탈렌 덩어리 말이죠. 원래 그곳은 소비에트 제국의 최고 소비에트가 소집되는 곳이었으나, 현재는 좀 더 소박하게 러시아 연방정부가 일하는 장소입니다. 열불 난 늙은 곰이 그곳을 향해 대포 몇 발을 발사한 뒤***, 스위스 기업이 몇 달간 보수

* 러시아 연방의회 하원.
** 러시아어로 '하얀 집'이라는 뜻.
*** 1993년 10월 러시아 헌정위기 참조.

에 나섰으나, 알프스적인 효율이 느껴진다고는 지금도 말할
수 없습니다. 통로마다 회색 아니면 밤색 수트에 고풍스러운
느낌의 안심할 만한 사람들 천지였어요. 밀랍에 새긴 것처럼
보이는 시효가 지난 인물들의 초상이랄까. 내가 속한 카메라
와 달라가 정신없이 돌아가는 저 바깥세상과는 정확히 상반되
는, 지속에 기반한 세상의 잔재들.

　총리의 집무실이 있는 층에는 새로 들어오는 사람들을 위해
스무 개 정도의 방이 할당되었습니다. 푸틴 본인과 비서실, 경
제와 군사 분야 참모들, 공보실 등, 우리 팀은 바로 그곳에 자
리를 잡았죠. 다들 밤낮 가리지 않고 일했습니다. 그 살균 처
리된 공간이 우리가 가진 야망의 격렬한 기운을 잠재우기에는
아무래도 역부족이었어요. 대신 불과 몇 미터 밖에선, 평범한
사무원의 삶이 평온하게 흘러가는 것이었습니다. 나랏일이라
는 것이 결국 이런 식으로 작동한다는 생각이 들더군요. 소수
의 인원이 작은 방에 모여 미친 듯이 일하고, 그 밖의 모든 사
람은 전혀 아랑곳하지 않는 것. 서로 교류는 거의 없습니다. 가
끔 냉소의 빛과 더불어 선망의 시선을 느낄 때가 있긴 하죠. 그
렇게 되기까진 숱한 인구 이동을 거쳐 풀이 다시 돋아나길 기
다려야겠지만 말입니다.

　우리가 좋은 사람이라는 것, 지속할 운명임을 그때 그들이

이해했을 거라고는 생각하지 않습니다. 어떻게 이해할 수 있겠어요? 모두 뻔한 몰골인걸. 맞춤복에 휴대용 컴퓨터, 영어를 할 줄 알기에 모든 답을 가진 엘리트 전문가 집단. 하지만 그들 눈에 나는 다르게 보였나 봅니다. 가끔 복도를 오가는 정부 소속 허깨비 중 한 명이 내 앞을 가로막는 거예요.

'바딤 알렉세예비치, 잠깐 말씀 좀 나눠도 될까요?'

'네, 말씀하세요.'

'당신 아버님을 제가 잘 알고 있다는 말씀을 드리고 싶었습니다. 훌륭한 분이시죠. 참 아름다운 시절이었습니다! 요즘 그만한 인물이 없어요!'

물론 듣기 좋게 하는 소리일 수도 있습니다. 하지만 앞을 가로막으면서까지 그러는 사람들 대부분은 뭔가 접촉하기 위해 나서는 경우였어요. 우리 가운데 옛 시절 세상이 어떠했는지를 아는 사람이 있다는 사실에 그들은 마음을 놓는 것이었습니다. 알겠습니까? 나 역시 그러면 마음이 놓였답니다. 고골리의 소설에서 방금 튀어나온 것 같은 사람의 입을 통해 아버지의 이름을 들을 때마다 따스한 온기가 가슴을 파고들어, 유년 시절 그 모피 망토와 합승차, 그라노브스코보 거리의 양갈비와 피로시키*로 나를 되돌아가게 해주는 것이었어요. 나는 그들의 눈동자에서도 같은 향수를 읽곤 했습니다. 그들 눈에는 내가 어린아이로 보였고, 꼭 내가 아니어도, 나 같은 누구, 어쩌면 자기 자식일지도 모를 누군가를 바라보고 있었어요. 그때만 해도 다들 자부심을 가질 만했습니다. 그들은 최고 소비에트, 중앙위원회에서 일했는데, 집에 돌아오면 자식들을 모아놓고 이렇게 이야기했지요. '오늘 그로미코 동지를 보았단다. 그는 카불에서 돌아오는 길인데, 아주 만족한 표정이더라고. 앞으로 아프가니스탄 상황이 잘 풀릴 모양이지.'

이미 다 끝난 얘깁니다만 그들은 여전히 믿고 있거나, 아무도 부정할 엄두를 못 내니, 믿는 척할 수 있었던 건지도 모르죠. 지금 그들은 거짓을 가장할 권리마저 상실한 상태입니다. 남은 건 지속의 자부심이랄까, 새로 들어온 사람들을 옛날 시각으로 바라보는 특권뿐이에요. 그들을 자주 보면서 나는 아버지에게 다가가는 기분이었습니다. 처음으로 아버지가 겪은 일들을 이해하게 된 거죠. 그와 같은 생존 방식에 적응할 수 있는 유전자가 내 안에 있다는 사실을 발견할 때마다 적잖이 놀라곤 했어요. 신문 한 꾸러미를 읽어나가면서 그 세상에서 벗어나길 바라는 사람처럼 사는 것 말입니다.

* 고기, 채소, 생선을 넣은 러시아식 파이.

어쨌든 나는 매일 열여덟 시간씩 일했습니다. 총리를 보좌하면서 줄기차게 이어지는 회합에 참석했고, 그때마다 역사적인 결정이 이루어지는 것을 지켜봤어요. 그런데 인간 관리의 관행에 깊이 젖을수록 세상은 부조리로 가득 차, 오로지 쓸모없는 해명과 기회 상실의 과정 같다는 생각이 드는 겁니다. 모든 삶을 흔적도 없이 소진해버리는, 결코 끝나지 않을 어마어마한 사업. 무정하고 말 없는 바다의 수면에 내가 어떻게 내려앉을 생각을 했을까요?

뜻밖의 변수는 바로 그즈음 발생했습니다. 어느 가을밤, 자정이 조금 지난 시각, 모스크바의 선량한 시민들이 마피아와 슈퍼 모델에게 도시를 내맡긴 채 잠자리에 든 바로 그때, 엄청난 굉음이 수도의 어둠을 갈가리 찢었습니다. 모스크바 외곽 구리아노바 거리에서 수백 킬로에 달하는 폭발물이 9층짜리 맨션을 그야말로 두 동강 내버렸어요. 자다가 날벼락을 맞은 십여 가구가 그대로 폭사해버렸습니다. 그로부터 나흘 후, 새벽 5시에 두 번째 폭발이 일어났어요. 변두리 지역에 또 다른 건물이 파괴되고, 백 명 이상의 사상자가 나왔습니다.

뒤이어 일부 사람들 입에서 푸틴의 친구들 즉, 보안 요원들이야말로 폭탄을 설치한 주범이라는 말이 돌았습니다. 솔직히 나는 무엇이 진실인지 알 수가 없었어요. 만약 그것이 진짜 비밀이라면, 사전에 아무도 그것을 나와 공유하지 않은 건 천만다행입니다. 경험에 따르자면, 보통 이런 사안은 보기보단 단순하기 마련이니까요. 분명히 말하지만, 정치에선 예방보다 치유가 더 중요합니다. 만약 사건이 터지기 전에 누군가 이를 좌절시켰다면, 아무도 상황을 파악하지 못했겠죠. 강력하게 대처해서 용의자를 색출하는 것 자체가 중요한 정치적 의미를 갖는 것인데 말입니다. 하지만 이제 와, 체첸 테러리스트들이 아닌 FSB가 폭탄을 설치했다고 말한다는 건 터무니없는 짓이죠.

어찌 됐든, 문제의 폭탄은 2년 앞선 우리의 9월 11일인 셈이었습니다.* 그로 인해 국면이 완전히 바뀌었으니까요. 그때까지만 해도 체첸 내전은 현지에 아들을 군인으로 내보낸 가족에게만 해당하는 동떨어진 문제였습니다. 극소수의 문제였던 거죠. 그런데 모스크바 근교 건물들이 한밤중에 폭발하기 시작하면서 잠자는 시민 수백 명의 목숨을 앗아가자, 러시아인은 난생처음 집안에서 전쟁이란 것을 체험하게 된 것입니다.

우리 국민은 용감합니다. 웬만한 희생에는 이력이 난 사람

---

* 미국 9·11 테러는 2001년, 러시아 모스크바 연쇄폭탄테러는 1999년 사건이다.

들이에요. 그럼에도 폭발물이 터진 이후에 벌어진 것과 같은 패닉상태를 나는 본 적이 없는 것 같습니다. 누구도 잠자러 집에 들어갈 용기가 없는 겁니다. 사람들이 집 주변을 도는 순찰대를 조직했어요. 어쩌다가 수염 덥수룩한 낯선 자가 근처를 어슬렁거리다가는 죽도록 두들겨 맞기 십상이었죠.

마침 그때, 다행히도 국가 수뇌부에 해답을 가진 누군가가 있었어요. 과거를 돌이켜, 사람들은 보통 차르에게 초자연적인 능력을 기대하기 마련이나, 사실상 뜻밖의 상황을 장악하는 능력이야말로 힘 있는 사람에게 없어서는 안 될 자질이지요. 상황을 이끌어간다고 떠벌리는 게 아니라, 강력한 손으로 장악하는 것 말입니다.

푸틴은 대중 앞에서 말하는 걸 좋아하지 않았지만, 대중은 분명 그의 목소리를 듣고 싶어 했어요. 당시 우리는 카자흐스탄을 국빈 방문 중이었습니다. 차라리 잘된 거죠, 크렘린 황금돔이라면 전혀 안 어울렸을 테니까. 더 단출한 장소, 즉석에서 군사 회의를 열 만큼 긴박한 분위기가 필요했거든요. 기자회견은 몇 가지 기술적인 질문들로 시작했습니다. 구조 기한이랄지 조사 현황에 관한 문제들. 총리는 특유의 침착하고 정확한 태도로, 추호의 감정 없이 답변에 임했습니다. 그 금욕적인 공무원의 자세에 러시아인도 이제 서서히 마음을 열어가는 중이었지요. 그런데 어느 기자가 다소 논쟁적인 질문 하나를 던지는 것이었습니다. '테러에 대한 응답으로 당신이 그로즈니 공항에 대한 폭격을 지시했다고 알려져 있습니다. 그런 조처가 상황을 더욱 악화시킬 위험이 있다고는 생각하지 않나요?'

순간, 오늘에 와서도 내가 도저히 설명할 수 없는 현상이 눈앞에 펼쳐졌습니다. 푸틴은 잠시 침묵했어요. 그런데 표정 하나 변하지 않고 다시 입을 열었을 때, 그의 존재는 마치 액체 질소 탱크 속에 몸을 담갔다 나온 것처럼, 유난히 강고하게 응집되어있는 겁니다. 금욕적인 공무원이 갑자기 죽음의 천사로 변신해 있었어요. 나로선 난생처음 직면한 상황이었습니다. 결코, 최고의 연극 무대에서조차, 나는 그와 같은 변모의 현장을 목격한 적이 없었어요.

그는 질문한 기자를 쳐다보지도 않고 내뱉었습니다.

'그런 질문에 일일이 대답하기도 지겹네요. 우리는 테러리스트들이 어디 숨든 그들을 박살낼 겁니다. 그들이 공항에 있으면 공항을 박살 낼 것이고, 만약 뒷일을 보고 있다면, 표현이 좀 그렇습니다만, 화장실까지 쫓아가 죽여버릴 겁니다.'

말하고 보니, 왠지 진부하고 약간은 저속하게 느껴질 만도 한데, 그때 그 말들이 대중에게 어떤 충격을 주었는지는 상상도 못 할 겁니다. 러시아인은 오랫동안 그의 말을 귀담아듣지 않았어요. 그런데 갑자기 주목하게 된 겁니다. 그들의 아버지, 할아버지들에게 아주 익숙한 태도와 말투였거든. 거대한 안도의 한숨이 모스크바의 거리와 벌벌 떠는 외곽 지대, 시베리아의 끝없는 평야와 숲을 단번에 휩쓸어버렸습니다. 그 정상에 질서를 보장할 수 있는 누군가가 다시 나타난 거예요.

그날부로 푸틴은 명실상부한 차르가 되었습니다. 문득 할아버지의 가르침이 떠오르더군요. '뭐가 문제인지 알겠니?' 하루는 시골집 근방의 숲속을 함께 산책하면서 그가 내게 물었어요. '인간의 눈은 숲에서 살아남을 수 있게 만들어졌단다. 그래서 움직임에 민감한 거지. 우리 시야의 끄트머리에서 살짝 움찔하는 것조차, 그게 무엇이든 눈은 즉각 포착해 정보를 뇌로 전달한다. 반대로 보지 못하는 것도 있는데, 그게 뭔지 알겠니?' 나는 고개를 가로저었어요. '움직이지 않는 거란다, 바쟈. 세상의 온갖 변화 가운데 변하지 않고 똑같은 것을 식별하는 훈련은 되어 있지 않은 거야. 그게 큰 문제지. 생각해봐, 변하지 않는 것들은 거의 언제나 가장 중요한 것들이거든.'

나는 그 가르침을 잊은 적이 없습니다. 우리 세대 누구도 그런 생각을 해본 사람이 없어요. 차르가 정치를 얘기할 때 절대로 숫자를 동원하지 않는 건 그런 이유에서입니다. 그는 삶의 언어, 죽음의 언어, 명예와 조국의 언어로 말합니다. 사람을 통치하는 일은 돈을 벌기엔 너무 게으르고, 록 스타가 되기엔 너무 소심한 비겁자 무리에게 맡길 만한 활동이 아니에요. 그들은 명망을 쫓는 회계원, 아파트 한 채의 관리 차원에서 정치를 바라보는 미숙아들일 뿐입니다.

결코 그래선 안 되죠. 정치는 오직 하나의 목표를 추구합니다. 인간의 공포심에 응답하는 것. 국가가 두려움으로부터 시민을 보호하지 못할 때 그 존재의 근거 자체를 문제 삼는 이유가 바로 거기에 있습니다. 1999년 가을, 캅카스의 전투가 모스크바로 옮겨오면서 9층 건물이 모래성처럼 무너지기 시작했고, 바로 그때부터 혼비백산한 모스크바 시민은 난생처음 내란의 망령이 코앞에 닥쳤음을 목도한 것이죠. 무정부상태, 와해, 죽음 같은 것. 소비에트연방이 해체될 때조차 일어나지 않던 원초적 공포가 모두의 의식을 파고들기 시작했습니다. 이제 나는 어떻게 될 것인가?

권력의 수직성만이 만족스러운 해답이었어요. 험난한 세상, 무방비로 노출된 인간의 불안을 잠재울 유일한 방책 말입니다. 그렇기에 폭발물 사태 이후, 무엇보다 이를 복원하는 것이 차르의 당면 과제였죠. 묘책에 관한 서구적 논리, 인간의 근본 욕구를 충족시킬 시스템 구축을 두고 서로 통계 곡선을 들이대는 관료들의 논쟁을 탈피하는 일 말입니다. 우리는 이제부

터 그 사명 하나에 매달리게 됩니다. 밤낮으로 간단없는 심연
의 정치에."

12

"1999년 12월 31일 아침, 컴퓨터를 모조리 먹통으로 만들고 비행기를 떨어뜨린다는 밀레니엄 버그의 우스꽝스러운 기사가 당신이 보는 신문을 도배하던 그때, 푸틴이 집무실로 나를 호출해서 이렇게 물었습니다. '바딤, 당신이 다닌 연극예술학교에서 낙하산 투하도 가르칩니까?'

뭔가 미심쩍은 뜻이 담긴 질문 같기에, 나는 잠자코 있었죠.

'그래도 최소한 시늉은 해봤겠지?'

평소와 같은 냉소가 차르의 눈에 번득였습니다. 옆에 선 세 친은, 이웃집 정원에 눈독 들이던 작은 고양이를 드디어 잡아먹어도 된다는 허락이 떨어졌을 때의 흐뭇해하는 도베르만처럼 현장을 지켜보고 있었어요. 내가 계속해서 침묵을 지키자, 푸틴이 무뚝뚝하게 이러더군요. '어쨌든 준비하게. 오후에 출

발할 테니.'

실제로 몇 시간 뒤 우리는 군용 비행장에 도착했습니다. 다게스탄의 수도로 향할 비행기가 기다리고 있더군요. 거기서 체첸의 구데르메스로 가는 헬리콥터 3대에 일행 모두 나눠 탔습니다. 탑승하자마자 전쟁을 둘러싼 흥분과 광기의 공기가 벌써부터 숨통을 조여왔어요. 아직 살아 있다는 사실 자체만으로도 아드레날린이 마구 분출하는 것이었습니다. 내겐 새로운 경험 그 자체였죠. 부계父系 쪽으로 물려받은 온갖 특권의 잔재에 힘입어, 나는 18세에 군복무를 면제받을 수 있었습니다. 그리고 지금, 푸틴이 장교들과 나누는 농담을 흘려들으면서, 난생처음 전쟁의 기운을 들이마시면서, 나는 비로소 이해하기 시작했습니다. 누군가에겐 그 어떤 마약보다도 이 느낌이 강렬하게 사람을 매료할 수 있다는 것을. 이전에 몇 번 타본 경험이 있는 민간 헬리콥터와는 달리, 군용 헬리콥터는 바깥을 전혀 내다볼 수 없게 되어 있더군요. 밀폐된 공간에 갇혀 캅카스의 밤하늘을 마냥 떠다닌다는 것, 이 간단한 사실이 낯선 이들을 형제지간으로 단숨에 결속시킵니다. 결코 두려움에서가 아니라, 두려움의 흔적을 내비치지 않겠다는 각오에서요. 헬리콥터 날개가 만들어내는 엄청난 소음에도 불구하고 모두 대화가 아쉬운 상태였습니다. 어린 시절 새해 첫날의 추억을 서로 나누는 데서부터 말꼬를 트기 시작했습니다. 분명한 건, 카잔이나 노보시비르스크 같은 외딴 마을에서 성장한 이들까지 포함해 거기 누구도 한 해 마지막 날을 차르와 함께 헬리콥터 안에서 보내리라고는 꿈에도 생각하지 못했다는 점이죠. 맨 앞줄에 앉은 푸틴은 툭하면 우리 쪽을 돌아보았는데, 그 눈빛에서 갈수록 더해가는 경탄의 심정이 읽히곤 했어요. 그래요, 차르는 그런 사람이었습니다.

그러던 어느 순간, 자정의 종소리가 이제 곧 울리겠다고 누군가 말했고, 아직은 프랑스 고급 와인에 대해 잘 모르던 세친이 몰도바 샴페인 한 병을 꺼내 들었습니다. 우리는 러시아 인민을 위하여 그리고 지금 가보려는 부대를 위해서도 건배했습니다. 바로 그때였어요, 조종사들이 착륙하기가 어려울 것 같다고 하는 겁니다. 최소한 시계 150미터가 확보되어야 하는데, 현재 100미터밖에 확보되지 않는다는 거예요. 분위기가 졸지에 바뀌었습니다. 차르는 일단 착륙을 밀어붙이려 했지만, 가능하지 않다는 걸 파악하고는 입을 닫았습니다. 헬리콥터가 기수를 되돌렸고, 임무가 취소된 것으로 모두 간주했습니다. 우리끼리 벌써 친해진 말투로 얘기했어요, 열병할 부대야 다 게스탄에도 있겠지, 구데르메스는 다음에 가보자고.

개인적으로 나는 무어든 나서지 않으려고 조심했습니다. 아무리 사소한 경우라도 주군에게 단념을 권하는 건 결코 좋은 생각이 아니죠. 막상 이륙했던 트랙에 헬리콥터가 다시 내려앉자, 우리는 혹시 차르가 체첸에서 새해를 기념하길 원했던 거라면, 지뢰가 폭발하든 크레바스에 처박히든 모든 걸 무릅쓰고라도 가는 것이 맞다는 생각에 도달했어요. 새벽 1시, 우리는 지프를 나눠타고 협로로 접어들었습니다. 끝없이 흐르는 시간, 캄캄한 어둠을 헤집으며 캅카스의 골짜기를 파고들었습니다. 아무것도 보이지 않는 가운데, 우리를 이끄는 사나이의 저항할 수 없는 의지, 바람과 추위에 시달리는 검은 풍광만이 어둠 속에서 감지될 뿐입니다. 그때만 해도 거의 4시였을 텐데, 동트기 직전 우리는 구데르메스에 도착했어요. 병사들은 비몽사몽 놀란 눈치였습니다. 차르가 자기들을 보려고 일부러 이 고생을 했을 거라고는 믿을 수 없었겠죠. 대부분 제복을 입혀놓은 철부지 어린아이에 불과했고, 마치 동화 속인 것처럼 두 눈을 문지르고 있었어요.

간단하게 열병식을 거친 다음, 우리는 30여 명의 장교와 함께 텐트 안에 다시 모여 앉았습니다. 그곳은 흡사 철기시대처럼, 본질로 환원된 세계가 펼쳐지고 있었습니다. 분명 고위 인사의 갑작스러운 방문이 놀랍기는 하나, 적어도 전쟁터에서 쟁취한 권위가 말하는 곳이었어요. 죽음과의 인접성이 상황을 많이 단순화하고 있었습니다. 한마디로 예법을 챙길 여유가 없었죠. 다들, 권력과 러시아인의 관계를 특징짓는 존중과 냉소가 뒤섞인 눈빛으로 푸틴을 바라보는 것이었습니다. 그러면서 뭔가를 기다리는 눈치였어요. 우리를 따라온 카메라맨이 현장을 촬영했습니다. 구경 온 사람티를 내지 않기가 어렵더군요. 새해를 축하하는 뜻에서 부대 지휘관은 건배를 기대하고 있었어요. 모든 시선이 차르를 향하고 있었습니다. 그런데 손에 잔을 든 채로, 푸틴은 한참을 묵묵히 있는 겁니다.

그는 유리알 같은 눈으로 좌중을 천천히 둘러보더니 이렇게 말했습니다.

'잠시 주목. 웬만하면 부상자들의 빠른 쾌유를 빌고 여기 모인 모든 이를 위해 건배하고 싶지만, 우린 지금 중요한 과제를 눈앞에 두고 있습니다. 여러분이 누구보다 잘 알겁니다. 여러분은 적의 계획을 알고 있습니다. 우리도 마찬가지고요. 앞으로 저들이 어디서 어떤 도발을 가해올지 우리는 알고 있어요. 따라서 한순간도 허술하게 대처할 권리가 우리에겐 없습니다. 단 한 순간도 그럴 수 없어요. 우리가 경계를 늦춘다면 그건 사망한 전우의 죽음을 헛되게 만드는 꼴입니다. 내가 지금 여러분에게 손에 든 잔을 테이블에 내려놓자고 하는 건 바로 그 때문입니다. 우린 분명 다 함께 퍼마실 것이나, 그건 나중

일입니다.'

나로선 전혀 예상치 못한 연설이었어요. 그렇게 하기로 미리 결정했을 것으로는 보지 않습니다. 어쨌든 거기 모인 사람들은 얼음물을 한 바가지 머리에 맞은 것처럼 정신이 번쩍 들었어요. 그 순간 차르와 군인들은 하나가 되었습니다. 전란의 한복판에서 우애와 긍지로 똘똘 뭉친 한 가족과도 같았어요. 잠시 후 차르는 장교들이 호위하는 가운데, 메달과 사냥칼을 병사들에게 나눠주었습니다. 그러면서 이렇게 말했어요. '지금 여러분은 단지 나라의 명예와 권위를 지키기 위해서 싸우는 것이 아닙니다. 여러분은 러시아의 해체를 중단시키기 위해 이곳에 있는 거예요.'

그날 저녁 뉴스에서 러시아 시청자들은 지난 수년간 구경해본 적이 없는, 아주 강인하고 결연한 병사들의 표정을 볼 수 있었습니다. 다들 눈가가 촉촉했어요. 이유는 모처럼 자기들을 이끄는 지도자의 존재를 실감했기 때문이지요.

그때부터 나는 막연하게 생각하기 시작했어요, 스타니슬랍스키가 말하는 위대한 배우의 종족이란 바로 푸틴 같은 인간형을 의미하는 것이 아닐까? 알다시피 연기자는 세 가지 유형이 존재하지요. 첫째는 본능적 재능을 가진 연기자로, 정상 컨디션일 때는 대중을 휘어잡지만 어쩌다 일진 시원찮은 날엔

어색하고 과장된 연기로 대중을 실망시킵니다. 그런 유형의 배우는 혼자서 작품 전체를 망쳐버릴 수도 있어요. 둘째는 체계적인 배우로, 늘 연구하고 호흡을 연습하며, 밤새워 동작과 억양을 반복합니다. 한마디로 전자와는 반대의 경우인데, 그런 배우의 연기를 보면서 열광에 휩싸이는 일까진 없겠지만, 적어도 실망은 하지 않을 거예요. 언제나 자기가 해야 할 몫은 해낼 것이고, 어떤 상황에서든 정해진 수준의 연기는 모두에게 예측이 가능할 테니까. 이상 두 유형 중 푸틴은 어느 쪽도 아닙니다. 위대한 정치가가 거의 그렇듯, 그는 세 번째 부류에 속해요. 여기서 배우는 스스로를 연출해내기에 굳이 연기를 할 필요가 없습니다. 배역에 완전히 몰입하다 보니 극의 줄거리는 자신의 사연이 되고, 혈관 속에 그 모두가 녹아 흐르지요. 이런 류의 현상에 맞닥뜨린 연출가는 아무 할 일이 없습니다. 그저 무대 밖에서 지켜보기만 하면 돼요. 배우의 삶이 펼쳐지는 것을 괜히 끼어들어 방해하지 말고요. 그저 가끔, 가볍게 응원하는 것으로 족합니다. 이번 선거운동은 그런 식으로 진행되었습니다. 이론적으로는 내가 그 모든 걸 총괄하는 연출가였겠죠. 스스로 그러기를 자처하는 보리스의 표현대로라면, 전략가가 맞겠고요. 한데 실상은 그렇지 않았습니다. 이미 푸틴이 있어 모든 게 일사불란 움직였어요. 그 혼자 힘으로.

사정이 그렇게 흘러가는 동안에도 베레좁스키는 계속해서 꿈속을 헤매고 있었습니다. 그는 차르에게 끊임없이 전화를 걸어댔고 집요하게 만나자는 요구를 해왔어요. 자신이 체첸의 중재자이자 유럽의 대사이며, 모스크바의 선거운동 본부장인 줄 아는 겁니다. 정치 바이러스보다 해로운 건 없지요. 특히 이를 제어할 만한 항체를 지니지 못한 사람들에게는. 보리스는 나름 지성인에 속했어요. 그러나 지성은 그 무엇으로부터도 인간을 지켜주지 못합니다. 심지어 어리석음으로부터도.

그러고 보니 벨리 돔의 차르 집무실에서 있었던 만남이 생각나는군요. 몇 주 전부터 푸틴을 보지 못한 베레좁스키가 평소보다 훨씬 들떠 있었습니다. '지금 상황이 너무 부정적으로 흐르고 있어요, 볼로자, 암담합니다. 그야말로 전쟁이에요. 당신 대단한 장군감인 거 다들 아니까 우리를 승리로 이끌어보시오, 원한다면 내가 개선문을 만들어드리리다. 그런데 말이오, 율리우스 카이사르가 갈리아에서 돌아와 제일 처음 무얼 했는지 압니까? 잔뜩 빚을 내서 로마 시민에게 3주간 축제를 베풀었어요. 「파넴 엣 키르켄세스!」* 볼로자. 뭐 느끼는 거 없소? 당신은 빚을 낼 일도 없어요, 청구서 지불은 내 담당이니까. 제발 저 배고픈 러시아 민중에게 뭐라도 좀 안겨줍시다. 그러지 않으면 다들 투표하는 대신, 창문으로 투신할 참이에요!'

사실 창문으로 투신하기 직전인 사람은 베레좁스키 자신이었습니다. 차르도 그걸 잘 알고 있었고요. 그자는 자신이 꼭 필요한 사람임을 느끼고 싶었지만, 날이 갈수록 쓸모가 줄어감을 확인할 뿐이었어요. 내가 푸틴을 위한 맞춤형 전략으로 재설정한 'NO-캠페인' 선거운동이 돈 한 푼 쓸 기회를 주지 않는 겁니다. 영향력을 쌓고자 한 보리스의 의도를 무색하게 만든 거죠. 그가 원한 건, 우리가 자기에게 손을 벌리고, 자신이 운영하는 TV와 비자금의 도움을 받아 광고를 찍고 벽보를 만들고 집회를 여는 것이었어요. '들리는 말에 의하면, 방송 무료 광고까지 포기했다고 하던데? 계속 그런 식으로 하면 사람들은 당신이 후보라는 사실조차 잊고 말 거요, 볼로자. 그저 루시코프나 프리마코프를 위해 길을 닦는 사람이라고 생각할 거외다.'

　'웃기지 말아요, 보리스.' 차르가 베레좁스키를 상대로 그처럼 매서운 말투를 쓰는 건 처음 봤습니다. '우리는 정부政府요. 우리가 하는 일, 우리가 쓰는 역사, 그 보도가 우리에겐 선거운

---

* 빵과 오락(Panem et circenses). 고대 로마의 우민화 정책을 풍자한 표현으로, 시인 유베날리스의 시구에서 따온 말.

동입니다. 광고 따위를 믿는 사람은 이제 없어요. 우리에겐 사실 자체가 유일한 광고입니다.'

베레줍스키는 전갈에 물린 것처럼 움찔했어요. 짧은 순간, 나는 그가 사람을 잘못 봤다는 사실을 이제야 깨달았다고 생각했습니다. 하지만 그건 나의 착각이었어요. 보리스는 너무 멀리 가 있었어요. 백전백승의 내기 경험과 무한 권력의 세월이 도살장을 코앞에 둔 송아지처럼 그를 뒤룩뒤룩 살만 찌게 만들어놓은 겁니다. 더 이상 힘의 상관관계를 정확하게 파악할 능력이 없었어요. 눈앞에 펼쳐지는 객관적인 역학 관계를 냉철히 분석하기보다, 개인적인 인간관계로 모든 걸 판단하는 버릇에 더 매달렸습니다. 그의 지원이 차르가 부상하는 데 중요한 역할을 한 건 사실이에요. 덧붙여 말하자면, 푸틴은 결코 배은망덕한 사람이 아닙니다. 권좌에 오르고 나서 자기를 도운 사람을 소금 광산으로 중노동 보내 은혜를 되갚는 그런 사람이 아니라는 뜻입니다. 그 점에서 베레줍스키는 정확히 봤어요. 차르는 감사의 의미를 알고 소중히 여기는 사람입니다.

다만 권력자라는 점이 문제죠. 그는 권력에 대한 취향과 감각, 욕구를 지니고 있습니다. 보리스 입장에서, 일단 권좌에 오른 차르가 자기와 기꺼이 권력을 나눌 거라고 어떻게 상상이나 할 수 있었는지 나는 당최 모르겠어요. 차르가 자기 아랫사람이 된 옛 지인과 여전히 동등한 관계를 용인하리라 생각하는 것도 이해가 안 되긴 마찬가지고요. 그런 점들이야 잠시만 그를 유심히 관찰했어도 충분히 알아챘을 겁니다. 한데 그러지 않았던 거예요. 베레좁스키는 단 한 순간도 푸틴이란 인간을 진지하게 관찰해본 적이 없었습니다. 그는 푸틴을 과묵한 실무가로만 알았지, 도무지 알 길 없는 그 속에 착실하고 일 열심인 천성 말고 다른 것이 숨어 있을 줄은 꿈에도 생각하지 못한 겁니다.

어떤 분야에서 남들보다 뛰어난 능력을 발휘하는 사람이 있는 건 사실입니다. 하지만 베레좁스키처럼 예리한 지성에 끝없는 어리석음이 하나로 혼재하는 경우는 거의 보지 못했어요. 그는 더없이 복잡한 시스템을 간단히 구축하는가 하면, 그야말로 병 속의 요정처럼, 텅 빈 곳에서 보물이 튀어나오게 만들 줄도 압니다. 하지만 매번 그가 놓치는 것이 있는데, 그게 하필 자신이 부리는 말단 직원도 손쉽게 알아차릴 만한 것이란 말이죠. 요컨대, 나는 그가 너무 깊이 자기에게 몰입하다 보니 남을 관찰할 여유가 없었던 걸로 믿고 있습니다. 결국 비싼 대가를 치르게 한 결점이라 할까요."

13

"차르가 러시아에서 권력의 수직축을 복구하자, 유권자들은 그에 고마움을 표했습니다. 우리는 결선투표 없이, 1차 투표에서 승리했어요. 국가의 와해를 걱정하게 만드는 세력과의 싸움은 선거 초기에만 해당하는 문제였습니다. 정작 위험한 적은 캠프 안에 있었으니까요. 푸틴이 당선된 후, 베레좁스키는 대기 모드에 들어갔습니다. 아무도 받지 않는 전화를 걸어대 크렘린을 괴롭히는 일도 그만두었어요. 그의 기자 한 명이 호화판 취임식을 비판하더군요. 다른 기자 몇몇은 내각 구성을 두고 비아냥댔습니다. 그만하면 보리스가 정작 기대하는 것이 무언지 알 만했죠. 차르에게 누가 주도권을 쥐고 있는지를 알게 하겠다는 거였습니다. 그리고 드디어 그 기회가 닥쳤습니다.

8월 중순, 푸틴은 소치에서 휴가를 보내기 위해 모스크바를 떠났습니다. 당시만 해도 차르의 기분 전환을 위해서 그리 대단한 것이 요구되진 않았습니다. 베를루스코니와는 아직 안면을 트지 않았고, 파텍 필립 한정판이나 길이 120미터 규모의 요트와도 친숙하지 않은 시절이었어요. 옛 소련공산당 서기장 전용 여름 별장에서 아내와 딸들을 데리고 며칠 지내다 오는 것, 햇살 쨍쨍한 날들의 뱃놀이와 철갑상어를 곁들인 돼지고기 바비큐 정도면, 아직 공무원 때를 벗지 못한 사내의 소박한 취향을 만족시키기에 차고 넘쳤을 겁니다.

그러나 소치에 도착하고 얼마 지나지 않아 차르의 평온한 기분은 갑작스럽게 중단되었습니다. 러시아 해군의 핵잠수함 한 대가 바렌츠해에서 훈련 도중 침몰한 것입니다. 백여 명의 선원이 탑승한 상태였고요. 그중 일부는 곧장 사망하고 나머지는 바다 밑바닥에 갇혀 고립된 상태였습니다. 처음에 우리는, 늘 그랬듯, 기밀 유지에 만전을 기했습니다. 그런데 한 이틀 지나자 어떻게인지 몰라도 정보가 새 나가기 시작했어요.

베레좁스키는 강가에 매복했던 곰처럼 달려들었습니다. ORT가 정규 프로그램 편성을 중단한 채 잠수함 침몰사고로 연일 화면을 도배했어요. 헬리콥터를 빌려 잠수함 침몰 지점 상공을 집요하게 떠다니는가 하면, 유럽의 대도시들로 달려가 전문가와의 인터뷰를 이어갔습니다. 인명 구조를 위한 외부의 도움을 극구 거부하고 있는 러시아 정부에 하나같이 의문을 표하는 내용이었어요. 질식사할 가능성을 분석하는 잠수함 기술자, 폐소공포증의 의미를 세세히 설명해주는 심리학자들. 다음은 가족들 차례였어요. 베레좁스키의 방송팀은 잠수함 내부에 갇힌 사람들의 친인척을 하나하나 찾아다니며 카메라 앞에 세웠습니다. 모든 바부슈카*는 가슴 아픈 사연을 하나씩 가지고 나왔고 병사의 약혼녀는 조국을 지키려다가 바닷속에 수장된 영웅의 초상화를 들고나왔습니다. 사고 초기에는 아무일 아닌 것처럼 굴더니 이제는 최소한의 구조 작업조차 불가능하다는 게 말이 되냐며, 모두가 당국의 안이한 대처에 분노를 표했어요.

방송이 세상을 숨 막히게 하는 중이었어요! 우리의 젊은이들이 숨 막혀 죽어가고 있었습니다! 러시아 민중의 폐부에서 하나의 고통스러운 외침이 솟구쳐 올랐습니다. 적어도 그것은 베레좁스키의 텔레비전 방송이 듣게 해준 외침이었어요. 이 모든 사태가 일어나는 동안 차르는 어디 있었는가? 흑해에

---

* 러시아어로 '할머니'라는 뜻. 주로 자식 세대를 보살피고 거두는 집안의 최고 어른으로서 할머니를 가리킨다.

서 휴가 중이었대! 수상스키를 즐기고 있었다는군! 무능한 인간 같으니. 괴물이로군. 매섭게 다그치는 말들로 세상이 떠들썩했습니다. 그동안 인기 요인으로 작용해왔던 차르의 초연한 태도가 처음으로 부정적인, 비인간적인 특징으로 비치고 있었습니다.

나는 최대한 빨리 소치로 달려갔습니다. 푸틴이 즉시 움직이지 않을 거라고는 나도 처음에는 예상치 못하고 있었습니다. 그는 이렇게 대답했어요.

'나더러 어떡하라고. 그들은 모두 죽었어, 그건 확실하네. 아직 우리가 그들에게 접근하지 못한 상태이니 말을 못 할 뿐이지, 이런 경우 확실한 건 맞아. 베레좁스키가 지금 하는 짓은 이것과는 무관하다고, 그냥 서커스일 뿐이야.'

물론 맞는 얘깁니다. 보리스는 지금 대형천막을 치고 그 안에 계단식 좌석을 만든 다음, 이제 푸틴이 경기장에 등장하기만을 기다리고 있는 겁니다. 다만 훈련된 맹수의 입장에 처하는 것을 받아들일 리 없는 차르는 상대에게 그런 즐거움을 베풀 생각이 전혀 없는 거죠. '진행 중인 구조 작업을 방해해선 안 된다고 말하시오.' 그는 대변인에게 그렇게 지시했습니다. 그것이 앞으로 반복해서 외부에 전할 우리의 공식 입장이 되었고요. 하지만 논란은 수그러들지 않았습니다. 집단 히스테리가 폭발한 가운데서도 이유 있는 문제 제기가 진행되고 있었거든요. 푸틴이 이를 모른대서야 말이 되나요?

아마 사건이 터지고 이틀인가 사흘째 되는 날이었을 겁니다. 저녁에 모두 앉아 뉴스를 시청 중이었어요. 차르는 평상시 〈오늘의 뉴스〉 시청에 명예를 거는 사람이었고, 어수선한 즈음에도 그것만은 결코 거르는 일이 없었습니다. 그날도 해군이 무능하다, 푸틴이 보이지 않는다, 외국인의 놀란 반응과 가족의 절망감 등, 여느 때와 다름없는 보도가 이어졌는데, 사회자가 카메라를 향하더니 이러는 겁니다. '정부에서 계속 반응이 없자, ORT는 해군 가족을 위한 지원기금 모집에 나서기로 결정했습니다. 러시아 정부에 의해 버림받은 영웅의 부모들을 돕길 원하시는 분께선 아래 번호로 전화 주시기 바랍니다.'

그제야 푸틴이 폭발하고 말았습니다.

'알겠나, 바쟈? 지난 10년간 나라를 엉망으로 만들면서 모든 걸 도둑질해간 자들, 도로에 군대를 풀어놓은 자들이 이제는 희생자 유가족들을 위한답시고 감히 지원기금을 모집하겠다는 거야! 기금모집이라니! 빌어먹을 놈들 같으니, 차라리 생모리츠에 즐비한 자기들 별장부터 팔아 치우는 게 나을 텐데! 형편없는 자식, 나더러 전화하라고 해! 아니, 그놈 휴대전화로 전화해봐!'

정확히 누구를 두고 하는 얘긴지 명시할 필요도 없었습니다. 한동안 베레좁스키는 차르가 쏟아내는 분노를 아무 말 없이 듣고만 있었어요. 그의 모습을 보는 듯했습니다. 특히나 그 같은 얼굴에 찰떡궁합인 페르시아고양이의 표정으로 집 안 풀장 가장자리 안락의자를 뭉개고 앉아 있을 그 모습. 마침내 그가 물었습니다.

'볼로자, 그럼 이거 하나만 물어봅시다. 당신은 지금 왜 흑해 연안에 있는 거요? 현장에서 구조 작업을 돕고 있어야 하는 거 아닙니까? 최소한 모스크바를 지키고 있든지.'

차르는 울화통이 터져 아무 생각 없이 대답했습니다.

'그럼 보리스 당신은, 어째서 코트다쥐르에 있는 거요?'

'이것 보세요, 볼로자, 나는 대통령이 아니지 않소. 내가 어디에 있든 아무도 관심 없어요.'

맞는 말입니다. 하지만 종종 그렇듯, 맞는 말로 그의 입장이 나아지는 건 아니었죠.

'보리스, 당신 채널이 지금 돈 주고 산 창녀들을 해군 자매와 아내랍시고 내세워 방송하고 있는 거 모르나? 명색이 국영방송이면서 감히 대통령을 음해해? 모가지 달아나고 싶은가?'

전화 반대편에서도 베레좁스키의 신경질적인 반응이 들려왔습니다.

'지금 무슨 소리 하는 겁니까, 볼로자? 그 사람들 배우 아닙니다, 진짜 부인들이에요! FSB의 당신 하수인들 얘기만 듣지 말고 직접 현장에 나가봤더라면 다 알았을 일입니다!'

그런 식으로 한동안 대화가 이어지더니, 마침내 보리스의 어조에 변화가 오더군요. 푸틴이 해군 부모들과 회동을 가지면, ORT는 호의적인 보도를 내기로 약속한다는 겁니다.

차르 입장에선 베레좁스키가 하자는 대로 하는 것 자체가 견디기 어려운 일입니다만, 당장 어쩌겠습니까? 문득 바다 밑 강철로 만든 관 속에 자기도 누운 것 같은 기분이었을 거예요. 다시 수면 위로 끌어 올려줄 유일한 사람은 바로 보리스고 말이죠.

전화를 끊고 난 차르의 얼굴이 밀랍 마스크와도 같았습니다.

그가 나지막이 중얼거리더군요.

'일단 모스크바로 돌아가 그 빌어먹을 회동 준비부터 합시다. 이 난장판을 어서 정리한 다음, 당신 친구를 손보는 걸로.'"

14

　"이삭 바벨의 전선 이야기 중 〈나의 첫 번째 거위〉라는 제목
의 작품이 있습니다. 1920년의 원정 중 붉은 군대에 입대한 어
느 유대인 젊은이의 첫째 날을 이야기하고 있지요. 전선에 도
착하자마자, 그는 문맹의 카자크 기병들로 이루어진 연대 동
료들에게 찍혀 괴롭힘을 당하기 시작합니다. 이유는 그의 안
경과 같잖게도 지적인 분위기 때문이었어요. 한 명이 말없이
일어나 그의 가방을 거리 한복판에 내던지고는, 돌아보며 다
짜고짜 야유를 퍼붓는 식입니다. 젊은이는 어떻게 했을까요?
그는 울지도 따지지도 않았어요. 다만 얌전히 지나가는 거위
한 마리를 재빨리 낚아채 구둣발로 대가리를 으깬 다음, 몸통
을 검에 꽂아 그에게 저녁 줄 생각이 전혀 없는 주방장 앞에 들
이밀며 이렇게 말합니다. '이걸 요리해주시오.' 그때부터 카자

크 연대는 그를 동료로 받아들입니다. 비록 안경 쓴 애송이 유대인일지 모르나, 자신을 존중하게 만들 줄 아는 제법 강단 있는 친구였던 것이죠.

자, 그렇다면 베레좁스키는 나의 첫 번째 거위인 셈입니다. 나는 무대 출신이고 아버지는 지식인이었으니, 내가 아무 쓸모없는 종자가 아님을 카자크들에게 납득시켜야 했어요. 그에게서 텔레비전 방송국을 빼앗는 것이 가장 간단한 일이었습니다. 안 그래도 베레좁스키 세력은 다수파가 아니었어요, 기껏해야 49퍼센트에 불과했죠. 나머지는 국가 소유였습니다. ORT 사장 앞으로 전화를 걸어 앞으로는 로고바자그룹 명의가 아닌 크렘린의 지시를 받으라 통보하는 것으로 충분했어요."

"좀 잔인하군요."

"천만에요, 이런 말이 있죠, 망나니의 동정심은 그 칼질의 정확도로 가늠할 수 있다. 정말입니다, 한데 보리스는 그걸 좋게 받아들이지 못했어요. 텔레비전 연출자들의 전화 받는 태도가 하루가 다르게 썰렁해졌습니다. 그가 아끼던 기자는 즉시 해고당했고요. 심지어 노보쿠즈네츠카야 역전 클럽 하우스의 분위기를 달구는 배우들조차 방송에 더는 얼굴을 내밀지 못했습니다. 베레좁스키는 제정신이 아니었어요. 온 세상을 향해 격한 욕설을 뱉어내기 시작했습니다. 그래도 푸틴으로부터 아무 반응이 없자 그는 내게 전화해, 나와 상관없는 문제까지 포함해 온갖 잘못의 책임을 따져 물었습니다.

그 정도만 해도 괜찮았어요. 누구나 그 입장이라면 그랬을 테니까. 하지만 베레좁스키는 '누구나'가 아니었습니다. 그렇기에 패배를 순순히 받아들이지 못하고 치명적인 실수를 범한 것이죠. 그는 러시아의 권위주의적 체제 전환에 따른 위험과 권력 남용을 고발하기 위한 기자회견을 열었습니다. 수많은 텔레비전 카메라 앞에 선 그는 마치 솔제니친으로 빙의라도 한 듯, 언론자유와 인권유린을 떠들어댔습니다. 한데 사람들은 있는 그대로의 그를 바라보고 있었어요. 차르의 등극에 편승하여 권력에 빌붙은 파렴치한 모리배.

베레좁스키는 총명한 사람이었지만, 역사 공부를 등한시했던 겁니다. 만약 그가 역사를 주의 깊게 관찰했다면, 자연의 법칙과는 달리 권력의 규칙은 항상 변한다는 걸 일찌감치 깨달았을 거예요. 이른바 올리가르히의 권력 부상은 소비에트 체제의 붕괴에 뒤이은 봉건적 과도기에 벌어진 현상이었습니다. 당시 보리스와 그 무리는 체제를 지탱하는 기둥 역할에 매진했고, 크렘린 권력은 그들의 인적, 금전적 자산은 물론 신문과 텔레비전 매체에 의존하는 구도였습니다. 푸틴에게 미래를 걸기로 결정했을 때, 올리가르히는 시스템을 바꾸는 게 아닌 단지 대표 얼굴만 바꾸는 거라고 생각했어요. 그들은 차르의 선거를 단순한 이벤트로 여겼습니다. 새로운 시대의 시작이었는데 말이죠. 그들의 역할이 재고될 운명에 처하는 시대 말입니다.

러시아를 아는 사람은, 우리에게 권력이란 대지의 주기적 운동에 종속한다는 사실까지 알기 마련입니다. 운동이 일어나기 전에는 그 흐름을 바꾸는 시도가 가능하지요. 그러나 일단 운동이 시작되면, 사회의 모든 톱니 장치는 말 없는 불가역의 논리에 따라 제 위치를 찾아갑니다. 그런 움직임에 저항하는 자체가 태양을 중심으로 한 지구의 공전에 반하는 것만큼 헛된 일이지요.

베레좁스키뿐 아니라 모든 올리가르히가 마찬가지였어요, 사람들이 바리케이드를 쳐서 민주주의의 기둥을 자처하는 자기들을 지켜줄 것이라 기대했습니다. 자신들의 인기를 과대평가한 것이었죠. 그런데, 정작 우리는 인기의 본질을 파악하고 있었습니다. 아리스토텔레스를 다시 읽어보시죠. 권력을 차지한 선동가가 제일 먼저 취하는 조치는 올리가르히를 차단하는 겁니다. 사람들은 보리스와 그 부류에게서, 망치를 휘둘러가며 소비에트연방의 막대한 유산을 가로챈 모리배의 행태를 보고 있었어요. 일단 돈더미 위에 올라앉자, 그들은 방탄조끼부터 벗어 던지고 말끔한 수트로 갈아입은 다음 이렇게 선언했지요. '더 이상 망치질은 안 됩니다, 이제부터는 귀족회의의 페어플레이를 따르세요.' 그들 중 많은 수가 런던으로 망명한 건 자연스러운 귀결이었습니다. 결국 베레좁스키도 자신이 얼마나 큰 판단 실수를 저질렀는지 깨닫고는 그리로 갈 수밖에 없었고요.

그가 출국하기 바로 전, 나는 마지막으로 얼굴을 보러 로고바자그룹 내 그의 집무실을 찾아갔습니다. 여전히 그를 친구로 생각한다는 말을 전해달라는 차르의 부탁도 있었고요. '앞으로 정치와는 거리를 두어야 한다는 점을 그에게 꼭 주지시켜주게. 그렇게만 해준다면 모스크바에서 조용히 사업하며 살아갈 수 있게 해줄 생각이야. 모스크바가 불편하면 지구 어디든 가도 괜찮아. 다만 또다시 정치를 기웃거리는 날엔, 어디서든 우리와 맞닥뜨리게 될 거라 말해주게.'

버림받은 권력의 현장보다 더 서글퍼 보이는 것은 없습니다. 그곳엔 살과 피를 가진 채 여전히 집착하는 사람보다 과거의 망령이 더 강력한 잔영으로 남거든요. 로고바자그룹 집무실에서 내가 대면한 베레좁스키는 이미 혈혈단신 신세였습니다. 차르의 메시지를 되도록 친근한 어조로 전달하려 애썼음에도, 그는 별로 좋게 받아들이지 않았어요. 처음에도 자제하려고 노력하더군요. 하지만 좀 더 대화가 진행될수록 지난 몇 달 쌓여온 분노가 봇물로 터져 나오는 것이었습니다.

'푸틴은 영락없는 체키스트*일세, 바쟈. 담배도 안 피우고 술도 안 마시는 지독한 독종이라고. 원래부터 세상 모르게 악랄한 짓을 저지르는 놈들이니 말 다했지. 그자는 러시아를 감옥으로 만들어버릴 거야. 지난 몇 년간 정상국가가 되기 위해 우리가 한 모든 일이 수포로 돌아갈 것이네. 바쟈, 자네도 결국엔 마찬가지 신세야. 보라고, 이미 목줄을 매고 있지 않은가. 자넨 지금 체키스트가 기르는 강아지에 불과해. 자네 부친이 그랬듯, 굴종이 아주 집안 내력인가 보군. 뭐, 귀족 혈통? 지금 보자니 대대로 농노인 것이 분명해!'

그가 내뱉는 말들이 바위를 스치는 산골 시냇물처럼 아무 흔적 없이 나를 지나쳐 사라져가고 있었습니다. 나는 막연히 이렇게 생각하고 있었어요, '퀴스틴이라면 이 자의 손을 들어

---

* KGB 전신인 '체카'의 요원. 골수부터 비밀경찰이라는 의미.

줬을 텐데. 보리스가 그의 책을 읽지 않아서 유감이군, 꽤 잘 써먹었을 텐데 말이야.' 그는 계속해서 떠들어댔고 앞서 한 말을 뒤집곤 했습니다.

'하지만 너희들 뜻대로 되진 않을 거다, 바쟈. 세상엔 유럽인도 있고 미국인도 있거든. 러시아인은 난생처음 민주주의를 접했지. 조만간 내전이 일어날 거야….'

내전에 관해서는, 솔직히 말해 웃음이 터져 나올 지경이었어요. 그 프랑스 외교관이 말했듯이, 내전의 이점은 집에 가서 밥을 먹을 수 있다는 점이거든요.

'얼씨구, 웃어?' 보리스는 갈수록 자신을 추스르지 못했습니다. '너희들은 소비에트연방보다 더 나쁜 체제를 만들고 있는 거야. 최소한 그 시절엔 KGB의 개들이 아무리 사납게 굴어도 당의 통제를 받았어. 지금은 당 자체가 존재하지 않으니, 체키스트들이 대놓고 날뛰지 않는가 말이야. 놈들의 오만함, 욕구, 지독한 무지를 도대체 누가 제어하냐고! 바쟈 자네가 할 텐가? 아니면 자네의 무대 동료들? 공산당 없는 세상에서 KGB는 떼강도 무리에 지나지 않아!'

나는 루뱐카에서 푸틴과 우리가 처음 만난 그 순간에 대해 베레좁스키에게 상기시켜 주고픈 심정을 간신히 참았습니다. 옐친의 후계자를 낚는답시고 음침한 지하 미로를 자진해서 걸어 들어가던 그 경망스러운 태도를 말입니다. 욕설이야 듣는 둥 마는 둥 넘기면 그뿐이지만, 그의 악의적인 기만은 서서히 내 신경을 거스르고 있었어요.

'그나마 방송과 신문이 있어 다행이지. 두고 보라고, 자유에 길이든 그들만큼은 가진 걸 호락호락 빼앗기지 않을 테니까.'

'이것 보세요, 보리스! 언론인은 푼돈만 줘도 자기를 판다고 말한 장본인이 당신 아닙니까? 당신이 그랬잖아요, 마치 하인과 같아서 옆에 불러다 앉히고 사설 한두 편 읽는 시늉만 해주면 곧 당신 사람이 된다고. 늙은 공작새처럼 스스로 중요한 사람이라는 생각에 부풀어 정신을 못 차린다고… 어쩌면 내 착각인지도 모르겠군요, 보리스, 당신이 한 얘기가 아닐지도.'

앞니다, 그렇게까진 하지 말았어야 했어요. 하지만 인내에도 한계가 있지 않습니까? 보리스는 덜컥 입을 닫더군요, 마치 귀신이라도 본 얼굴이었습니다. 다름 아닌 자신의 반영이었겠죠. 과거 베레좁스키의 유령 말입니다. 그도 알고 있었어요, 굳이 말할 필요가 없었을 뿐.

이제 그는 슬픈 눈으로 나를 바라보고 있었습니다. 갑자기 늙어버린 모습이었어요. 그의 전성기는 끝났고 다시 돌아오지 않을 겁니다. 돈이야 가질 수 있겠죠, 그건 문제없습니다. 그저 만찬이 끝나면 식대를 지불할 사람의 말을 들어주는 척하는 자들에게 둘러싸인, 그냥 부자 중 한 명이 되어 있을 거예요. 물론 그의 견해가 시국의 향방에 영향을 주는 일은 더 이상 없을 겁니다.

'브라보, 바쟈, 자네 벌써 그들과 한패가 되었구먼. 나를 자빠트릴 모종의 자료라도 손에 쥔 건가? 세친이 하듯, 차르 앞에서 장황하게 보고라도 한 거야? 현재까진 자네의 그런 짓이 잘 먹혔겠지. 근데 문제가 하나 있어, 자넨 그들과 같을 수 없고, 앞으로도 결코 그럴 수 없는 인간이란 사실이야.' 베레좁스키의 목소리에 증오의 숨소리가 섞여들고 있었습니다. '짐승과 다를 게 없는 자들이야, 바쟈. 아무것도 없이 세상에 나서 아무 규칙도, 한계도 없이 무작정 몽둥이를 휘둘러 오늘에 이른 놈들이라고. 대대로 물려받은 배고픔을 감추지 않는 자들이지. 굴욕을 당하며 살아온, 굴욕의 시대가 낳은 족속이랄까. 그래서 이제 곧 모든 걸 빼앗으려들 거야, 바퀴가 돈다는 걸 눈치챘거든. 그런데 자네가 무얼 할 수 있겠나? 자네 같은 사람에겐 바퀴가 전혀 돌지 않는 것을.'

'그럴 수도 있겠죠, 보리스. 내가 할 수 있는 건 없어요. 다만 내가 아는 건, 러시아는 늘 이런 식의 도끼질을 통해서 만들어져왔다는 사실입니다.'

베레좁스키는 마지막으로 내게 반쯤 미소를 지어 보였습니다. 막은 그렇게 내렸고, 누구보다 그가 먼저 이를 직감했어요. 자리에서 일어나 퇴장하는 일밖엔 남지 않았습니다. 인사하고 떠나야 할 노배우에게 약간의 우울한 위엄이 묻어나더군요. 적어도 그날 저녁, 로고바즈 사옥을 마지막으로 나서면서 언뜻 나의 뇌리를 스친 생각이었습니다."

15

"정치란 참 희한한 직업입니다. 이 바닥에서 경력을 쌓으려면 지역 기반부터 단단히 다져야 합니다. 가정주부, 철도원, 소상인의 바람은 무엇인가를 헤아리고 있어야 해요. 그러다가 정상에 오르면, 세계 무대로 내던져집니다. 난데없이 이 세상 거물들과 어깨를 나란히 하는 거죠. 한데 그들은 상당 기간 그 위치를 점해오면서 서로 안면 익힐 시간을 가졌고, 기본 코드까지 익힌 터라 저들만의 울타리를 갖추고 있습니다. 반면 당신은 깜짝 공연을 위해 무대 위로 올려진 신인 배우에 불과하거든요. 당신 나라에서 당신은 존경이나 두려움의 대상일 수 있겠죠. 하지만 이곳에선 막내에 지나지 않습니다. 제로에서 다시 시작해야 해요. 걷는 법, 인사하는 방법부터 모든 걸 다시 배워야 하는 겁니다. G8 회의, 유엔총회, 다보스 포럼 각각의 고유한 관례가 있어요. 당신의 새로운 친구들이 친절하게 다가오면서 저마다 도움의 손길을 내밀려는 것처럼 보일 수 있습니다. 그러나 착각하면 안 돼요. 그들 모두 당신 엿 먹일 궁리를 하고 있을 테니까.

베레좁스키가 런던을 향해 이륙하는 사이, 우리는 그 반대 방향으로 가고 있었습니다. 먼저 도쿄, 그다음이 뉴욕이었어요. JFK 공항에 착륙하자, 경찰차가 인솔하는 검정 SUV를 비롯한 차량을 줄줄이 이끌고 우리의 유엔대사가 비행기 트랩 앞까지 마중 나와 있더군요. 공항을 빠져나오면서 달팽이걸음이 시작되었습니다. 빨간불이 켜지면 어김없이 정차했고, 웬 정신 나간 운전자가 끼어들기를 할 때마다 경적이 울어댔습니다. 모스크바에서 단박에 권력자를 알아보게 만드는 근엄한 우선권 따위는 이곳에서 흔적도 찾아볼 수 없었습니다. 월도프아스토리아에 도착했을 때, 우리 말고도 몇몇 다른 대표단이 같은 호텔에 투숙한다는 사실을 알게 되었어요. 크렘린 의전팀이 객실 이십여 개를 예약한 상태였는데, 우리 머리 위로 최고급 호화객실 세 개 층 전체를 사우디아라비아 대표단이 차지하고 있었습니다.

유엔총회가 열리는 주간은 권력의 향연이자 굴욕에 흠뻑 젖는 시간이기도 했습니다. 그곳은 욕망의 즉각적 만족에 익숙

한 사람들이 기다림의 미덕을 다시 배우는 곳이었어요. 방탄
차량과 경호대의 행렬이 2번가 전체에 끝없는 병목현상을 만
들어냅니다. 유리건물*의 붐벼 터지는 복도들에선 테스토스
테론으로 무장한 각국 대표단이 정신없이 서로 부딪치고요,
황금빛 회의실에 익숙한 정부 수반들은 중요 협상을 위해 임
시 가림막 뒤에 바짝 붙어들 앉아 대기합니다. 그 한복판에서
미국인들은 기필코 자기들의 우위를 입증할 방법들을 찾아내
는 것이었어요. 하루는 CNN으로 가기 위해 호텔을 나서는
데, 우리 대표단에 배정된 보안요원이 잠시 멈출 것을 요구합
니다. 그의 해명인즉, '일시 정지입니다. 미합중국 대통령이 움
직이면 다른 누구도 걸음을 뗄 권리가 없습니다.' 우리 일행이
다시 움직여도 좋다는 허락을 받기까지 인도에 서서 기다리던
차르의 표정을 지금도 나는 기억합니다. 잠시 후, 방송국 스튜
디오에 도착했을 땐, 꽤 낯익은 어릿광대 같은 자가 우리를 맞
이하더군요. 그도 그럴 것이 분홍색 셔츠에 검은 멜빵 차림이
었어요. 래리 킹 앞에 앉은 차르는 마치 첫영성체를 하러 나온
복장 같았습니다.

* 유엔청사.

'첩보원은 어떤 일들을 하나요?' 생방송에서 그가 던진 질문에 차르는 이렇게 대답했어요.

'기자와 크게 다르지 않습니다. 정보를 수집하고 그걸 종합해서, 결정권자가 제대로 활용할 수 있도록 보고하지요.'

'그 일이 맘에 들던가요?'

'그렇다고 할 수 있습니다. 첩보 기관에서 일하다 보면 시야가 넓어지고, 사람 다루는 기술과 관련한 특정 자질을 발전시킬 수 있습니다. 그렇게 배운 것 중 하나가 덜 중요한 것과 더 중요한 것을 가리는 기술이죠. 그런 점에서 첩보 활동은 내게 매우 유용했다고 볼 수 있습니다.'

'잘 들었습니다! 잠시 광고를 보고 〈래리 킹 라이브〉 푸틴과의 대담으로 돌아오겠습니다, 채널 고정!'

당시만 해도 우리는 모든 걸 너무 심각하게 다루는 경향이 있었어요. 한데 뉴욕에 가보니 각자 알아서 즐기는 장터 축제인 겁니다. 어쨌든 나는 맨해튼이 하나의 거대한 보드게임 판 같다고 생각했어요. 참가자들이 각자 위치에 따라 지하철과 노란 택시 또는 검정 타운카를 이용해 이리저리 오고 가는 세상. 심오함이라곤 찾아볼 수 없는, 끝없는 반복이 일상이지만 에너지로 가득 찬 도시. 우리 행렬은 모스크바 특유의 위엄까진 아니더라도 의연한 태도를 유지했습니다. 하루 일정은 전시회 베르니사주에서 갈라 디너쇼로 이어지곤 했어요. 모든 곳에서 미국 특유의 개방적인 환대를 받았습니다. 단, 그 이면에는 거의 언제나 상대를 낮춰보기에 가능한 호의가 깔려 있었죠.

클린턴과의 정상회담 역시 그럭저럭 같은 양상으로 진행되었습니다. 대통령이 친히 우리가 묵은 월도프아스토리아로 찾아오는 성의를 보였으니까요. 그는 노련한 티를 내면서 자신을 소개했어요. 두 손으로 상대의 한 손을 마치 보아뱀처럼 틀어쥐는 식의 그 유명한 악수와 더불어, 해 저물 무렵이면 난롯가에 앉아 인생 이야기를 들려줄 것 같은 중서부 토박이의 선량한 미소와 약간 쉰 듯한 목소리. 그러나 우리는 알고 있었어요, 소탈해 보이는 이면에 냉혹하고 치밀한 메커니즘이 숨어 있다는 것을. 예일과 옥스퍼드를 나온 수재 클린턴, 미국 최연소 주지사 클린턴, 온갖 스캔들에도 살아남아 항상 정적을 무찌르고 마는 정치동물 클린턴 말입니다. 무엇보다 소비에트 제국의 붕괴를 가차 없이 밀어붙이고 유럽의 절반을 탈취하면서 거의 우리 국경으로까지 나토를 확대하여, 독수리들이 그나마 남은 우리의 생산 시스템을 조각조각 나눠 먹게 만든 대통령 클린턴.

한데 그런 그가 웬일인지 첫 대화부터 실수를 저지르더군요. 다짜고짜 차르에게 옛 친구 보리스 옐친의 안부를 묻는 것이었습니다. 그런 질문이 우리 중 누구도 소화해내지 못할 굴욕의 기억을 되살리는 짓임을 깨닫지 못하고 있었던 거죠. 앞서 얘기했지만, 러시아인은 희생에 익숙한 만큼 존중받는 데도 익숙한 사람들입니다. 역사를 통틀어 러시아의 지도자들은 언제나 세계적으로 중요한 거물이었고, 그들보다 우월함을 강변하는 존재는 있을 수 없었어요. 루스벨트가 스탈린을 만났을 때는 물론이고, 가령 닉슨 대 브레즈네프라든가 레이건 대 고르바초프와 같이, 이후 수십 년에 걸쳐 양국 두 정상의 만남은 항상 두 거대 권력의 맞대결이었지 다른 경우를 생각할 수는 없었습니다. 장벽이 무너진 뒤, 그 모두가 우리에게 조금은 어려워진 게 사실이에요. 그렇지만 형식이라도, 형식의 존중만이라도 있었다면 우리 처지가 지금 같지는 않았을 겁니다. 옐친은 클린턴식 온정의 덫에 걸려 완전히 거꾸러졌습니다. 딴에는 좋은 친구를 만났거나 러시아를 다시 일으켜 세우는 데 도움 줄 꽤 능력 있는 동맹을 찾았다고 믿었겠지만 말이죠. 옐친은 경계를 풀었어요. 그러자 악수에서 시작해 등 두드리기에 이르기까지, 모든 러시아인의 망막에 치욕의 징표로 각인될 일련의 끔찍한 장면들이 일사천리 펼쳐졌습니다.

이런 장면을 한번 상상해보세요. 어느 가을날, 뉴욕입니다. 미국 대통령과 러시아 대통령이 방금 프랭클린 D. 루스벨트 도서관에서 양국 간 협정을 이루었어요. 이제 밖으로 나와 기자회견에 임합니다.* 네오클래식 스타일의 기둥과 깃발들, 정복 차림의 대통령 경호대 그리고 연단 아래, 늘 그렇듯, 미국인들이 전 세계를 상대로 히트시킨 야만의 축제**를 기리는 호박 두 통이 보이는군요. 먼저 클린턴이 간단하게 발언한 다음 마이크를 넘기자, 누가 봐도 술기운 감도는 옐친이 대중을 향해 장광설을 늘어놓아요. 이때 우리 대통령의 연설 사이사이 클린턴의 웃음보가 터집니다. 그 정도면 늘 있는 일은 아니어도 심각할 필요까진 없어요. 지상 최고의 권력자도 우스갯소리쯤 할 수 있으니까.*** 문제는 클린턴의 웃음이 그치지 않는

* 1995년 10월 23일 공동기자회견.
** 핼러윈 축제.
*** 둘의 조크는 대충 이런 식이었다.
   옐친 : 나는 이곳에 올 때보다는 훨씬 낙관적인 마음을 품고 회의장을 나섭니다. 이번 정상회담이 엉망진창일 거라고 기사를 써댄 여러분 덕분이에요. 그리고 이제 나는 말할 수 있습니다, 엉망진창은 바로 여러분이라고.
   클린턴 : 내가 한 말 아니에요, 여러분.

다는 겁니다. 도저히 멈출 수가 없어요. 흔들흔들 우스꽝스러운 늙은 곰의 행태가 마침내 인간의 웃음보를 터뜨리고 만 걸까요. 클린턴은 빨개진 얼굴에 눈물까지 글썽이며 미친 듯 웃어댑니다. 그때 우리 러시아인은 텔레비전에서 눈을 떼지 못한 채 제발 멈추라며 속으로 기도하고 있어요. 우린 옐친이란 사람을 잘 압니다, 그의 버릇과 약점까지도요. 하지만 그는 러시아 연방의 대통령입니다. 맙소사, 지구에서 제일 넓은 땅덩어리를 가진 나라, 핵무기 초강대국 러시아 말입니다! 관둡시다, 어쨌든 클린턴은 통제 불가능한 지경이었어요. 이제 그 역시 몸을 제대로 못 가누는 상태가 됐고 옐친의 어깨를 크게 두드리기까지 합니다. 순간, 거나하게 취한 옐친의 얼굴에 약간 불편한 기색이 감돌긴 하네요. 좌우간 온 나라 1억 5000만 러시아인은 미국 대통령의 박장대소에 주눅 든 채 치욕에 허덕입니다.

클린턴이 늙은 보리스의 안부를 물었을 때 차르의 뇌리에 바로 그 장면이 떠올랐습니다. 차르는 상대에게, 자기는 다르다는 것을 즉시 보여줬어요. 박장대소나 등 두드리기는 더 이상 용납되지 않는다는 것. 클린턴은 실망한 기색이 역력했습니다. 미국의 다국적 기업이 보기에, 이제부터 모든 러시아 대통령은 지구 최대 가스자원국의 문지기이자 당당한 관리자로 나서겠구나 싶었을 거예요. 그와 그의 참모들은 왔을 때보다 덜 웃는 얼굴로 돌아갔습니다. 하긴 무얼 기대했겠어요?

귀국 편 비행기 안에서 차르가 그간의 생각을 털어놓았습니다.

'만약 식인종이 모스크바에서 권력을 잡는다면, 미국은 다음 두 가지 조건에서 곧장 그들을 합법적인 정부로 인정할 거야. 첫째 미국의 이익을 건드리지 않을 것. 둘째 자기들을 계속해서 「짱」으로 대우할 것. 근데 문제가 뭔지 알겠나? 그들은 냉전에서 자기들이 이겼다고 생각한다는 거야. 한데 소비에트 연방은 결코 패한 게 아니거든. 냉전은 러시아 민중이 억압체제를 종식했기 때문에 끝난 거라고. 우리는 패배한 게 아니라, 독재에서 해방된 거란 말이지. 그건 전혀 다른 문제라고. 물론 서구인들이 동유럽 민주화에 기여한 건 맞아. 그러나 가장 큰 기여는 러시아인들이 했다는 걸 그들은 잊어선 안 돼. 베를린 장벽을 결정적으로 무너뜨린 건 어디까지나 우리야, 흔들리게 한 그들이 아니고. 바르샤바조약 자체를 파기하고 그들에게 평화의 악수를 청한 것도 우리야, 그건 항복의 표시가 아니란 말이야. 틈틈이 그 점을 떠올려보는 게 아마 신상에 좋을 걸.'"

16

"미국에서 돌아오면서, 나는 모처럼 자유분방한 하룻저녁
을 보내기로 결심했습니다. 결코 시간이 많지 않은 그 시절
에도 나는 차르와 일하기 시작하면서 떠난 모스크바의 예술
인 친구들을 가끔 들여다보긴 했어요. 잘난 척하느라 예민하
게 굴 때는 조금 짜증스럽긴 하나, 과도하다 싶을 만큼 유쾌한
그들과 함께하다 보면, 매 순간 긴장하는 크렘린 동료들과 같
이 있을 때와는 달리 그렇게 마음 편하고 반가울 수가 없답니
다. 특히 그런 예술인 친구 가운데서도 작품은 공들여 쓰지 않
고 위대한 작가입네 온갖 허세만 떠는 인물이 하나 있었어요.
다름 아닌 리모노프, 예두아르트 리모노프입니다. 적잖은 햇
수를 미국과 파리에서 지낸 뒤, 그는 전투적인 사상으로 무장
한 채 모스크바로 귀환했지요. 외국 생활이 길어지면서 주로

금전적으로 굴욕을 많이 경험한 만큼, 서구세계에 대하여 그가 키워온 분노의 감정은 사납기 짝이 없었습니다. 90년대 초 그는 국가볼셰비키당을 창당했습니다. 과연 이것이 정치활동인지 예술적 퍼포먼스인지 알 수 없으나, 이름부터 혼돈의 최대치를 창출하겠다는 욕심만큼은 분명하게 보였어요. 나 같은 사람들을 옥죄는 체면에 대한 고민 따위는 벗어던진 지 이미 오래. 에두아르트는 그 반대급부로 더 강렬한 쾌락의 무한 접근권을 취득한 다음, 마치 중동의 파샤처럼 측근들과 너그러이 공유하고 있었습니다. 이른바 '나의 혁명 전위대'라 부르는 황당무계한 무리가 그를 늘 에워싸고 있었죠. 그는 입버릇처럼 이야기했어요.

'놀려도 좋아, 바쟈. 하지만 나는 지금 군대를 만드는 중이야. 병사는 문제가 안 돼, 구하는 건 그리 어렵지 않다고. 사람들이 그만큼 절망에 허덕이고 있거든. 문제는 인민을 관리할 인력이야. 대중 앞에서 말발이 서고, 선전 선동을 수행할 줄 아는 사람. 현 투쟁 단계에서는 이념을 전파하여 국가 볼셰비키 혁명을 증폭시키는 바로 그런 사람들이 전략무기가 되는 거라고. 아무튼 걱정하지 마, 바쟈. 우리가 권력을 잡으면 크렘린에 자네 일할 작은 책상은 그대로 놔둘 테니까. 프로파간다를 전문으로 다루는 인재는 언제나 쓸모 있는 법이거든….'

그 저녁, 에두아르트는 자기네 사령부로 삼고 있는 317번지, 벨리 돔 근처 가짜 아일랜드 펍에서 나와 만나기로 약속했습니다. 거기 당도하기까지 밖에 세워둔 십수 개의 모터사이클 사이를 헤쳐가야 했고, 일단 들어서자 네오파시스트 바이커들과 아나키스트 지식인, 펑크족 그리고 이런 곳을 겁 없이 드나드는 여성 별종들이 서로 공존하는, 흡사 〈매드맥스〉 같은 분위기를 파고들어야 했습니다.

먼저 온 리모노프는 구석 테이블에 앉아, 반쯤 비운 보드카 병을 앞에 놓고 있었습니다. 밤이 걱정되더군요.

'말세의 시작이 어디였는지 아나, 바샤?'

에두아르트는 연극 대사를 읊듯 목에 잔뜩 힘을 주고 있었어요.

'아뇨. 좀 알려주시죠.'

'리슐리외야, 바샤. 《삼총사》에 나오는 추기경이 실존 인물이라는 건 알겠지.'

'그럼요, 에두아르트. 당신이 데리고 다니는 골 빈 스킨헤드족이랑 나를 혼동하지 마세요.'

'알았어. 아무튼 그 사람이 결투를 금지했거든. 성인 남성 둘이 서로 칼을 들이대는 걸 금지하는 법을 만들었다 이거야. 서구인은 그 수준을 조금도 탈피하지 못했어. 내 말은,「결투금

지」나 「아빠출산휴가」나 그게 그거란 얘기지.'

리모노프는 최근 일부 유럽 국가가 도입한 「아빠출산휴가」
를 인간이 어디까지 비참해질 수 있는지를 보여주는, 철저히
길든 짐승의 처량함을 상징하는 제도로 보고 있었어요.

'집에서 텔레비전을 보고, 자동차를 주차하고, 별로 힘들지
않은 지루하기만 한 일을 반복하면서도 휴가는 바닷가에서…
그렇게 삶을 낭비했음을, 그것만이 진정 씻을 수 없는 죄임을
깨닫기 전에 목숨이 다하는 거지.'

나는 그동안 에두아르트가 나름의 논리를 펴면서 책과 인
터뷰, 혁명전위대를 향한 연설로 줄기차게 되풀이해온 주장을
수없이 들어온 몸입니다. 하지만 그날 그는 신문에서 봤다며,
우리가 뉴욕에 다녀온 일을 궁금해하는 것이었어요.

'소풍은 어땠어?'

나는 화제를 돌리고 싶었습니다. 에두아르트를 상대로 국제
정치를 논할 생각은 없었거든요. '뻔하죠! 거기가 어떤지 당신
도 잘 알잖아요. 그냥 재밌었습니다.'

'뉴욕, 재밌지. 미국 놈들만 안 마주치면.'

나는 웃음을 터뜨렸는데, 그는 늘 그렇듯 심각했습니다. 역
설에 역설을 거듭할지언정, 리모노프는 농담하는 성격이 아니
었어요.

'그놈의 디너파티는 가봤겠지? 남자란 남자는 죄다 프린스
턴이나 예일 출신이고, 여자는 바사 또는 브라운 출신이지. 자
식들은 모두 같은 또래에 같은 학교를 다녀. 남자들은 다운타
운의 은행에서 근무하고 여자들은 바니스뉴욕에서 쇼핑을 해.
다들 예외 없이 햄튼스에 여름용 별장을, 팜비치에는 겨울용
별장을 소유하고 있지. 어쩌다 그 틈에서 식사하게 되면, 명심
해, 청산가리밖에 답이 없다. 내가 소싯적에는 그래도 화장실
에서 누군가의 금발 여편네를 따먹기라도 했지만 말이야. 지
금은 남은 방법이 청산가리밖에 없다고. 그나마 다행인 건, 이
젠 아무도 나를 그런 자리에 불러주지 않는다는 거지.'

'어쩌겠어요, 그게 다 부르주아의 소박한 매력인걸. 어디나
마찬가지지.'

'아냐, 바쟈. 미국은 부르주아를 망가뜨렸어.'

국가볼셰비키당을 대표하는 이데올로그의 표정이 문득 깊
은 수심에 잠기더니, 앵글로색슨 부르주아의 소멸을 한탄하기
시작했습니다.

'자고로 부르주아라 하면 나름의 가치관으로 무장하는 법
인데, 저들이 믿는 건 오직 숫자뿐이야. 웃기는 건 그들이 이젠
서로를 알아보지도 못한다는 사실이지. 그들은 대대로 되풀이
되어온 요행의 결과에 지나지 않아. 똑똑하고, 욕심 많고, 일과

정확한 정보를 중시하지. 죽은 쥐처럼 역겨운 놈들이야. 제국주의는 문제가 안 돼. 내가 아옌데 축출이랄지 뭐 그딴 어설픈 짓거리 때문에 미국 놈들을 싫어하는 게 아니라고. 어느 제국이나 권력 행사가 무지막지한 건 마찬가지야. 모든 걸 따져봤을 때, 백군이든 적군이든 이전 시대를 주름잡은 우리 통치자들을 포함해 여타 제국주의자들보다 미제국주의자들이 더 나쁠 이유도 없어. 문제는 그들 문화의 내용이야. 만인에게 「해피밀」을 제공한다는 진정 원대한 포부를 불가능하게 만든 하나의 탈문명화.'

에두아르트는 잠시 말을 멈추고 본인이 주문한 햄버거를 한 입 크게 베어 물었습니다. 그걸로 자신의 논증이 조금이나마 퇴색한다는 생각은 전혀 없는 듯했어요.

'흥미로운 건, 자네 같은 사람들이 저들을 따라야 할 모델로 삼고 있다는 점이야. 근데 사실 미국인은 좀비에 불과하거든. 세상에 자기 인생을 낭비하는 것보다 큰 죄는 없어, 바쟈. 저들은 최대한 안락하게 오래오래 사는 것 외에 다른 것이 인간존재의 목표가 될 수 있다는 생각은 꿈에도 못 하는 자들이라고. 나는 옐친이 바로 그 노선을 택해 러시아를 미국식 빈민구호소의 저비용 지부로 만들려는 걸 목도하고서, 국가볼셰비키당을 창설하기로 결심한 거야. 당명을 왜 그렇게 정했냐고? 너희들 열받게 하려고. 너희가 악으로 규정하는 모든 걸 그 이름 하나에 욱여넣은 셈이지. 너희는 인간이란 존재를 일개 배부른 소비자로 형편없이 축소했어. 나는 그걸 위협하는 모든 사상을「국가볼셰비키」라는 이름으로 집약한 거고.'

'「열정은 인간을 살게 하고, 지혜는 단지 견디게 한다.」*

리모노프가 나를 삐딱하게 바라보더군요. 그는 누가 자기 말을 끊는 걸 좋아하지 않았어요. 하물며 낡은 인용구 하나로 자신의 비범한 발상이 평범해져서야.

'딱 그거지. 우린 탈스탈린주의자들과 탈트로츠키주의자들, 동성애자와 스킨헤드족, 아나키스트와 펑크족, 개념예술가들과 광신자들, 불교도와 그리스정교회 신자들을 국가볼셰비키당이라는 울타리 안으로 끌어모았지. 처음 전당대회를 하는데, 가장 어려웠던 점이 서로 대가리 깨지지 않게 방 하나에 몰아넣는 일이었어. 지금 다시 생각해도, 어떻게 그 일을 해냈는지 모르겠다니까…'

그러고는 대차게 웃더군요. 보드카를 한잔 가득 들이킨 뒤, 그는 다시 진지해졌습니다.

* 니콜라 드 샹포르(1740~1794).

'그들을 하나로 모으는 건 이데올로기가 아니야, 바쟈. 한마디로 라이프스타일이지. 그런 자들은 일정한 프로그램으로 다룰 수 없다고 생각하겠지? 젊은 사람들이 원하는 게 뭐냐면, 진부함이랄까, 권태에서 탈피하는 거야. 우린 그들 각자의 내면에 도사리는 영웅주의의 불씨를 지펴주기만 하면 되는 거라고. 제3의 로마가 됐든, 러시아제국이 됐든, 스탈린그라드가 됐든, 상관없어! 핵심은 뭔가 위대한 힘을 소환한다는 거지. 살아남고자 한다면, 세상의 구원이 오로지 자기 손에 달렸다는 걸 인민 모두가 믿어야 해. 다른 모든 종족의 머리 위에 서겠다는 각오로 말이야! 서구인들은 우리가 무릎 꿇는 꼴을 보고 싶어 한다. 그래서 다들 고르바초프와 옐친에 열광했던 거라고. 너희가 계속 비굴하게 처신하는 한, 놈들은 그런 너희 앞에서도 열광하는 척할 거야, 바쟈. 그러면서 마지막 남은 유산을 탈탈 털어가겠지.'

그날 밤 나는 리모노프에게, 그가 고심한 내용이 부분적으로는 우리의 경험과 다르지 않다는 사실을 말하지 않으려고 꾹 참았는데, 솔직히 마음은 많이 불편했습니다. 평소에 나는 에두아르트를 똑똑하지만 정치 감각은 전혀 없는 소시오패스 정도로 생각해왔거든요. 한데 장기간 친구들의 가벼운 시선을 받아가면서 그는 우리와 같은 생각을 망치로 다듬어왔던 겁니다. 공연히 부르주아들 질겁하게 만들고, 뭇사람 관심이나 끌면서, 호기심 많은 아가씨들 눈을 휘둥그렇게 만드는 재미가 그가 벌이는 기행의 유일한 목적 같았어요. 그리고 이제야 나는 친구의 시적 비약에 깃든 각별한 의미에 눈을 뜨기 시작한 겁니다. 그의 노선에 전적으로 동의하는 정도는 물론 아니고요. 다만, 처음으로 그의 논리가 있는 그대로 와닿는 느낌이었다고 할까. 그건 엄밀한 분석력이라기보단, 리모노프식의 터무니없는 과장에도 불구하고, 결코 가벼이 여길 수 없는 그만의 직관이 작용한 결과라 할 것입니다. 글쎄요, 80년대 말부터 어쩔 수 없이 서방을 모방해야 했던 것이 꼭 옳은 길은 아니었던 모양이죠. 그와는 다른 길을 택해야 할 때가 왔는지도요."

17

"죽음이 세상을 방문한다는 바로 그 밤 시각. 크렘린의 길고 긴 하얀 복도를 걸으며, 나는 러시아를 통틀어 어둠에 잠기지 않은 단 한 곳을 지나고 있다는 느낌이 들었습니다. 푸틴의 집무실이 위치한 상원 의사당은 차르의 궁전과 같은 차가운 위엄을 내세우는 건물이 아닙니다. 이곳에서 권력은 불필요하게 널린 거울들에 반사되어 흩어질 일 없이, 집중하여 적재적소에 작동하지요. 레닌이 여기를 정부가 들어설 자리로 삼은 이유가 그런 데 있습니다. 그때부터 소박한 취향의 집기들이 배치된 이 오밀조밀한 방들에서 지구의 가장 광활한 영토를 가진 나라의 운명이 결정되곤 했어요. 대기실에 들어서면서 나는 벽면을 장식한 역대 차르의 초상화들과 푸틴이 젊은 경호원들에 더해 일부러 골라 세운 일본 사무라이상을 향해 평상시와 다름없는 목례를 바쳤습니다. 대통령이 기다린다며, 비서실장이 내게 지나가라고 손짓하더군요. 집무실에 들어서자, 보통 우리끼리 얘기할 때처럼 편한 의자가 아닌, 사무용 책상을 앞에 두고 앉은 그가 눈에 들어왔어요. 아주 불길한 징조였습니다. 청동으로 된 커다란 천정등엔 불이 꺼져 있고, 책상 위 자그마한 램프만이 홀로 차르의 집무실을 비추고 있었습니다. 근면한 집중력이 느껴지는 분위기였어요. 나는 푸틴의 책상 맞은편, 다소 어울리지 않는 두 개의 안락의자 중 하나를 택해 앉았습니다.

차르는 서류를 하나 읽더니 몇 분 동안 입을 다물고 있었습니다. 마침내 그는 앞에 둔 서류에서 눈을 떼지 않은 채 이렇게 말했어요. '내 지지도가 어디쯤 와있더라, 바쟈?'

'60퍼센트쯤입니다, 대통령님.'

'그래. 나보다 높은 자가 누구지?'

'없습니다. 제일 가까운 경쟁자가 12퍼센트 언저리입니다.'

'그렇지 않네, 바쟈. 눈을 들어보게나. 나보다 더 인기가 많은 러시아 지도자가 있어.'

나는 그가 무슨 말을 하는지 어리둥절했습니다.

'스탈린. 오늘 「인민의 아버지 동무」의 지지도가 나보다 높군그래. 우리가 선거로 대결을 벌였다면 나는 아주 박살 났을

거야!'

차르의 얼굴이, 나중에 배워 알게 된 무기질의 강도를 드러내고 있었습니다. 나는 어떤 코멘트도 삼갈 때임을 직감했습니다.

'자네 같은 지성인들은 사람들이 잊었기 때문이라고 생각하겠지. 대숙청과 학살을 더는 기억하지 않는다고 말이야. 그러니까 1937년에 대하여, 굴라크와 스탈린주의의 희생자들에 관하여 허구한 날 논문이다 책이다 써 재끼는 것 아니겠어. 자네들은 스탈린이 학살을 저질렀음에도 불구하고 인기가 높다고 생각하지. 하지만 그건 착각이야. 그는 바로 「학살을 저질렀기 때문에」 인기가 높은 거라고. 그는 적어도 도둑과 반역자를 어떻게 처리해야 하는지 알고 있다는 거지.'

잠시 숨을 고르더니 차르가 말을 이었습니다.

'자네 소비에트 열차에 연달아 사고가 나기 시작할 때 스탈린이 어떻게 조처한 줄 아나?'

'모릅니다.'

'철도국장 폰 메크를 붙잡아 태업 혐의로 총살형에 처했지. 그걸로 철도 문제가 해결되는 건 물론 아니었어. 오히려 악화한다면 모를까. 하지만 그는 분노의 배출구를 만들어주고 있었던 거야. 시스템이 제 몫을 다하지 못할 때마다 같은 일이 반복되었지. 육류가 바닥나자 스탈린은 농업인민위원 체르노프를 검거해 재판에 회부했네. 그러자 이자는 신기하게도 체제를 뒤흔들기 위해 소와 돼지 수천 마리를 도살하고 반란을 책동한 게 자기 자신이라며 고백하는 거야. 얼마 후엔 달걀과 버터가 동이 났지. 이번에는 국가정책위원장인 젤렌스키를 검거하는데, 이자 역시 얼마 못 버티고 못과 유리 조각을 섞어 버터 저장고에 살포했다는 둥, 트럭 50대 분량의 달걀을 깨트렸다는 둥, 줄줄이 털어놓았어. 분노의 파도가 약간의 위안과 뒤섞여 온 나라를 휩쓸었네. 모든 게 설명되었으니까! 태업은 무능함보다 훨씬 설득력 있는 해명이거든, 바샤. 혐의가 발견되면 죄인은 처벌받기 마련이네. 정의가 이루어지고, 누군가는 대가를 치르며, 질서는 바로잡히지. 그게 곧 문제의 핵심이라네.'

차르가 다시 숨을 고르는데, 다른 상황이었으면 마치 연극에서처럼 나도 서슴없이 얘기를 거들었을 겁니다. 잠시 후, 그의 어조는 한층 가라앉아 있었어요. '내일 새벽 자네 친구 호도르콥스키*에 대한 체포를 지시했네. 방송에도 내보내기로 했어. 러시아 민중의 신성불가침한 분노를 피할 수 있는 사람은

---

* 미하일 호도르콥스키. 푸틴의 정적이자 러시아 최대 석유회사 유코스의 CEO였다.

없다는 걸 모두가 보아야 하니까.'

그 순간 나는 망연자실했습니다. 지난 몇 년 사이 미하일은 특별히 깨끗하진 못할지언정 이 나라 최고의 부자 경영인으로 우뚝 선 인물이었습니다. 자신을 실리콘밸리 출신 너드로 소개하면서 선량해 보이는 얼굴과 안경, 티셔츠 차림을 내세우는 그는 각종 자선재단과 고상한 아이디어로 가득한 명연설 덕분에 유명했지요. 신문, 방송 모두 그를 찬양하면서 러시아의 신개념 자본주의를 상징하는 일종의 아이콘으로 내세우기 바빴어요. 그런 그를 갑자기 일개 범법자로 감옥에 처넣는다는 건 도저히 생각할 수 없는 일이었습니다. 하지만 차르가 늘 생각할 수 있는 영역에 머물지만은 않는 존재인 것 또한 부인할 수 없는 사실이지요.

나는 이런 조치일수록 불가역적인 성격을 갖는다는 점을 한순간도 의심해본 적이 없습니다. 책상 건너에서 나를 응시하는 사람은 의견을 묻고 있지 않았어요. 자신의 결정을 통보할 뿐이었습니다. 내가 할 일은 후속 사태를 관리하는 거였죠. 아무리 러시아 언론이지만, 모든 매체가 초유의 사태 운운하며 떠들썩할 겁니다. 우리야 최대한 파장을 축소하면서 일종의 행정조치가 시행된 것으로 알리겠으나, 그렇다고 크게 바뀔 일은 아니었습니다. 그 정도 선에서 전력을 다할 뿐이죠. 만약 미하일이 러시아 민중의 분노 배출구가 될 운명이라면, 아마 완전한 굴욕을 감내해야 할 겁니다. 금융가의 골든 보이, 고아와 과부를 위해 은혜를 베푸는 자선가로서 그를 담은 사진은 이제 그만. 지금부터 나는 죄수복을 입고 철창신세를 진 호도르콥스키의 이미지만으로 세상을 채워나가야 할 거예요. 메시지는 선명해야겠죠. 《포브스》의 표지 모델이 감옥의 죄수로 전락하기까지, 차르가 결심할 경우, 한 걸음이면 족하다! 공인으로서 미하일이 치러야 할 몰락의 장면은 다른 올리가르히에게 경고로 받아들여질 것이며, 선량한 러시아 민중의 허기를 채워줄 분노의 먹거리가 되어줄 거예요.

어쩌면 당신은 내가 그 작업에 기를 쓰고 달려들었다고 생각할지 모르겠군요. 라이벌 친구 욕보이는 일을 즐겼다고 말입니다. 하지만 아니라고 분명히 말할 수 있습니다. 옛날 당한 일을 되갚겠다고 생각하면 결국 그 일에 볼모로 잡혀 살게 됩니다. 나는 미하일과 크세니야를 생각에서 지운 지 오래예요. 둘이 결혼한다는 소식을 접하면서도 그저 덤덤할 뿐이었어요. 그들을 다시 떠올려야 한다는 건 분명 즐거운 일은 아니지만, 그렇다고 저항할 필요도 없는 문제였습니다. 결정하기가 가장 어렵지, 한번 결정하면 목적을 달성하는 것 말고는 일절 마음에 두지 말아야죠.

동틀 무렵, 사업차 시베리아 어느 도시를 향하던 호도르콥스키는 전용 제트기가 비행장 활주로에 안착하자 곧바로 검거됩니다. 손목에 수갑을 차고 특수부대 군인들에 이끌려 나타난 억만장자의 사진이 세계로 타전되었어요. 즉각적인 반응은 '돈이 모든 걸 해결해주진 못하는구나'였습니다. 당신들 서구인이 보기엔 절대적 금기를 건드린 셈이죠. 정치인이 수갑 차는 거야 별것 아니겠으나, 억만장자라면 얘기가 다르지 않습니까, 서구사회는 돈보다 중요한 건 세상에 없다는 원칙에 기반할 테니까. 재밌는 건 당신들이 우리 자본가들을 계속해서 '올리가르히'라 부른다는 사실입니다. 진정한 의미의 올리가르히는 오직 서구세계에만 존재하는데 말이죠. 유럽의 억만장자쯤 되어야 모든 걸 굽어보면서 정치도 법도 좌지우지하는 것 아니겠습니까. 그런 세상에서 빌 게이츠라든가 머독, 저커버그 같은 이의 수갑 찬 모습이란 상상 초월 그 자체죠. 그런데 러시아에서는 억만장자가 자기 돈을 얼마든지 자유롭게 사용할지언정, 그 돈을 통해 정치권력보다 우위에 설 수는 없습니다. 러시아 민중의 의지, 나아가 그를 체현하는 차르의 의지는 어떤 사적 이해관계보다 우선하거든요.

선거를 6주 앞둔 시점, 호도르콥스키의 검거 소식은 당해 선거에 있어 차르의 NO-캠페인 선언으로 받아들여졌습니다.

미하일의 몰락을 잘 만든 텔레비전 포맷으로 다듬어내는 걸로 내 본분은 다하는 셈입니다. 어렵지는 않았어요. 힘 있는 자의 머리통이 땅바닥을 구르는 광경은 언제나 대중의 가려움을 긁어주는 명장면이 되어왔으니까. 이유야 어떻든, 거물의 처단은 다수의 평범한 인간들 마음을 위로해줍니다. 저잣거리 보통 사람은 이렇게 생각할 테니까요, 내가 저만큼 잘 나가보진 못했지만 적어도 쇠고랑 차는 신세는 아니지… 어느 시대에나 공개처형은 각광받는 오락거리였습니다. 처음 기요틴이 도입되었을 당시 혁명언론지를 보면, 파리 시민들 왈 '목 잘리는 순간이 잘 보이지 않으니, 차라리 우리의 쇠스랑을 돌려달라'며 불만을 토로하더라는 겁니다. 머잖아 그 장치가 얼마나 효율적이고 사형수에게 어떤 부수적 공포심을 불러일으키는지를 깨닫자 비로소 신기술의 묘미를 즐기게 되었다는군요. 우리 솔직히 한번 말해봅시다, 세상에 민중보다 더 피를 좋아하는 독재자가 있을까요? 오직 단호하면서도 정의를 표방한 대표자의 무력 행사만이 그들의 분노를 누그러뜨릴 수 있지요.

결국 10월 초 선거는 승리로 막을 내렸습니다. 다음날 차르는 텔레비전에 나와 밤새 한숨도 못 잤음을 고백했어요. 결과를 지켜보느라 그런 게 아니고, 처음 분만하는 애견 래브라도 코니를 돌보느라 그랬다는 겁니다. 기르는 개가 없는 나야 선거 당일 집에 틀어박혀 보드카 한 병과 역사책을 수북이 쌓아 놓고 홀로 밤을 지새웠지만 말이죠. 지난번 차르와 마지막으로 면담한 후, 나는 내가 맡은 역할을 다른 관점에서 재고하기 시작했습니다. 30년대를 관통한 스탈린식 소송에 관한 기록물을 파고들던 나는 할리우드 메가프로덕션의 중요성을 간파하게 되었어요. 쇼비즈니스를 지향하는 소비에트 노선이라고 할까. 검사와 판사가 수개월에 걸쳐 시나리오를 작업하면, 피의자는 제작자가 행사하는 다양한 압력에 고무되어 그 결과물을 연기합니다. 누구는 지켜야 할 가족이 있고, 누구는 감춰야 할 비밀이 있으며, 누구는 단지 정신적 협박과 육체적 고통에 민감하니까요. 결국 모두가 맡은 역할에 충실하기로 하면, 그때부터 기대하던 공연이 펼쳐집니다.

어떤 세부 사항도 제작자의 감식안을 벗어날 수 없어요. 현실과 허구를 뒤섞는 건 비난받을 일이 아닙니다. 방청이 허용된 대중, 특히 그중에서도 집에 처박혀 라디오와 《프라우다》로 정보를 접하는 이들은 〈메트로 골드윈 메이어〉의 영화를 볼 때와 같은 감정 상태를 거쳐갑니다. 악에 직면한 걱정과 불안, 공포의 감정을 말이죠. 그러고 나면 선의 승리, 갈등의 해소에서 비롯하는 깊은 안정감을 누리게 돼요. 이야기 구성의 근본적인 룰만 존중한다면, 결단력 있게 행동할 줄 아는 권력의 창의적 능력에 한계란 없습니다. 한계라는 것 자체가 진실에 대한 존중이 아닌, 허구에 대한 존중에서 오거든요. 우리가 중요하게 여길 동력은 여전히 인간의 분노입니다. 당신네 보수적인 서구인들은 인간의 분노가 해소될 수 있다고 생각하죠. 경제성장과 기술 발전, 신속한 택배시스템과 보편화된 관광 및 레저가 민중의 분노를 잠재운다고 믿고 있어요. 인간성의 근원에 뿌리를 둔 신성불가침의 소리 없는 분노를 말입니다. 하지만 현실은 그렇지 않아요. 어느 시대, 어느 체제에서든 좌절하고 실패하고 파산한 자는 있기 마련입니다. 스탈린은 분노가 구조적 상수라는 사실을 이해했어요. 때에 따라 그 상수가 늘거나 줄 수는 있어도, 결코 사라지진 않습니다. 그건 사회를 지배하는 심연의 흐름 같은 거예요. 그것에 저항하기보다 잘 관리하는 것이 항상 중요합니다. 모든 걸 파괴하면서 한꺼번에 터져 나오지 않게 하려면, 원만한 흐름이 가능한 통로를 안정적으로 확보할 필요가 있어요. 체제 자체를 위협하지 않는 선에서 분노가 표출될 수 있는 적절한 상황들을 조성하는 겁니다. 분란을 강제로 진압하는 건 투박한 짓입니다. 분노가 쌓이지 않게끔 통로를 열어주는 것이야말로 더 복잡하면서 훨씬 효율적인 조치죠. 오랜 세월에 걸쳐 내가 하는 일이 다름 아닌 그런 거였어요."

18

"호도르콥스키가 검거되고 푸틴이 재선에 승리하면서, 러시아 정부의 성격이 조금씩 변하기 시작했습니다. 권력 투쟁은 끊이지 않았어요. 다만 그 무대가 공적인 투기장에서 차르의 집무 공간으로 이동했을 뿐입니다. 이때부터 국가의 운명이 다시금 궁정에서 결정되기 시작했어요. 마치 니콜라이 1세 시대이기나 한 것처럼, 궁정인의 모든 고통과 기쁨이 오직 군주의 표정에서 비롯하는 사태가 다시 벌어지는 겁니다.

기회가 닿으면 동물원에 가서 사자와 원숭이를 한번 관찰해보시기 바랍니다. 다 같이 어울려 잘 놀면, 서열이 명확하고 우두머리가 모든 걸 통제하고 있음을 의미합니다. 그렇지 않을 경우는 각자 자기 구석에 처박혀, 불안하고 겁에 질린 모습들일 거예요. 권력의 수직축을 복구함으로써 푸틴은 궁정 무도회를 조율할 하나의 '기준음'을 제시한 셈입니다. 유구한 세월을 이어 내려온 규칙에 참가자들의 오르내리는 기세로 결정되는 리듬이 하나의 현란한 군무로 펼쳐지는 것이죠. 차르의 집무실에 이웃한 사무실 사람들이 있는가 하면, 그와 직통라인으로 전화를 주고받으며 일하는 사람들이 있어요. 외국 나갈 때 수행하는 인원이 있는가 하면, 소치 휴가를 동행하는 인력이 있습니다. 정부에 작은 자리 하나 차지하는 이들이 있고, 공기업 임원으로 눌러앉는 자들이 있어요. 어떤 사소한 징후도 허투루 넘길 것이 없습니다. 만찬 테이블 좌석 배치라든지, 대통령 접견실에서의 대기시간, 경호 인력의 머릿수 등등. 권력은 미세구조로 세밀하게 구축됩니다. 궁정인의 강박적 주의력을 따돌릴 수 있는 것은 세상에 없어요. 서열의 결정은 디테일에 있다는 것, 아무리 작은 실수도 건물의 균열을 넓힐 수 있다는 사실에 누구보다 정통하기 때문이죠. 오직 아마추어만이 그런 요소들을 홀대합니다. 주의할 만한 점들이 아니라고 보는 거죠. 프로는 어떤 디테일도 주의를 소홀히 할 만큼 사소하지 않다는 걸 잘 알고 있습니다.

크렘린에는 많은 반전과 줄기찬 진동이 존재합니다. 그와 하나가 되길 원하는 자는 모스크바 지구물리학연구소의 지진계에 버금가는 정밀도로 그 모두를 측정할 능력이 있어야 해요. 탈진할 만큼 힘든 활동을 끊임없이 펼쳐나가야 합니다. 공적이든 사적이든 사람들을 만나야 돌아가는 상황의 맥을 짚고, 힘의 균형이 온전히 유지됨을 확인할 수 있습니다. 주식 거래장 벽면을 끝없이 수놓으며 주가 변화를 알리는 전광판 알죠? 궁정 분위기가 그와 비슷합니다. 다만, 스크린에 숫자가 뜨는 대신, 사람들의 표정과 입을 통해 주가 시세가 나열되지요. 모든 디너 테이블, 모든 대화가 주식거래소의 차트로 읽힙니다. 올라서든 내려서든, 조금이라도 진지한 투기꾼이라면 크렘린이 결코 행복을 주지 않으며, 오히려 행복을 불가능하게 만든다는 걸 압니다.

나로 말하자면, 최소 삼대에 걸친 굽신거림이 몸에 밴 자의 자질을 앞세워 이 새로운 체제에 끼어들었음을 부인하지 않습니다. 다만 그러한 유전적 자산을 갖추지 못한 몇몇이 나 같은 사람을 빠르게 제치고 나간 사실을 인정해야 합니다. 예컨대 푸틴의 비서인 세친이 그렇습니다. 앞에서 언급했죠, 문이나 열어주고 전화나 바꿔주는 친구. 그런 부류가 흔히 그렇듯, 스스로 저평가받고 있다는 사실 덕분에 오랜 세월 건재한 경우입니다. 사람들은 차르 앞에 눈을 내리깐 채 작은 트렁크를 들고 선 그의 모습을 보면서, 타이피스트 겸 급사장이겠거니 하지만, 크렘린에 들어간 지 4년 만에 전형적인 실세 궁정인이 되어 있는 자입니다. 주인이 근처에 없을 땐 세상이 자기 것이나 마찬가지예요. 주인의 눈짓 하나면 금세 바들바들 떠는 양한 마리로 돌변하지만 말이죠.

공무상 비행기를 탈 때도 다들 편하게 저고리를 벗는데, 유독 그만은 차르를 향한 경의의 표시라며 넥타이를 풀지 않았습니다. 푸틴을 만나기 전, 그는 모잠비크 KGB 지부에서 일했어요. 구체적으로 무얼 했는지는 하느님만 아는 일이고. 가끔 그곳에 복귀하곤 했는데, 가령 안토노프기를 타고 아프리카로 날아가 활주로에 내린 뒤, 특수부대원의 호위를 받으며 현지 독재자에게 차르의 친서를 전하는 일은 그에게 일종의 휴가나 다름없었습니다. 낮에는 박격포 포성에 시간 가는 줄 모르다가도, 밤이 되면 악단 연주를 들으며 풀 파티를 즐기는 데가 그곳이거든요. 일반인이 카프리섬이나 생트로페로 놀러 가는 것과 마찬가집니다.

그는 인간의 본성을 극히 원초적인 시각으로 다루는 경향이 있어서, 조금 까다로운 사람이 보기엔 수긍하기 힘들 때가 많았습니다. '그렇게 간단한 문제가 아니잖소'라고 사람들이 따지면 그의 반응은 '웃기고 있네' 정도였어요. 결과는 거의 항상 그의 접근법이 옳았고요.

하루는 그가 문헌학 전공자였다는 사실을 알고는, 우리가 서로 열정을 공유할 수도 있겠다는 망상을 품은 적이 있습니다. 우선 나는 가장 좋아하는 저자가 누구인지 물어보기로 했어요. 그의 사무실에서였는데, 단조로운 어조로 돌아온 대답은 '학교 졸업 후 지금까지 책은 한 권도 읽지 않았습니다'였어요. '오직 이것만'하며 손으로 가리킨 것은 보안국에서 작성한 표제 없는 하얀 보고서 더미였습니다.

모든 거래에는 누구도 하기 싫어하나 모두에게 필요한 수고가 따르는 법이죠. 거기, 세친이 담당할 몫이 있는 겁니다. 감옥에 있는 호도르콥스키와 관련한 문제는, 그의 회사 유코스를 어떻게 처리하느냐였어요. 정부 내 현존하는 자유주의자들 바람은 회사를 그대로 놔두는 것이지만, 차르의 의중이 사람 손보는 걸 넘어 시스템 자체를 무너뜨리는 데 있음은 명백했습니다. 더구나 유코스는 당시 러시아 최고 기업이자, 가장 사랑받고 가장 부유한 기업이었어요. 크렘린의 사나운 야수들 식욕을 단번에 일깨울 전리품이란 얘기죠.

세친에게 그 일은 한 입 거리에 불과했습니다. 재판에 의한 기탁과 1인 입찰자의 공개 경매를 통해 유코스는 몇 달 전 이고리가 회장 자리를 꿰찬 국영종합회사 소유로 넘어갔습니다. 당신들 언론이 이 사건을 대서특필하면서 도둑질이라 규정했죠. 한데 내막은 좀 더 복잡합니다. 세친은 소위 말하는 '실로

비크'*예요. 보안국 출신 '무장武將'이란 뜻이죠. 자고로 물리력을 앞세우는 사람은 러시아에서 항상 중요한 인물로 대우받습니다. 군인, 첩보원, 경찰이 다 그런 경우죠. 차르를 지근거리에서 모시는 덕분에 세친은 그들 가운데서도 모범 사례로 여겨졌어요. 물론 당신네 서구인들의 위선적인 시각에서는, 무력 행사가 다소 고리타분한 수단으로 보일 겁니다. 당신들은 규칙을 믿으니까. 변호사를 동원해 진위가 확인된 메일만 주고받으면서, 수백만 달러에 이르는 수임료를 받고서야 해결책을 내놓죠. 당신들은 다보스 포럼과 OECD 조사보고서를 신주처럼 떠받들어요. 유명건축가가 로테르담과 베이징에 고층 빌딩을 세우고 유명 셰프들이 발리나 체르마트에 요리 전문점을 내면, 다들 떠들썩하니 열광합니다. 단정하게 넥타이를 맨다는 생각부터가 당신들에겐 거북할 따름이에요. 넥타이가 마치 호텔 관리자나 렌트카 업체 직원처럼, 고객을 모시는 하급자에게나 어울리는 액세서리로 인식되고 있어요. 전통적인 군인과 경찰의 정복 유니폼들을 생각해봐요. 그야말로 박물관에 모셔둘 유물이 다 되지 않았습니까. 단체 체험학습에 나서는

* silovik. 러시아 정보기관이나 군인 출신 정치인. 복수형은 실로비키(siloviki)다.

아이들이 좋아할 모양새죠.

분명히 말하지만, 나도 당신들 같은 부류였습니다. 카푸치노를 홀짝이며 서구 잡지들을 훑어보던 세월이 너무 길었거든요. 유코스 해체는 내게 야만적인 짓으로밖에는 보이지 않았습니다. 우리가 극복하려고 무진 애쓴 낡은 버릇으로 다시 돌아간 것처럼 느껴졌어요. 내가 호도르콥스키를 좋아하지 않은 건 사실이나, 일개 체키스트가 그를 대체한다는 생각은 정말이지 어이가 없었습니다.

하루는 저녁에 푸틴이 집무실로 부르더군요. 기업의 운명을 결정해야 할 중요한 시기였습니다. 방금 국제 정상회담을 마치고 돌아온 터라, 차르의 안색이 상기되면서도 무척 지쳐 보였어요. 미처 앉지도 못하고 방 안을 신경질적으로 서성대고 있었습니다. '항상 똑같은 수작들이야. 나를 핀란드 대통령처럼 취급하더라니까. 더 불쾌한 건, 놈들에게 핀란드는 문명국이라는 점이지. 우리 러시아는 야만인 나라고 말이야. 문 앞을 어슬렁거리며 술주정이나 해대는 비렁뱅이 소굴. 어쩌면 그들이 맞을지도 모르겠네. 누가 시키지도 않았는데 우리 스스로 거지 짓을 했으니까. 모든 사람 앞에 활짝 웃는 낯으로, 보란 듯 접시 내밀고 한 푼 줍쇼 했으니.'

차르는 한동안 입을 다물더니, 조금 가라앉은 목소리로 말을 이었습니다.

'내가 어렸을 적 레닌그라드에 살 때 부랑자들을 본 적이 있지. 동네 애들이 툭하면 그들에게 발길질을 해댔어. 비명을 지르면 발길질이 더 심해졌지. 그냥 재미로 그랬던 거야. 딱 한 명만 빼고. 덩치도 크지 않고 건강도 시원찮은 애였는데, 이름이 스테판이었던 걸로 기억해. 걔의 어디가 남달랐는지 아나? 한마디로 미친놈이었어, 어디로 튈지 모르는 타입. 만약 누가 다가가 아는 척이라도 하면, 난데없이 병으로 사람 머리를 후려칠 놈이라고, 아무 이유도 없이 말이야. 녀석과 관련한 이상한 소문들이 많이 돌았는데, 힘 있는 자리에 올라 사람들을 감쪽같이 없애버렸다는 거야. 어쩌다 멀리서 눈이 마주칠 때, 놈이 웃기 시작하면 그게 고함지르는 것보다 훨씬 무섭더라니까. 그저 다들 걸음아 나 살려라 달아나기 일쑤였지. 동네에서 힘깨나 쓴다는 애들까지도 미치광이 스티바와 마주치지 않으려고 구역을 바꿀 정도였다니까. 약자가 자존심을 지키려면 상대에게 공포심을 주입하는 것밖에 무기가 없더라고.'

'대통령님, 상대에게 겁을 주기 위해서는 우리가 시장에 겁을 주게 될지 모른다는 점이 문제입니다. 그건 감당이 안 되는 일이거든요.'

푸틴은 움찔하는 기색이었습니다. 그를 안 뒤 처음으로, 증오의 감정에 흔들리는 눈빛을 보았어요.

'머릿속에 이거 하나는 단단히 박아두게, 바쟈. 여태 러시아를 이끌어온 건 장사꾼들이 아니야. 왜인 줄 아나? 러시아인이 국가에 기대하는 두 가지를 그들은 결코 보장할 수 없어서야. 안으로 자리 잡는 질서와 외부로 뻗어나가는 힘. 장사꾼들이 나라를 다스린 적은 단 두 차례, 두 번의 짧은 기간뿐이었네. 1917년 혁명 이후, 볼셰비키가 권력을 잡기 전 몇 달 그리고 베를린장벽이 무너지고 난 뒤 몇 년, 옐친의 집권기 동안이었어. 결과는 어땠을까? 한마디로 대혼란이지. 폭력이 난무하고 정글의 법칙이 활개 치는 가운데, 숲을 뛰쳐나온 늑대들이 민가를 휩쓰는 것이네, 무방비 상태의 민중을 잡아먹으려고 말이야.'

차르의 얼음장 같은 목소리는 그가 펼쳐 보이는 장면을 더더욱 공포스럽게 만들고 있었어요.

'자네 친구 호도르콥스키는 캘리포니아 출신 사업가처럼 옷을 입었지만, 실은 황야의 이리떼 중 한 놈이네. 그자가 무얼 만들어내거나 새롭게 창조한 것이 없어. 그저 국가의 몫을 한 조각 베어 물고, 국가를 지켰어야 할 자들의 부패와 약점을 집요하게 이용해 먹었을 뿐이네. 그가 1995년 석유 사업권을 인가받는 대가로 얼마를 지불한지 자네 아나? 3억 달러야. 그러고 나서 2년 뒤 얼마에 시장에 내놓았을까? 무려 90억 달러네. 정말이지 대단한 사업가 아닌가 말이야! 천재야 천재! 올리가르히라는 자들, 다 그런 식이라고. 그런 자들이 이제 와 법치 운운하며 우리를 가르치려 하고 있네. 우리 버릇을 고쳐주겠다며 야당에 자금을 대고 있어, 도무지 말을 잘 듣지 않는다면서 말이야. 머잖아 저들이 나 대신 하버드 출신자 한 명을 이 자리에 앉히겠다고 할지 모르겠어. 다보스 포럼에 나가 자기들 얼굴마담 역할이나 해줄 꼭두각시 말이야, 어떻게 생각하나?'

내가 따로 할 말이 있을 리 없죠.

한참을 그렇게 쏟아내면서 차르도 평정심을 되찾고 있었어요. 책상 뒤로 돌아가 앉더니 맞은편 안락의자에 앉으라며 내게 손짓했습니다.

'우린 우리의 주권을 회복해야만 하네. 그러려면 현재 가용한 모든 자산을 총동원하는 방법밖에 없어. 우리나라 국내총생산이 핀란드와 같지? 아마 그럴 거야. 하지만 우리는 핀란드가 아닐세. 지구상에 존재하는 가장 거대한 국가란 말이지. 가장 부유하기도 하고. 다만 러시아 민중에게 의당 돌아가야 할 자산이 도둑놈 손으로 빠져나가는 걸 한동안 방치했을 뿐이네. 지난 수년간 러시아는 물 건넌 귀족정치를 새로 시작했네.

그러다 보니 마음과 돈지갑은 딴 데 두고 우리 자산에 눈독 들이는 사람들만 늘어났어. 이제 우리는 나라의 부를 이뤄줄 자원에 대한 통제력부터 되찾아올 것이네, 바쟈. 가스, 석유, 삼림, 광산 등. 그리하여 국가재산이 러시아 민중의 이익과 위대함을 위해 쓰이도록 할 거야, 코스타 델 솔에 별장이나 소유한 깡패 말고.

오로지 경제밖에 눈에 보이는 게 없어. 군대를 한번 보라고. 옐친은 군대를 가지고 무얼 할지를 몰랐어. 군대를 약간은 두려워하기도 했고, 무시하기도 했지. 그런 식으로 군사력 문제를 회피해온 거야. 새로운 러시아, 그 상점가와 고층 빌딩의 스포트라이트로부터 멀리 벗어나 외롭게 썩어가도록 군대를 팽개쳐둔 거지. 우리는 그렇게 남미국가들처럼 되어버린 것이네. 장군들이 떼강도 노릇을 하질 않나 정치판이나 기웃거리질 않나, 병사들은 병사들대로 배를 곯는가 하면 담배 한 갑에 명예를 팔아치우기 일쑤고. 현재 우리는 권력의 수직축으로 군대를 복귀시키는 중이네. 보안 기관도 마찬가지야. 힘은 러시아라는 국가에 항상 중심을 차지해왔네. 존재의 근거라고까지 할 수 있어. 우리의 과제가 권력의 수직축을 복구하는 일에 그쳐서는 안 되네. 러시아의 독자성을 수호하기 위해 모든 걸 바칠 새로운 애국 엘리트층을 만들어내야만 해.'

그때까지만 해도 나는 아직 차르의 발언을 문자 그대로 받아들이고 있었어요. 그의 말 뒤에 숨은 복수심이 어느 정도로 깊은지, 그 말들이 감추고 있는 공허를 채우기가 얼마나 어려운 일인지 나는 알 수가 없었습니다. 다만 그 저녁, 올리가르히에 대한 전쟁이 이제 막 시작이라는 사실만큼은 알겠더라고요. 이건 잘못된 자들의 수중에 떨어진 일부 기업을 바로잡는 문제가 아니었습니다. 세계 무대에 러시아란 나라의 위상을 재정립하기 위해 국가의 역량, 그 모든 자산을 총동원하는 일이었어요. 이른바 '주권민주주의', 그것이 목표였습니다. 이를 실현하기 위해서 국가의 원초적 기능을 확고히 구축할 즉, 공격과 방어의 무기가 되어줄 강철같은 인간들이 필요했던 겁니다. 이런 엘리트 그룹은 사실상 이미 존재하고 있었어요. 다름 아닌 '실로비키', 보안국 출신들 말입니다. 푸틴이 그들 중 하나였죠. 제일 강하고 제일 신중한, 제일 냉혹한 인간. 그래도 어쨌든 한 패였어요. 그들을 잘 알고 있었죠. 그들을 신뢰했으며, 그밖에 다른 누구도 신뢰하지 않았습니다. 그는 명령권을 가진 자리에 그들을 차례차례 들여 앉혔어요. 국가 수뇌부는 물론, 90년대에 온갖 모리배들로부터 하나하나 회수한 사기업 경영진에 이르기까지. 에너지, 원자재, 운송, 통신 등등. 물리력을 앞세운 인간들이 속세의 올리가르히를 모든 영역에서 갈아치웠습니다. 그런 과정을 거쳐, 러시아에서 국가가 다시금 만물의 근원이 되어버린 겁니다.

그러니까 시스템이 부패한 것 아니냐고요? 자기는 3백 달러 짜리 진을 입으면서 우리가 소유한 고급주택, 요트, 전용 제트기를 집요하게 고발하는 모스크바의 블로거들처럼, 장관이 기업 수장까지 겸임하는 제도를 문제 삼는 겁니까? 그러고 보니 윈스턴 처칠에 대한 소문이 떠오르는군요, 해군성 장관이던 시절 '앙샹트레스'*라는 이름의 고급요트를 소유했다는 이야기. 스위스인가 코트다쥐르에서의 환대에 보답하는 의미로 그 요트에서 여러 억만장자 친구들을 초대해 선상 파티까지 열었다고 하죠. 1차 세계대전 중에 웨스트민스터 공작이 자기 롤스로이스를 쓰도록 공짜로 빌려줬다질 않나, 미국 여행에서는 사업가 친구들이 자기들 전용 기차 객실을 마음껏 사용하도록 배려해주었다고요. 캘리포니아에 갔을 땐, 산 시메온에 있는 윌리엄 랜돌프 허트의 집에 머물거나, 숙박료를 누가 지불한지 모를 빌트모어의 스위트룸에서 지냈다는 거 아닙니까. 이

---

* '앙샹트레스(Enchantress, 여자 마법사)'는 당시 해군성 자체에서 공무 관련하여 보유한 요트로, 처칠 개인 소유라는 이야기는 근거 없는 낭설로 밝혀졌다.

런 모든 일 때문에 그가 20세기를 대표하는 위대한 국가지도 자라는 사실이 방해받나요? 아니죠, 오히려 정반대입니다. 국가적 인물은 왜 꼭 우체국 직원처럼 살아야 합니까?

공인이면 반드시 검소하게 살아야 한다는 생각은 아주 비윤리적인 발상입니다. 국가는 그 나름의 격조를 갖춰야 해요. 국가에 헌신하는 사람들이 사적으로 성공하지 못한 별 볼 일 없는 사람일 수는 없습니다. 나랏일을 한다면서 어딜 가나 자선을 구걸하느라 손 벌리는 사람이어서야 되겠습니까. 우리는 권력의 최대치와 부의 최대치를 하나로 집약한 신개념 엘리트 층을 만들어냈습니다. 누더기를 걸친 당신네 정치꾼들과 무기력한 사업가들이나 가질 법한 콤플렉스 없이 세계 어느 테이블이든 당당하게 착석할 수 있는 강한 사람들이에요. 현실 세계에 강력한 임팩트를 줄 수 있는 수단들, 요컨대 권력이면 권력, 돈이면 돈, 불가피한 경우 폭력에 이르기까지 모든 종류의 도구 사용이 가능한 완벽한 인간형 말입니다. 전성기 고대 로마의 귀족층이나 역대 모든 세계제국의 창설자들이 활약하던 시대에서 곧장 날아온 듯한, 이런 종류의 엘리트층을 맞상대할 역량이 당신네 사이비 지도자들에겐 없어요.

권력이 필연적으로 부패하는 것은 아닙니다. 잘 다룰 줄만 알면, 권력은 인간을 좀 더 나은 존재로 만들 수 있어요. 모든 우두머리는 무엇보다 충성을 요구하기 마련입니다. 문제는 대부분 나약하고 평범한 자들에게서 그것을 구한다는 점이에요. 이는 참으로 중대한 우를 범하는 것인데, 그런 자들이 가장 먼저 사람을 배신하기 때문입니다. 나약한 사람은 성실함이라는 사치를 누릴 여유가 없습니다. 신뢰성도 마찬가지예요. 충성심이란 그것을 스스로 음미하며 즐길 줄 아는 사람들의 특성임을 차르는 이해하고 있습니다. 누가 강요하지 않아도 마음으로부터 충성심을 키워낼 수 있을 만큼 자신감 넘치는 강한 사람들. 그렇기에, 다른 어느 곳보다 러시아에서의 권력 투쟁은 특히나 거칠고 종잡을 수 없는 과정을 거쳐 이루어집니다. 언제 어느 때 무슨 일이 닥칠지 몰라요. 게임 자체가 혹독한 만큼 가차 없는 룰이 적용되는 것이죠."

19

"어느 가을 아침, 내가 탄 비행기가 니스에 착륙했습니다. 공기에서 소금과 송진 냄새가 나더군요. 프라다 정장 차림의 수하 두 명이 나를 가루프 성으로 안내하기 위해 트랙에 대기하고 있었습니다. 성이라고는 하지만, 실은 별로 볼품없는 별장이었어요. 20세기 초 어느 영국인 남작이 지었다는데, 이후 주인이 여러 차례 바뀌면서 조금씩 흉물스레 변해가는 중이었습니다. 처음에는 주변 경관이 낙원 그 자체였답니다. 하지만 시간이 지나면서 앙티브는 이른바 4성급 휴양지로 변해버렸고, 산허리에 위치한 별장들 역시 별 한두 개 더 보유했다가 베레좁스키라는 새로운 열성분자를 만나 흉물이 되어가는 전반적 추세를 면치 못하고 있었습니다.

보리스는 수백만 달러를 퍼부어 인접한 건물 몇 채를 사들였고 이를 하나의 으리으리한 사유지로 조성한 상태였습니다. 스포츠 바지에 줄무늬 셔츠 차림으로 앞마당까지 마중 나온 그는 휴가 중인 자본가의 모습이었습니다. 기분은 좋아 보였는데, 왠지 조증 단계의 우울함이 느껴지더군요. 그는 내게 사유지를 두루 구경시키며 말했어요. '피카소가 저 해변 모래사장에 그림을 그렸지. 이 방에선 콜 포터가 〈러브 포 세일〉을 작곡했어.' 20년대의 문화가 그의 입을 거치면서 부동산업자의 광고 문안으로 탈바꿈하고 있었어요.

2층 서재에 자리를 잡자마자 나는 방문 목적을 꺼냈습니다. 요는 우리 기관이 세간의 풍문을 수집, 조사 중인데(엄밀히 말하면 풍문보다는 신빙성 짙은 정보이지만) 베레좁스키가 요즘 우크라이나 반군을 지원하는 유력인사 중 한 명으로 떠오르고 있으며, 차르가 이를 심각하게 바라보고 있다는 얘깁니다. 수세기 전부터 러시아 영토의 일부인 곳을 잃는다는 생각만 해도 차르는 광분을 금치 못한다는 거죠. 그가 이렇게까지 얘기했거든요. '가서 그 자식을 만나 똑똑히 얘기해줘, 선을 넘었다고. 알아듣게 얘기하고 오란 말이야.'

당시 지시받은 그대로 했지만, 늘 그렇듯, 결과는 신통치 않았습니다. 그날도 보리스는 말을 이리저리 돌리는 식으로 대응했고, 우리의 대화는 출발점으로 자꾸 되돌아가는 것이었어요.

'문제가 뭔지 아는가, 바쟈?'

'물론 압니다, 보리스. 푸틴이 타고난 첩보원이라는 점이죠.'

'아닐세, 바쟈. 내 말 잘 들어보라고. 그는 첩보원이 아니야. 자네 보스는 반첩보 활동을 하는 사람이라고. 그건 완전히 다른 얘기지! 어떻게 다른지 아나? 첩보원은 정확한 정보를 추구하고, 그 일을 전문으로 하는 사람이네. 반면 반첩보 활동을 하는 사람은 그냥 편집증 환자일 뿐이야. 도처에서 음모와 반역자를 보는데, 필요하면 만들어서라도 봐요. 그렇게 훈련받아왔기에, 편집증은 그들 직책의 필수요소가 되어 있지. 차르의 머릿속에서는 세상 무엇도 자연발생적이지 않은 거야. 언론은 항상 조작된 여론일 뿐이고, 사람들의 분노 표출이나 시위 모두 보이는 그대로가 아닌 것이지. 언제 어디서나 줄을 당기는 배후 인물이 있고, 숨은 의도를 가진 꼭두각시 조종사가 있다는 얘기네. 기자는 자기 직무에 충실할 뿐이고 거리의 사람들은 분노할 이유가 충분한데, 자네의 보스는 수면 아래 웅크린 채 그런 생각들만 해왔다는 거야. 그리고 지금은 우크라이나와 관련해서 똑같은 생각을 하고 있지. 마치 가엾은 우크라이나인들은 자기들을 통치하는 패거리에 대해서 반발할 이유가 전혀 없다는 듯이 말이야.'

'그들에겐 분노할 이유가 분명 있겠죠, 보리스. 그들에게 당신이 제공한 3000만 달러가 있다는 것 또한 분명한 사실이고요.'

'그래서 뭐가 어쨌단 거지? 그런 게 바로 정치일세, 바쟈. 또 뭔지 아나? 그런 걸 두고 민주주의라고 해. 자넨 그 말이 무얼 뜻하는지 다 까먹었군그래.'

창문 너머 리비에라의 해묵은 풍광이 베레좁스키가 쏟아내는 말을 무디게 하고 있었습니다.

'보리스, 우크라이나 반군을 지원하는 주요 인사들의 면면을 알고 있죠? 제가 리스트라도 뽑아드릴까요? 우선 CIA가 있습니다. 미 국무부가 있고 조지 소로스의 「오픈 소사이어티」등 미국의 거대 재단들이 동참하고 있습니다. 그리고 당신이 있어요. 러시아를 재앙에서 구하기 위해 우리 진영에서 그토록 애쓴 사람, 크렘린의 권위를 다시 세워야 한다고 말했던 바로 그 사람이 말입니다.'

'그래서? 나를 내친 건 바로 너희들이야. 내가 개인적으로 원해서 여기 와 있는 게 아니라는 걸 잊지 말라고. 나는 지금 유배 생활을 하는 거야, 바쟈. 러시아 땅에 한발이라도 걸치는 날엔 자네 친구 호도르콥스키처럼 철창신세가 될 테니, 난들 어쩔 수 없지. 너희는 내가 가진 걸 모두 빼앗았어, 바쟈. 대체

뭘 기대하는 거야, 고맙다는 말이라도 듣고 싶은 건가?'

그가 말하는 동안 나의 시선은 마호가니 탁자와 루이 15세 풍 장식 거울, 대형 청동 촛대와 아칸서스잎 기둥머리 장식과 대리석 흉상들 위를 조용히 훑고 있었습니다. 그 모두가 해변 별장의 성격상 왠지 어울리지 않아 보였어요. 하긴 베레좁스키가 미니멀리즘에 경도된 적은 단 한 번도 없으니. 내 시선을 쫓던 그가 말했습니다.

'전부 내 거야, 바냐. 하나하나 이마에 땀 흘려가며 벌어들인 거라고. 너희는 죽었다 깨도 못 할 일이지.'

'정확히 해둡시다, 보리스. 지금까지 자꾸 엇나감에도 불구하고, 차르는 당신에 대한 우정을 간직해왔어요. 그 덕분에 당신은 러시아에 소유한 여러 회사를 나눠 팔 수가 있었던 겁니다. 그게 다 얼마였죠? 아마 13억 달러 언저리는 될 거예요, 내 말이 틀립니까?'

'실제 가치에 비해 터무니없이 낮은 값이지.'

'그래도 당신과 당신 가족 모두의 안락한 삶을 보장하기엔 충분할 것 같은데요.'

'이것 보게, 바냐, 내가 안락한 삶이나 바랐다면, 대학에서 수학이나 가르치고 있겠지.'

순간, 셰틀랜드 스웨터에 코르덴 바지를 입은 노교수 베레좁스키의 이미지가 유령처럼 슬그머니 우리 사이를 스치고 지나가더군요.

'이보세요, 보리스, 내가 하고 싶은 말은 당신이 가진 것을 평가절하하지 말라는 겁니다. 만약 다른 사람이 지금 당신 처지라면 이런 것들을 누릴 수 없을 거예요.'

'내가 싫다면 어쩔 건데? 살인청부업자라도 보낼 텐가? 이보게, 바쟈, 주위를 좀 둘러보라고. 나도 데리고 있는 사람 많아. 우리 아이들이 너희 애들보다 훨씬 나을걸. 열 배는 돈을 더 주니까.'

'답답하게 굴지 말아요, 보리스. 당신을 겁주려고 여기까지 온 거 아닙니다. 오로지 당신의 애국심에 호소하려고 왔어요. 화나는 건 충분히 이해합니다. 하지만 조국에 등 돌릴 정도로 당신이 무지막지하다고는 도저히 생각할 수 없어요.'

'푸틴의 러시아는 내 조국이 아니야. 바쟈. 더는 조국이라고 생각할 수 없어. 많은 결함에도 불구하고, 러시아 역사 최초로 우리는 자유로운 나라를 만들어내는 데 성공했네. 누구나 자기가 원하는 대로 말하고 행동할 수 있는 나라. 천백여 년에 걸친 역사상 처음이라고, 알겠나, 바쟈? 그걸 불과 몇 년 만에 너희들이 다 망쳐놓았어, 모조리 다! 러시아를 예전 그 모습, 거대한 감옥으로 되돌려놓았단 말이야!'

'러시아인은 지금 크게 불만 없이 살고 있습니다, 보리스. 텔레비전 채널만 120개에 달해요.'

'한데 맨날 똑같은 말만 하지. 브레즈네프 시절처럼 말이야.'

내가 대응하려는데 흰옷 입은 급사장이 들어와 점심 준비가 되었음을 알렸습니다. 계단을 내려가니 몇몇 사람이 거실에서 우리를 기다리더군요.

'여러분, 여기 바딤 바라노프를 소개합니다. 러시아를 통치하는 차르이신 내 친구 블라디미르 푸틴의 진짜 브레인올시다.'

어떤 상황에서도 베레좁스키는 과장법을 포기할 사람이 아니었어요. 순간 손님들 시선이 뜨뜻미지근한 관심을 보이며 내게로 쏠렸습니다. 가루프 성 같은 장소들만 찾아다니는 게 습관인 사람들 특유의 무료한 눈빛들이었어요. 우아한 자태의 노부인, 저고리가 맞춤 정장임을 과시하려고 커프스버튼을 일부러 느슨하게 착용한 오십 대 나이의 부동산업자, 분위기 띄우려고 참석한 아가씨 두 명은 서로 수다 떨기 바쁘고, 유능해 보이는 북유럽 출신 교수 한 명은 이곳의 해수욕장 분위기가 영 불편한 기색이었습니다.

나는 뻔한 지루함의 유일한 해독제로 아페리티프가 놓인 쟁

반에 다가갔습니다. 서둘러 그리로 손을 뻗는데, 식당 쪽에 하나로 모인 엄청난 에너지가 마치 방사선파처럼 밖으로 뿜어져 나오는 것을 느꼈어요. 얼른 돌아보자, 진원지가 눈에 들어왔습니다. 대형 유리문이 양쪽으로 활짝 열린 가운데, 다른 별에서 온 듯한 완벽한 여인의 자태가 서 있는 거예요. 살짝 그을린 피부에 무릎을 드러낸 새하얀 아마포 튜닉이 아름다운 몸매를 감싸고 있었습니다. 그녀의 회색빛 눈이 아무 감정 없이 나를 바라보았어요. 다름 아닌 크세니야였습니다. 눈부신 매력은 전혀 퇴색하지 않고, 세월과 더불어 더 강렬해졌더군요. 그 가운데 일종의 여전사 같은 위엄이 내가 익히 알던 변덕스러운 치기를 대체하고 있었습니다. 베레좁스키의 식당 안에서 크세니야의 미모는 전투대형을 펼치는 군대의 아름다움을 연상시켰어요. 우리는 미소 하나 없이 인사를 나누었습니다. 과거나 현재나 모든 상황이 서로를 적인 것처럼 행동하게 만들고 있는데, 막상 나는 그녀에게 어떤 적의도 반감도 품은 적이 없었습니다. 그보다는 오랫동안 잊고 있던 부적을 되찾은 기분이었어요. 세월이 흘렀으나 그 마력을 조금도 잃지 않은 부적 말이죠.

식사하면서 나는 그녀를 보지 않으려고 무진 애썼습니다. 처음 얼마간은 대화가 내게 도움이 될 거라곤 생각할 수 없었어요. 런던 거물급 부동산업자의 위상을 성공적으로 펼쳐 보인 오십 대 남자는 니스와 칸의 전용 항공기지 사용 부담금을 비교하는 중이었고, 아가씨 한 명이 몬테카를로 현대미술관의 베르니사주에 대해 이야기하는가 하면, 누구는 호텔 뒤 카프*에 신용카드가 도입되는 걸 비난하고 있었습니다. 그동안 나의 주의력은, 조금이나마 성가심을 덜고자 상당 부분 껍질을 까서 나온 바닷가재들에 쏠려 있었고요.

언제부터인지 베레좁스키가 모든 러시아인이 선호할 만한 주제로 대화를 이끌어가고 있었습니다. 러시아와 러시아인, 우리만의 특이성과 우리만의 역설들에 관하여. 그의 말투는 예전 로고바자그룹을 드나들던 사람들 앞에서 사용하던 바로 그 말투였습니다.

'알다시피 당신들과 우리는 같은 종족이 아니라오. 물론 우리 피부도 하얗죠. 그 밖에도 공통점이 많소만, 러시아인과 서구인 사이엔 지구인과 화성인의 정신적 차이에 견줄 만큼 현저한 상이성이 존재합니다. 공작부인께서 양해해주신다면, 지

---

* Hôtel du Cap-Eden-Roc. 앙티브에 위치한 최고급 리조트 호텔로, 2006년 이전까지 오직 현금으로만 결제할 수 있었다.

난 세기 초, 어쩌면 우리 바쟈 씨의 선조일지도 모를 한 인물에 관한 사연을 이 자리에 소개해드릴까 합니다만.'

좌중의 시선이 순간 나에게로 향하더니, 곧바로 우리의 앙피트리옹*에게 가서 꽂혔습니다.

'자, 그럼 시작하죠. 세르게이라는 인물 얘긴데, 그는 한때 귀족정치에 몸담았던 자로, 10월 혁명이 터졌을 당시 볼셰비키에 맞서 싸웠습니다. 급기야 적군이 마지막 남은 저항 세력을 쓸어버리자 그는 처음엔 베를린으로, 나중엔 파리로 망명의 길에 올랐어요. 거기서 백색파 러시아인 공동체를 지탱하는 지주와 같은 존재로 급부상했습니다. 그곳은 말도적과도 스스럼없이 술잔을 기울이는 귀족들, 야간업소 경비원으로 재탄생한 카자크 기병들로 이루어진 세계였죠. 그들은 조만간 볼셰비키들이 러시아에서 버림받을 것이고, 결국 모든 저택과 토지가 합법적인 소유자의 수중에 떨어질 거라는 막연한 생각으로, 분에 넘치는 생활을 영위하고 있었습니다. 「새해는 상트페테르부르크에서!」 다들 잔을 높이 들며 그렇게 외쳤어요. 자기들 시대가 영구 종말을 고했다는 사실을 애써 모른 척하면

* 몰리에르가 쓴 동명 희극의 주인공. '회식 주최자'를 지칭한다.

서 말이지.'

그 순간, 보아하니 주말 파티용이거나 이사회 출석 용도로 헐값에 빌린 영국식 귀족 명의의 남작부인 입에서 고통스러운 한숨 소리가 새어 나왔습니다. 베레좁스키는 얘기를 이어갔어요.

'세르게이는 누구보다 먼저 회식 자리를 주선하고 제일 나중에 자리에서 일어나는 사람이었습니다. 다시 말해 러시아인들이 가장 존경하는 인품의 소유자란 뜻이죠. 그런데 얼마 지나지 않아 그의 재정 상태가 심상치 않은 단계에 접어들더니, 서서히 바닥을 드러내기 시작했어요. 급기야 어느 저녁 레스토랑에서 그를 본 친구가 따로 불러내, 이렇게 말해주는 지경까지 이르렀습니다. 「이보게, 세료가**, 자네 남은 돈이면 택시 면허는 간신히 구할 수 있을 거야. 그러니 내 말 잘 듣게. 미래를 생각해야지. 안 그러면 자네 인생, 알마교 밑에서 종치게 될 거라고!」 자, 그렇담 많이 배우고 똑똑하기로 유명한 당신네 서구인들이라면 과연 이 상황에서 어떻게 했을까?'

보리스는 그쯤에서 말을 중단하고 허세 넘치는 눈빛으로 좌

** '세르게이'의 애칭.

중을 둘러보았습니다.

'내가 대신 말해볼까요, 아마도 조용히 그 잘난 부츠부터 벗고, 택시 기사용 모자를 착용하고는 에투알 광장과 리옹 역을 오가는 운전기사의 삶에 안착할 거외다. 그것이 논리적인 귀결일 거예요. 한데 세르게이는 어떻게 했을까? 잠시 생각하던 그는 친구의 어깨를 툭툭 치더니 곧장 지배인에게 다가가, 아르한겔스크에서 자기 연대에게 볼셰비키를 향한 마지막 총공격을 명하던 바로 그 목청으로 이렇게 외쳤다는 거예요, 「여기 모두에게 샴페인을!」 이게 바로 러시아인이지. 택시 면허 살 돈으로 뭇사람들에게 마지막 샴페인을 돌릴 줄 아는 자!'

남작부인이 묘한 웃음을 흘리더군요. 집주인이 자기 옹호용으로 한 이야기가 명백한 상황에서 그건 아주 미미한 반응이었습니다. 나로 말하자면 개인적으로 그 일화의 진실성이 의심스러웠어요. 케셀* 역시 젊은 시절 비슷한 경험담을 이야기했던 것 같은데 말이죠. 더군다나 나 들으라고 일부러 그의 이야기를 들춰냈다는 느낌이었어요. '내가 진짜 러시아인이다'라고 말하고 싶었겠죠. 나라면 택시 면허에 대한 정신 나간 반

* 조세프 케셀(1898~1979). 아르헨티나 출신 프랑스 작가.

감 따위에 결코 굴복하지 않았을 테니까.

'제 생각엔 별로 떠벌릴 일은 아니라고 봐요, 보리스.'

크세니야가 처음 입을 열었습니다. '모스크바 중심가의 유
서 깊은 거리를 누비는 저들 꼴을 좀 보세요. 검정 메르체데스
들과 이를 호위하는 SUV들, 불법적인 회전경보등이며 휴대
전화 교란용 안테나들. 그들이 지금 연기에 몰입해 있다는 생
각 안 드시나요? 〈미션 임파서블〉의 러시아 버전에서 한 역할
차지하겠다고 기를 쓰는 느낌.'

'누구든 어디서나 연기를 하지, 유감스럽게도 말이야.'

'하지만 그렇게 서툰 건 러시아인들뿐이라고요.'

'요즘 러시아 사정은 내가 잘 모릅니다만….' 부동산업자가
대화에 끼어들겠다고 작심한 듯했습니다. '예컨대 아프리카에
선 현실적 측면도 무시 못 해요. 가령 당신에게 큰 차를 굴릴
돈이 있다면, 그 돈이 자기 상관을 살 수도 있다는 걸 길거리
경찰관은 잘 알고 있어요. 그 때문에 경찰이 메르체데스 600
같은 차 근처엔 얼씬도 하지 않는답니다.'

크세니야가 신발에 묻은 진흙 덩어리 털어내듯 그쪽을 흘겨
보더군요. '우리에겐 그런 거 통한 적 없습니다. 메르체데스가
떼 지어 몰려다녀도 경찰은 항상 나타났거든요.'

갑자기 분위기가 싸해지면서 여기저기 불편한 웃음이 새 나

왔습니다. 이번에는 사람들 시선이 조심스레 나를 피해 가는 분위기였어요. 말싸움이 벌어질 때 중요한 건 자세 변화가 없어야 한다는 것, 평상심을 유지한 채 반격을 준비하는 것임을 나는 경험을 통해 알고 있었습니다. 눈썹 하나 까딱 않는 가운데 역전의 묘책으로 내가 선택한 말은 이거였어요.

'거봐요, 보리스, 당신이 생각하는 것처럼 러시아는 부패 국가가 아닙니다!'

분명 우격다짐이었어요. 하지만 그 '우격다짐'이 권력자의 입에서 튀어나온다면, 누가 감히 반박하겠습니까? 더군다나 사교적인 회식 자리에서. 집주인조차 아무 대꾸도 하지 못했습니다. 했다면, 그 자체가 나약함의 징표겠죠. 베레좁스키는 수년에 걸친 경험으로 배워 알고 있었던 겁니다, 나약함의 징표가 얼마나 비싼 대가를 치르는지. 잠깐 어수선한 분위기가 지나자, 대화는 사고위험이 조금은 덜한 궤도로 다시 진행되었어요. 순간 나는, 크세니야의 눈에서 반짝했다 사라지는, 아득한 불꽃을 느꼈습니다."

20

"코트다쥐르를 다녀오고 며칠 뒤, 우크라이나 사태가 걷잡을 수 없는 양상으로 치달았습니다. 미국의 지원을 받는 반란 세력이 선거 결과에 불복하면서, 노래를 부르고 오렌지 깃발과 친서방 슬로건을 앞세워 키이우를 주요 거점화하고 있었습니다. 더불어 국제 감시위원회와 미 의회 대표단, 유럽연합 외교사절단의 활동이 갑작스럽게 구체화되는 분위기였고요. 모두가 한목소리로 친러시아 후보의 선거 승리를 선거 부정의 결과라며 몰아붙이고 있었어요. 불과 얼마 전, 거리에 폭탄이 터지고 미군이 투표소를 점거하는 가운데 아프가니스탄과 이라크에서도 선거가 치러졌죠. 분명 그곳에선 아무 문제 없이 모든 게 순조로웠습니다. 하지만 우크라이나는 달랐어요, 아무렴 그렇겠죠. 결과가 만족스럽지 않으니 투표를 다시 해야 한다는 겁니다. 결국 우크라이나 정부는 새로 선거를 치러야 했고, 이번에는 우크라이나의 나토 가입을 주장하는 친미 후보가 당선되기에 이릅니다. 흐루쇼프와 브레즈네프의 고향이자 우리 해군 선단의 본거지인 우크라이나가 나토에 가입한다니! 그들은 이 사태를 '오렌지 혁명'이라 불렀습니다. 혁명, 맞죠! 러시아 체제에 속한 세력에 대한 최후의 공세였으니. 그 전년에는 조지아가 있었죠. 거기선 '장미 혁명'이라 명명했어요! 이 경우 역시, 예쁘장한 아가씨들과 이상주의자 귀족들이 들고일어난 그놈의 시심 가득한 혁명으로 CIA의 첩자가 권좌에 오르는 결과를 낳았습니다. 그만하면 다음 단계가 어디일지 굳이 수정구슬을 들여다보지 않아도 되겠죠. 바로 러시아입니다. 모스크바에서 오색찬란 아름다운 혁명과 예일 졸업장을 수중에 넣은 새 대통령의 출현 정도면, 미국의 승리는 기정사실이었을 거예요. 아들 부시가 이 일련의 즐거운 가장무도회 중 한 코너를 통해 멋지게 등장할 수도 있었을 터. '임무 완수'*, 그것도 붉은 광장에서 직접 말입니다.

---

* Mission accomplished. 2003년 미국의 이라크 침공이 바그다드 함락으로 일단락된 뒤, 조지 W. 부시 대통령이 에이브러햄 링컨 항모 선상에서 선언.

물리력을 앞세운 사나이들이 곧장 행동에 나섰습니다. 그들이 보기에 당면 과제는 무엇보다 상시 대응책을 마련하고, 서구 침투 세력을 몰아내며, 선동자들을 무력화하고, 미디어에 대한 통제력을 강화하는 것이었어요. 물론 이런 조치들도 쓸모는 있겠으나, 개인적으로 나는 그 효율성에 회의적이었습니다. 이런 경우 덮어놓고 강제력을 동원하는 것은 사안을 너무 쉽게 다루는 태도일 수 있으며, 이는 곧 상상력의 부족을 드러내면서 지속적인 문제해결을 어렵게 하는 길이라 생각했습니다.

내 접근법은 달랐어요. 마침 그 무렵 나는 리모노프와 자주 만나면서 한두 번 마주친 흥미로운 인물이 떠올랐습니다. 알렉산더 잘도스타노프라는 자인데, 키가 거의 2미터에 달하는 거구에 항상 검은 가죽옷을 입고 어깨에 닿는 장발을 휘날리는 사내였어요. 겉보기엔 그저 모터사이클 폭주족으로, 에두아르트가 데리고 다니기 좋아하는 건달 중 한 명일 뿐인데, 특별히 내 관심을 끈 이유는 따로 있었습니다. 리모노프와 그의 '인민위원들'과 동석한 저녁 식사 자리였어요. 다들 돼지고기 넓적다리 튀김을 배가 터지도록 먹어대는 가운데, 그만 혼자서 자그마한 크기의 삶은 새우와 강낭콩 샐러드 그리고 석류를 깨지락거리고 있는 거예요. 내게 이렇게 얘기한 적이 있긴 합니다.

'우리 부모는 키로보그라드에서 의사를 하셨어요. 저도 모스크바 제3 의료원 학위소지자죠. 성형외과 의사였습니다.'

한데 어느 시기가 되자, 턱을 재건하는 것보다 때려 부수는 게 더 재밌다는 사실을 깨달았답니다. 다만 그에게는 다른 동료에게 없는 명민함이 있었습니다. 80년대 말, 그는 '헬스 앤젤스'*를 모델로 하여 초기 소비에트 모터사이클 클럽 중 하나를 창설했답니다. '밤의 늑대들'이라는 이름을 내건 이 모임은 처음엔 소련산 낡은 모터사이클을 끌면서 싸움판이나 벌이고 상점 유리창이나 깨면서 경찰을 피해 다니는 게 전부였어요. 그 시대 우리 도시들 변두리 지역에 우후죽순 자생하던 아주 나이브한 반동분자들의 전형이라고 할까. 소련이 무너진 다음에는 질적 도약을 이루어, 강도질과 각종 암거래로 먹고사는 본격 범죄단체로 탈바꿈했지요. 한번은 잘도스타노프가 내게 이런 말을 했어요. '마치 SF영화 속을 사는 느낌이었습니다. 문명 세계가 와해하고 우리가 세상을 승계한 기분이요. 적어도 파괴되고 남은 문명 말입니다.' 슬라브인, 체첸인, 우즈베크인,

---

* 지옥의 천사들(Hell's Angels). 미국과 캐나다에 근거지를 둔 세계적 규모의 모터사이클 폭주족 클럽.

다게스탄인, 시베리아인… 이들을 하나로 뭉치게 만드는 힘은 거대 배기량에 대한 열정뿐 아니라 모험을 좋아하는 취향에서 나오는 것이기도 했습니다. 거의 모두가 황제독수리라든가 그리스도왕, 스탈린 초상 등 엄청난 타투를 자랑하고 다녔어요. 일관성은 중요하지 않았습니다. 이 모든 것이 '밤의 늑대들' 시각에선 유일하게 중요한 문제 즉, 위대한 러시아를 상징하는 것으로 받아들여졌으니까요. 그들이 리모노프를 중심으로 다시 고개를 든 것도 바로 그런 이유에서입니다.

에두아르트는, 결코 어리석다고는 할 수 없는, 지성인이었어요. 이는 원칙상 그가 별로 쓸모없는 존재라는 의미입니다. 반면 알렉산더 잘도스타노프의 경우는 그렇지 않았어요. 그는 진정한 애국자이자 행동가이며, 무리의 우두머리였거든. 분기탱천한 그의 기질에 배출구를 마련해줄 때가 왔는지도 모르는 겁니다. 그와 함께 몰려다니는, 내 기억에 100킬로그램 미만이 거의 없는 떡대들도 마찬가지고요.

나는 사무실로 그를 불렀습니다. 잘도스타노프는 가죽 재킷을 걸치고 사흘 깎지 않은 턱수염에 약간은 무관심주의자다운 심드렁한 표정으로 나타났습니다. 그래도 배운 사람이어서, 자기가 와 있는 장소에 대해 완전히 무덤덤할 수만은 없었어요. 크렘린에 발을 들여놓은 적이 한 번도 없을 뿐 아니라, 그런 일이 일어나리라는 생각을 잠깐이나마 해본 적도 전혀 없었을 테니. 부자연스러운 동작과 주위를 더듬대는 눈빛만으로도 나는 바이커가 이번 호출을 무슨 기적 같은 사건으로 여긴다는 걸 알 수 있었습니다.

아주 드센 반항아일수록 힘의 화려한 외양에 민감하다는 것을 나는 여러 차례 경험으로 알고 있었습니다. 문 앞에서 요란하게 짖어대다가도 문턱만 넘어서면 반갑게 꼬리를 흔드는 게 그들의 습성이라는 사실. 명망가라면 금장金裝하는 버릇으로 야수의 충동을 감출 수 있겠으나, 거리의 반항아들은 아스팔트의 전조등 앞에 짐승처럼 혼비백산하기 마련입니다.

잘도스타노프는 애써 태연한 척했지만, 나는 그의 머릿속을 훤히 들여다보는 느낌이었어요. 처음 몇 분은 국가볼셰비키당의 영웅시대를 환기하면서 지나갔습니다. 이제 막 수감생활 3년차가 된 에두아르트의 이름이 입에 오르기도 했고요. 하지만 더는 낭비할 시간이 없었고, 나는 마침내 결정타를 가하기로 했습니다.

'대통령께서도 우리 이 만남을 알고 계십니다. 당신에게 안부 인사를 전하라 하셨어요.'

순간 140킬로그램이나 나가는 바이커의 체중이 의자 위로 붕 뜨는 느낌이었습니다. 잘도스타노프는 생애 최고의 강렬한 경험을 하는 중이었어요.

'지난 몇 년간 당신의 활동을 줄곧 지켜보았어요. 그래서 말인데, 아주 강렬한 인상을 받았습니다, 알렉산더. 당신들 정말 대단해요. 젊은이들을 데려다가 집을 마련해주고 기강도 바로 세워주지. 갈 곳 없는 떠돌이들을 군인으로 탈바꿈해, 뭔가 큰일을 해낼 인력으로 변모시켜주고 말이야. 전에 봤더니 술과 콘서트에 머천다이징까지 가능한, 제대로 된 사업체를 일궜더라고!'

'그들이 찾는 두 가지를 우리가 제공해주고 있죠, 바로 힘과 우정.' 소박한 대답이었어요.

'바로 그거요, 힘과 우정. 그야말로 중요한 덕목이지. 내가 기억하기로 당신은 단순한 바이커 폭주족이 아닙니다. 무엇보다 당신은 진짜 러시아인 애국자라고.'

잘도스타노프는 기꺼이 수긍하는 눈치였어요. '신념과 조국입니다, 바딤 알렉세예비치. 이 나라는 신에서 사탄으로 나아가고 있어요. 우린 반대차선을 운행하는 사람들입니다. 우린 누구라도 두구겨 팰 준비가 되어 있지만, 코카인 따윈 취급하지 않아요. 우린 다른 가치들을 내세웁니다.'

'맞는 말이오, 알렉산더. 늑대는 단순한 포식자가 아니지. 숲을 지키는 파수꾼이기도 하니까.'

바이커가 살짝 당황한 눈빛으로 나를 바라보았습니다. 내가 너무 과했던가요? 주제를 현실 문제로 돌려놔야겠단 생각이 들더군요. '우크라이나에서 벌어진 사태는 알고 있나요?'

'네. 혁명이 일어났죠.'

'정확히 말해 그건 아니오, 알렉산더. 혁명이란 아래로부터 오는 것이죠. 민중에게 권력을 주기 위해서. 우크라이나에선 쿠데타가 일어난 거라고. 그래서 누가 권력을 차지했을까요?' 잘도스타노프는 잔뜩 집중한 표정으로 조용히 듣고 있었습니다. '미국인들이에요, 알렉산더. 오렌지 혁명은 마이단 광장이 아닌, 버지니아 랭글리산産이라고. 단 과거에 비해 CIA 솜씨가 꽤 나아졌다는 것만은 인정해야 합니다. 예전에 그들은 장군들을 매수했지. 그럼 적기에 군사 쿠데타가 터지고, 성공은 따놓은 당상이었어요. 오랜 세월 그런 식으로 했고, 제법 잘 먹혔죠. 그런데 이제는 훨씬 복잡해졌어. 인터넷이 있고 휴대전화가 있고 카메라가 지천에 깔렸거든. 그래서 어떻게 했을까? 그들은 방법을 전면 수정했습니다. 말하자면 순서를 바꿔버렸지. 위에서 시작하지 않고, 아래에서 밀어올리기로 결정한 거요. 권력이 반권력과 손잡는 식이지. 게릴라전, 반전운동, 청년운동 등 경쟁상대가 일삼던 기술을 열심히 연구한 결과, 일의 작동방식을 터득한 거라고.'

적어도 차르는 그렇게 확신하고 있었단 얘깁니다.

'우크라이나를 봐요, 알렉산더. 그들은 청년조직을 앞세웠고, 마이단 광장에서 콘서트를 열었으며, NGO를 창설해 선거를 감시하겠다고 나섰죠. 마치 우연인 것처럼, 가장 반러시아 색채가 두드러진 올리가르히의 영향 아래, 자칭 독립 언론 매체들을 만들었어요. 오렌지 깃발도 그런 작품이지. 아마도 색을 고르기 전에 여론조사까지 했을 겁니다. 마치 신제품 세탁 세제나 청소년 음료를 출시할 때처럼, 모든 걸 계산한 거라고. 왜냐면 혁명의 주재료는 결국 에너지거든. 젊은이들의 좌절, 세상을 바꾸고 싶다는 그들의 욕망 말입니다. 미국인들은 그 점을 간파했고, 그걸 최대한 이용하고 있어요.

에두아르트가 옳았어요. 모든 사태의 근저에는 실존적 요구가 있는 겁니다. 모든 젊은이의 가슴에 내재한 바로 그것. 인생을 걸고 내가 해야 할 일은 무엇인가? 어떻게 해야 남과 다른 내가 될 수 있는가? 그건 정치적 문제가 아니거든. 다만 역사의 어떤 시기들에서는 체제가 이런 질문에 만족스러운 답을 내놓지 못할 때, 그 체제가 제거되기도 하지요. 대의를 찾아서든 적을 찾아서든, 젊은 층에서도 적극적인 자들이 사태를 키우는 건 정상적인 현상입니다. 이때 우리가 할 일은, 그들 스스로 결정하기 전에 대의든 적이든 던져주는 거예요.

문제는 우리가 직접 그 일을 할 수 없다는 겁니다. 주위를 둘러봐요, 알렉산더. 양복에 넥타이 맨 관료, 정치인, 정당인들 뿐이지. 우린 권력을 대변합니다. 에두아르트가 늘 말하는 영화 속 인물을 닮은 거죠. 어린 대학 졸업자가 인생을 바쳐 무얼 하나 물었을 때「융통성 있는 대답」을 해주는 사람. 그래서 우린 어른 즉, 적이라는 겁니다.'

'그런데 나는….'

'당신도 어른이오, 알렉산더. 다만 조금 색다른 길을 걸었을 뿐이지. 당신은 타협하지 않았어요. 자유와 모험을 온몸으로 체현하고 있죠. 당신은 때 묻지 않은 에너지를 가지고 있다고. 보기만 해도 그걸 느낄 수 있어요. 젊은이들에게서 느껴지는 에너지. 그래서 당신은 그들을 이해하는 거요. 그들이 무얼 원하는지 알고 있어. 그들에게 무얼 어떻게 말해야 할지 알고 있다니까. 당신은 미국인의 덫에 걸려들지 않게끔 그들의 안내자가 되어줄 수 있어요. 진정한 가치로 그들을 인도해줄 수 있다고. 조국과 신념으로 말이요.'

'글쎄요, 하지만 아시다시피 외로워요….'

'앞으론 외롭지 않을 겁니다, 알렉산더. 차르가 당신 뒤를 봐줄 거니까. 그는 이곳 크렘린 사람들과는 달라요. 양복에 넥타이 차림의 관료가 아니라고. 차르는 차라리 당신들 같은 존재

야. 정복자의 혈통. 당신들의 우두머리, 이 나라의 진정한 애국
자들을 이끄는 지도자가 될 사람이라고. 이미 그는 러시아를
다시 일으켜 세우지 않았습니까? 미국이 왜 그를 거북스럽게
여길까요? 오직 무릎 꿇은 러시아밖에는 용인할 생각이 없기
때문입니다. 누군가 자기들 패권에 반대하는 것을 받아들이지
못해요. 그래서 그가 당신들 같은 존재라고 말하는 거요. 그는
몸을 사용하는 운동과 경쟁을 중시합니다. 유도하지, 사냥하
지. 속도 즐기지….'

'그분이 우리 같은 사람들과 함께 자리할 거라 생각해요?'

'물론이죠. 바라던 바인걸! 더군다나 당신이 그의 편이 돼서
우리 조국 러시아, 나폴레옹도 히틀러도 모두 물리친 이 나라
의 영광을 위한 싸움에 함께 나서기로 한 걸 아시면, 내가 굳이
중간에서 감 놔라 배 놔라 할 필요도 없다는 겁니다. 지금이야
말로 우리의 의무를 다해야 할 때요.'

잘도스타노프는 더 이상 내 말을 듣고 있지 않았습니다. 이
미 모터사이클을 타고 머리를 바람에 휘날리며, 차르와 나란
히 질주하는 자신의 모습을 보고 있었어요. 원자력 시대의 카
자크처럼 말이죠.

'하지만 우린 그 이상을 해낼 겁니다. 함께 「러시안 마이
단」*을 만들어보자고요. 우리나라 애국 젊은이들의 총집회,

모두 모여 서로의 얼굴을 마주 보고, 서로의 존재를 확인하는 자리 말이오. 그리하여 진짜 적에 대한 투쟁을 개시하는 거지. 서구세계의 타락상, 분열과 좌절만을 초래할 뿐인 거짓된 가치들을 몰아내는 거요!'

'그래요, 「러시안 마이단」, 굉장한데….'

잘도스타노프는 한창 열에 들떠 있었어요. 20대의 화려했던 꿈과 40대에 이른 지금의 합법적인 금전욕이 내가 제시한 계획에 의해 하나로 융합될 수도 있다는 걸 조금씩 이해하기 시작한 겁니다.

'그 밖에도 다른 집회들, 콘서트와 여름 캠프도 개최할 생각입니다. 각종 직업학교와 언론사, 인터넷 사이트도 만들 계획이고. 애국 세대를 형성하는 데 도움 될 만한 모든 일에 나설 거예요. 우린 일상의 진부함에 결정적인 타격을 가해야만 합니다, 알렉산더! 우리의 젊은 세대에게, 서구의 물질주의에 맞설 진정한 대안을 제시하는 거지. 그리하여 세상을 향한 울분을 마음껏 토로하고 차르에게 온전한 충성을 바치는 저들을 보듬을 수 있도록, 러시아가 드넓은 광장이 되어주는 겁니다.

* '유로마이단(Euromaidan)'의 러시아식 버전.

그 둘은 결코 모순되는 게 아니니까. 오히려 그 반대지.'

'사실상, 혁명을 불가능하게 만들자는 거군요.'

이 친구, 들뜬 것처럼 보여도, 처음부터 내가 탐색하고 있던 멀쩡한 정신을 전혀 잃지 않고 있었습니다.

'혁명할 필요가 없게 만들자는 거지, 알렉산더. 체제가 혁명을 품어 안으면, 혁명할 이유가 사라지지 않겠습니까?'"

21

"우리가 만난 날, 내가 보드카 한 방울 권하지 않았음에도 불구하고, 잘도스타노프는 취한 상태로 크렘린을 나섰습니다. 자기가 나간 뒤, 대단한 활동력으로 내게 깊은 인상을 심어준 공산주의 청년단체의 지도자와도 약속이 잡힌 걸 그는 모르고 있었어요. 그다음 차례는 정교회 부흥 운동의 대변인 겸 책사와의 면담이었습니다. 그 여자가 나가고 나면 스파르타크의 과격파 수장을 만나기로 되어 있고요, 그 뒤로는 얼터너티브 무대의 가장 각광받는 그룹 리더와의 만남이 예정되어 있었습니다. 그렇게 해서 나는 조금씩 조금씩 그 모두를 우리 편으로 포섭했던 것이죠. 모터사이클 폭주족과 훌리건, 아나키스트와 스킨헤드족, 공산주의자와 사이비 광신도들, 극우와 극좌 그리고 중도를 표방하는 거의 모든 이들. 이 모두는 젊은 러시아인의 감각적 요구에 열렬히 반응할 수 있는 능력들을 갖추고 있었어요. 우크라이나에서 일이 터지고 난 뒤, 우리는 분노의 힘을 아무 감시 없이 방관할 수가 더는 없었습니다. 진정 강한 체제를 이룩하기 위해서는 권력을 독점하는 것만으론 부족했어요. 권력에 대한 전복의 가능성까지 독점할 필요가 있었습니다. 요컨대 또다시 현실을 재료로 활용하여, 보다 차원 높은 게임의 형식을 구축하는 일이 관건이었습니다. 그때까지 살면서 내가 한 일이라곤, 세상의 탄력성이랄까, 역설과 모순으로 치닫는 그 무궁무진한 성향을 조절하는 게 전부였어요. 그리고 이제 서서히, 내가 연출해온 정치극이 틀을 잡아가면서 하나의 여정이 필연적으로 마무리되는 장면을 선보이고 있었습니다.

각자 맡은 역할을 기꺼이 연기했다고 해야겠네요. 그중 상당수가 재능을 가진 것도 사실입니다. 내가 끌어들이지 않은 유일한 부류는 대학교수들, 90년대의 파탄에 책임 있는 테크노크라트들, PC운동의 기수들,* 트랜스젠더 전용 화장실 설치를 놓고 갑론을박 서로 다투는 진보주의자들이에요. 그런 자

---

* '정치적 올바름(Political Correctness)'의 주창자들.

들은 차라리 상대편이 가져가도록 놔두는 편이 낫다고 판단했습니다. 사실 딱 그런 사람들로 상대 진영이 구성될 필요가 있었어요. 어떤 의미에서 그들은 내가 캐스팅하지 않았어도 나를 위해, 우리를 위해 최고의 연기를 선보이는 배우들이었습니다. 제3 외곽 순환도로만 지나도 낯선 땅에 들어선 것처럼 긴장하는 모스크바 소시민들, 안락의자 하나 갈아치울 배포도 없을 그들 – 하물며 러시아를 경영하는 일이라니…. 입만 열면 그들은 우리의 인기를 공고히 다져주었어요. 박사학위의 거만함이 묻어나는 경제학자들, 90년대를 살아남은 올리가르히, 인권 전문가들과 과격한 여성 페미니스트들, 환경운동가들, 완고한 채식주의자들, 게이 활동가들… 우리를 위해 하늘이 내리신 만나가 아닐 수 없습니다. 이들 그룹에 속한 젊은 여자들이 푸틴과 총주교에 대해 온갖 상말을 내질러 구세주 그리스도 대성당을 발칵 뒤집어놓은 덕에 우리의 여론조사 지지도가 5포인트 상승했다죠.

체스 챔피언으로서 자기만의 야당을 창당한 가리 카스파로프는 말할 필요도 없습니다. 나는 그를 모스크바의 어느 파티에서 딱 한 번 만나보았는데, 반대파를 비롯한 누구와도 자연스레 어울릴 수 있는 자리였어요. 평상시 내가 갈만한 곳은 아니었습니다. 하지만 작심한 마나님의 부름을 모른 척하기가 얼마나 어려운지 당신은 상상도 못 할 거예요. 수년 전부터 아나스타샤 체코바*는 대작가의 후손이라는 문화적 아우라에 은행가 남편으로부터의 구매력을 잘 배합함으로써, 모스크바 상류층에 상당한 영향력을 행사하고 있었습니다. 그녀가 거주하는 개인 저택은 20세기 초 한 시리얼 사업가가 지은 것인데, 막상 그는 오래 살아보지도 못했다고 하죠.

청록색 직물 벽지로 단장한 현관에서 새 형상의 구리 손잡이가 달린 마호가니 문을 열고 들어서면 '광란의 시대' 스타일로 꾸민 살롱들이 줄지은 가운데, 각양각색의 콘솔과 디방, 안주인의 고풍스러운 옥 장식 진열대 구실을 하는 낮은 탁자들이 기하학적 배치를 이루었습니다. 반들반들 광택 나는 가구들과 꽃으로 둘러싸인 거울들을 보고 있자니, 젤다 피츠제럴드나 적어도 몽파르나스의 키키가 불쑥 나타나도 놀라지 않을 듯싶더군요. 그러나 실상은 잘나가는 미용사나 잘해봐야 《뉴욕타임스》 기자와 맞닥뜨리는 게 고작이었습니다.

그 집의 저녁 파티는 너무 작위적이어서 편히 즐기기가 어

---

* 타티아나 톨스타야가 실존 인물이다. 그녀의 할아버지는 유명작가 알렉세이 니콜라예비치 톨스토이.

려웠지만, 자신의 사회적 위치를 확인받길 좋아하는 사람들에 의해 꾸준히 붐비고 있었습니다. 진정한 즐거움이 없는 대신, 참석자들 눈빛에선 남보다 먼저 세상 돌아가는 추세를 파악하겠다는 욕심이랄까, 조금이라도 앞서 굴러가는 경지를, 약간의 요령만 있으면 그 앞선 처신이 귀중품으로, 돈으로, 권력과 특혜로 되돌아오는 세계를 나도 한번 살아보겠다는 탐욕이 읽혔습니다.

마나님은 파티를 무슨 군사작전처럼 주도해나갔어요. 여주인으로 군림하면서, 그녀는 변덕스럽고 차디찬 바람처럼 모스크바의 명사들을 훑고 지나다녔습니다. 사교가 목적인 만큼, 조금은 색다른 자산을 동원하는 전략이 준비되었을 터. 사업가가 실속을 대변하고 귀족이 그럴듯한 외양을 책임졌어도, 파티가 성공작으로 평가받으려면 뭔가 더 희귀한 요소를 가미할 필요가 있었을 거란 얘기죠. 약간의 기발함이랄까, 국제적으로 통하는 매력, 자극적인 도발 같은 것. 가리 카스파로프가 그나마 이 세 요소를 한 몸에 집약한 존재로 그곳에 있었습니다. 이미 세계적 명성의 체스플레이어인 그는 정치에 입문한 뒤로도 자칭 '반대자 행진'을 조직해 도심 거리를 누빔으로써, 그 즉시 세간의 영웅으로 등극한 상태였죠. 래디컬시크가 돋보이는 보석들을 주렁주렁 걸친 마나님께선 마치 새 시대의

체 게바라가 재림이라도 한 듯, 그 주위를 휘젓고 다녔습니다.

그날 저녁 내가 파티 장소로 들어서자, 그는 세계적 명성에 한껏 매료된 사람들로 둘러싸여 있었습니다. 비단 그 명성은 체스플레이어의 그것만이 아니었을지도 모르겠지만. 누군가 내가 온 것을 그에게 귀띔한 듯했습니다.

'아, 바라노프 당신이군요! 크렘린의 마법사, 푸틴의 라스푸틴! 당신의 그 주권민주주의를 사람들이 뭐라 하는지 아십니까? 「전기의자도 의자인 것처럼, 주권민주주의도 민주주의인가보다」라고들 하더이다.'

나는 웃음을 터뜨리며 이렇게 말을 받았어요. '적어도 러시아인이 유머 감각을 잃지 않았다는 증거군요! 카스파로프, 진지하게 묻는데, 그렇다면 당신은 주권민주주의가 무얼 의미하는지 아십니까?'

'내가 정치학자는 아니나 체스플레이어로서 말하자면, 적어도 체스 경기와는 상반되는 어떤 것이 아닐까 싶군요. 체스에선 규칙은 그대로고 승자만 바뀌는 데 반해, 당신의 주권민주주의는 규칙이 바뀌고 승자는 늘 똑같아요.'

챔피언의 받아치는 솜씨는 인정할 만하더군요. 우리를 에워싼 속물들이 마치 콘서트장의 그루피처럼 일제히 몸을 들썩여댔습니다.

'글쎄요, 정치가 당신 전공과 무관한 것 같긴 하군요. 그런데 말입니다, 카스파로프, 독일의 CDU*도 2차 세계대전이 끝나고 20년 내내 집권하지 않았습니까? 일본의 자유민주당은 40년을 내리 집권했지요? 당신네 자유주의자들은 러시아의 정치문화가 고리타분한 무지의 결과물이라 생각하고 있어요. 우리의 관습, 전통을 발전을 가로막는 장애물 정도로 인식하고 있습니다. 결국 서구문화를 그대로 빼 박자는 건데, 당신들 정말 중요한 요점을 놓치고 있습니다.'

이쯤 되자, 카스파로프는 노골적인 적의를 드러내며 나를 쏘아보았습니다.

'뭔가 달콤한 걸 맛보고 싶다면 포장을 뜯고 안에 든 사탕을 먹어야죠. 자유를 누리기 위해선, 껍데기가 아닌 내용물을 소화해야 합니다. 당신들이 워싱턴이나 베를린에서 얻어들은 슬로건을 하도 떠들어대는 통에, 우리의 도심 거리거리가 사탕 껍데기로 수북해요. 당신들 하는 짓을 보면 부르봉 왕조가 떠오릅니다. 아무것도 잊지 않았는데, 아무것도 배우질 않아요. 그러다가 기회를 잡았고, 러시아를 산산조각 내버렸습니다.

* 중도우파 연합 정당인 '독일 기독교민주연합'.

힘을 잃은 다음부터는, 힘을 되찾아 하던 일을 마무리할 생각 밖에 안 해요. 우리로 말하자면, 문제가 뭔지 철저히 검토했습니다. 서구세계를 반면교사로 삼아 그 교훈을 러시아의 현실에 적용했지요. 주권민주주의는 러시아식 정치문화의 토대에 부합하는 이념입니다. 그렇기에 민중이 우리 편에 선 것이고요. 오로지 당신네 교수들만 그걸 아직 이해 못하고 있습니다.'

'난 교수가 아닌데요!'

'물론 아니죠. 당신은 체스 챔피언이십니다.'

조롱을 간파한 카스파로프는, 깐깐하기로 유명한 캅카스의 아들답게, 입술을 비죽여 못마땅한 표정을 지었습니다.

'아는지 모르지만, 체스 경기만큼 격렬한 승부가 없어요.'

'교수님은 지금 무슨 얘기 중인지 이해 못하시는군요. 정치는 그보다 무한히 더 격렬합니다.'

'하지만 그건 게임이 아니지요.'

'아마추어에겐 게임이 아니겠죠. 근데 프로에겐 진정 해볼 만한 유일한 게임입니다.'

카스파로프는 미친 사람 대하듯 나를 빤히 쳐다보았어요. 소름 돋는 걸 억지로 참는 모습이었습니다."

22

"나는 대형호텔들의 바가 언제나 좋았어요. 예약은 필수, 유명 셰프의 객설에서 자유롭지 못한, 겉멋 든 레스토랑과는 달리, 모든 바는 아무리 유명한 곳이어도 그냥 편하게, 들뜬 관광객이랄지 침울한 비즈니스맨, 직업이 의심스러운 여자들까지 각양각색의 손님 맞을 준비가 언제든 되어 있지요. 그런 곳의 분위기는 보통 거기서 거기라, 리스본이든, 싱가포르든, 모스크바든 런던의 대형호텔 바와 별로 다르게 느껴지지 않습니다. 약간 희미한 조명, 부연 거울, 인조목 내장재 등 다 같아요. 음악도, 종업원도, 메뉴도 마찬가지. 덤덤함과 편안함의 어우러짐이 바로 그곳의 저력이랄까요. 세계 어느 도시에서든 가이드 없이, 저녁 한때 근처 대형호텔로 발길을 옮기면 됩니다. 기분 좋게 즐기려면, 그것 외에 더 필요한 게 없어요. 인기 명

소랄지 부티크 호텔 등 그렇고 그런 덫들을 병균 보듯 피하기만 한다면 말이죠.

모스크바의 호텔 바는 당시 나만의 오아시스와도 같았어요. 거기서 나는 내가 매몰되어 있는 험난한 현실을 그 바깥에서 관조하는 척할 수 있었습니다. 몇 시간 동안 관광객이나 출장 중인 사업가의 눈을 빌려서 말이죠. 소파에 늘어져 잠시나마 편안해하는 그들의 표정을 보노라면, 나 또한 차분해지곤 했습니다. 입구의 회전문에 어떤 힘이 생겨, 거리의 수상쩍은 기운을 들이지 않게끔 막고 선 느낌이었어요, 나름 아늑한 휴양지 분위기가 나게 말입니다.

메트로폴에선 보통 위스키 몇 모금만으로 레만호의 안락한 풍광 속에 옮겨 앉은 기분을 충분히 느낄 수 있었습니다. 한데 그날 저녁만큼은 평소와 다르게, 나는 있는 그대로의 현실에 집중하고 있었어요. 내 앞에 앉은 크세니야가 물 한 잔을 주문해둔 상태였습니다. 여러 번 졸라서 얻어낸 데이트 약속이지만, 그렇다고 그녀가 내게 만족을 줄 마음이 있다는 의미는 전혀 아니었어요. 표정으론 예스를 입으로는 노를 말하는 여성의 태도를 그녀는 예술의 경지로 끌어올린 사람이었습니다. 미소를 지어가며 사람을 모욕하고, 허락하는 동시에 거부하면서도 결코 모순에 빠지는 일 없는 그런 태도. 그녀와 함께 있다

보면, 남자로서 승리감을 느끼면서도 승리란 불가능하다는 걸 동시에 의식하게 됩니다. 그 둘은 대체 어느 지점에서 서로 얽힌 것인지, 어느 정도까지 욕망의 본질, 심지어 사랑의 본질을 구현하는 것인지.

당시 나는 그런 문제들을 모호하게 인지하는 수준이었습니다. 여전히 무언가를 추구하고 있었고, 무엇이 문제인지는 더 나중에서야 깨닫게 되었어요. 첫날 저녁은 지난 세월 그녀가 무엇을 하며 지냈는지를 알아낼 요량이었습니다. '아무것도.' 그녀의 대답이었어요. 맞는 말입니다. 그제야 기억이 나더군요, 크세니야는 일을 신뢰하지 않는다는 것. 자기 자신 외에 다른 무엇을 목표로 삼는 노력에 늘 심드렁했죠. 올리가르히의 아내나 여자친구들이 현대예술 갤러리를 오픈하거나, 러시아 고아들과 북극 바다표범을 위한 구호재단을 만들 때, 그녀는 아무것도 하지 않았습니다. 어떤 타협으로부터도 자유로운 그녀의 나태함은 지혜의 한 형태였어요. 크세니야는 자기 존재에 그 어떤 활동도 보탤 필요를 느끼지 않는데, 그로써 타인에 대한 자동적인 우위가 확보되는 셈이었어요. 그녀의 힘은 어느 자리에서든 좌중을 사로잡는 미모뿐 아니라, 동작마다 우러나는 경이로운 품격에서 비롯한 것이었습니다. 달랑 존재한다는 사실만으로도 그녀는 하나의 교리에 버금가는 존재였어요. 대학 시험에서나 다룰 추상적인 내용과는 차원이 다릅니다. 진정한 철학, 삶이냐 죽음이냐의 문제, 정녕 붙잡고 늘어질 가치가 있는 바로 그것. 살아보지 못한 삶에 대한 저항할 수 없는 향수, 그걸 남자들에게 일깨우는 힘을 그녀는 갖고 있었습니다. 가까이서 그런 삶의 이야기를 들려주고픈 욕망을 자극했어요. 그녀의 관심을 잃지 않을 어떤 내용이든 상관없었습니다. 그녀의 존재는 기적을 가능케 했습니다. 어쨌든 기적의 느낌을 준 건 사실이에요.

나는 오랜 세월 한 번도 말한 적 없는 사람처럼 그녀에게 말했어요. 이해받으리라는 생각으로 누구에게 말해본 적이 아예 없는 사람처럼요. 어쩌면 크세니야가 그간 개발해온 기술 때문인지도 모릅니다. 늘 성공을 거둔 그녀만의 시각 효과랄지, 신기루의 반영이 작용했을 뿐, 그 이상은 아니었을 거예요. 하지만 내겐 그걸로 충분했습니다. 나는 그녀에게, 며칠 전 크렘린의 승강기 안으로 급히 달려 들어갔다가, 불현듯 거울에 비친 내 모습과 맞닥뜨린 얘기를 해주었어요. 한데 그게 내가 아니라, 내 아버지의 얼굴이었던 겁니다. 난데없이 나타나셨는데, 그 이후로 나를 떠나지 않으세요. 매일 아침 면도할 때마다 아버지의 얼굴이 보였습니다. 살짝 비웃듯, 의외라는 눈빛으로 나를 바라보고 계셨죠. 그토록 피하려고 노력했음에도 결국 뒤섞이고 만 아버지의 얼굴이었습니다. 아버지의 어깨너머 광채를 머금은 두개골이 떠올라 자기 때가 오기를 기다리고 있었습니다. 갈수록 초췌해지는 내 얼굴에 자신의 얼굴을 더 깊이 각인하면서 말이죠. 나는 이제 지쳤다고 말했습니다. 크세니야와 이야기하면서, 처음으로 내가 지쳐 있음을 깨달았어요. 얼마나 오래 달려왔는지, 나이 사십에 은퇴를 앞둔 올림픽 육상선수 같다는 느낌이 들었습니다.

그날 첫 데이트 이후, 우린 상습적으로 메트로폴에서 만났어요. 그녀는 첫 만남의 물 한 잔에서 시작해 두 번째 만남엔 샤블리를, 그다음 이어지는 만남에선 보드카 마티니까지 마시는 등, 얼른 봐서는 내가 이끄는 대로 무심코 따르는 모습이었습니다. 그런데 실제로는 내 앞에 다리를 꼬고 앉아 앙증맞은 젖가슴을 내밀면서, 조금씩 조금씩 자신의 주도권을 찾아가고 있었어요. 눈은 웃다가도 금세 진지해졌고요. 우리가 서로 헤어진 뒤, 그녀의 지성은 한순간도 성장을 멈추지 않았던 겁니다. 모든 것에서 자양분을 얻어, 새롭고 깨끗한 존재로 내 앞에 다시 나타난 거예요. 그녀에게서 여태 본 적 없는 침착함이 우러나고 있었습니다. 쉽게 흥분하던 예전 성격이, 그간의 삶을 휘저은 온갖 사건들 속에서 치유책을 찾은 듯했어요. 삶과 사람에 대한 의심도, 그것들을 이해하고 다뤄가는 능력이 다져짐에 따라, 더욱 공고해졌습니다. 그런 그녀와 이야기하는 것은 너무 오랜 시간 지속된 유배 생활에 마침표를 찍은 것과 같았습니다. 이제 두 사람의 생각은 햇살 좋은 어느 오후 아이들처럼 같이 숨바꼭질하며 뛰놀았어요. 방심한 나머지 급기야 어느 순간, 서로 피해왔던 영역으로 발길을 들인 바로 그날까지는 말입니다.

저녁이 꽤 깊어갈 즈음이었어요. 술기운에 배포가 커진 나는, 암흑시대를 살면서도 올곧은 영혼의 길잡이 지침서를 집필해온 에스파냐 예수회 수사의 이야기를 대뜸 꺼냈습니다. 세상 모든 배려와 아량, 신뢰가 사라졌어도 용기를 가진 한 인간의 가슴만 무사하면 그 모두를 되살릴 수 있다는 게 그의 주장이라고 말이죠.

크세니야는 탐탁지 않은 표정이었어요.

'명예다 열정이다, 너희 남자들 여전히 낭만적이야. 우리 여자들은 그러고 앉아만 있을 수 없어요. 속세의 생존을 책임지고 있거든.'

이번에는 내가 그녀를 보고 웃었어요. 뿌리 깊은 나의 편견이 사실로 확인되는 순간을 전에도 항상 즐겼거든요. 러시아 여성의 매력을 이루는 중요한 요인 중 하나는 바로 그 사나운 기질이랍니다. 그리고 내가 만나본 러시아 여성 중에, 크세니야는 분명 가장 사나운 여자였어요. 그때도 나를 매섭게 쏘아보고 있었습니다.

'너 역시 다른 남자들과 똑같다고 말할 생각이라면 그만둬, 바쟈. 백날 가야 아무것도 이해 못할 놈들.'

그래요, 맞습니다. 나는 백날 가야 아무것도 이해 못할 사람이었어요. 적어도 그것만은 분명한 사실이어야 마땅했을 겁니다. 그 반대를 주장한다는 건 나와는 동떨어진 생각이었어요. 하지만 크세니야는 계속했습니다.

'너희는 거창한 이야기만 늘어놓지. 하지만 그러고 나서 모든 걸 뒤섞어버려. 결국엔 결혼을, 무슨 공적 위상을 보장하는 수단쯤으로 생각한다니까. 자기 무용담에 박수해줄 누군가를 곁에 두는 방식 말이야.'

그쯤 되자 정말 나를 두고 하는 말인지가 의심스럽더군요.

'물론 넌 그런 사람 아니야, 바쟈. 너는 시인이지. 늑대들에 둘러싸여 길 잃고 헤매는 시인. 너에게 사랑은 신성한 거야. 그건 분명해, 내가 기억하고 있어. 「보아라, 우리가 떨며 걷는 숲 너머, 불 밝힌 성곽처럼 밤이 우리를 기다린다.」'

'세상에, 릴케! 난 잊고 있었는데.'

'그래, 릴케! 너만 아니었으면, 우린 아직도 가셰카 거리의

벤치에 손 붙잡고 앉아 있을 텐데 말이지.'

'내가 기억하기론, 그 벤치에서 손만 붙잡진 않았을 텐데.'

크세니야의 표정이 잠깐 누그러지는가 싶다가 다시 굳어졌습니다.

'알다시피, 결혼은 사랑의 정반대야. 일종의 부담 같은 거라고. 넌 지금 남들을 위해 그런 부담을 자처하는 중인지도 몰라.'

'맞아, 사회주의의 미래를 건설하기 위해서!'

그녀가 왜 이런 이야기로 나를 끌고 들어가는지 이해가 되지 않더군요. 아니, 어쩌면 알 것 같기도 했어요. 아무튼 썩 내키지 않는 이야기였습니다. 하지만 크세니야가 뭔가를 조목조목 따지고 들겠다 결심하면 아무도 말릴 수 없었어요.

'어떤 사회든 그 토대는 법이야. 네가 모시는 차르가 정교회 친구들과 함께하는 자리에서 만날 하는 얘기 아닌가? 그러니까 일시적 감정에 취해 그 미래인지 뭔지를 건설한다는 생각이 터무니없을 수밖에.'

'그래도 일시적 감정에 취해 건배는 할 수 있지 않나?'

검정 벨벳 의자에 무심히 기대앉아, 크세니야는 내가 잔을 들고 있는 것조차 까마득히 잊고 있었습니다.

'전 세계 어느 시대에나 남자와 여자는 사랑과는 아무 상관없는 이유로 결혼이란 것을 해왔어. 그런 결혼에서 계약을 통해 행복을 누린다는 얼토당토않은 기대를 온전히 가꿔나가기는 무리지. 사람들은 그저 결혼을 통해서 안정을 찾고 가족을 만들 뿐이야. 나머지 문제는 이리저리 맞춰 꾸려가는 거라고… 18세기 프랑스인들이 저녁 만찬 자리에 남편과 아내를 동시 초대하지 않았다는 거 알고 있어?'

'듣던 중 반가울 소릴세! 이제 보니 우리 만남의 여파가 있긴 하네그려.'

실은 반갑긴커녕, 크세니야가 빨리 화제를 바꾸길 바라는 마음뿐이었습니다. 하지만 방법이 없었어요.

'재밌는 건, 그 나라 커플은 남의 배우자와 사랑에 빠지는 일이 종종 있었다는 거야. 당대의 조금은 불편한 진실이라고나 할까, 아무튼 그랬대….'

'맙소사…!'

'대부분은 그런 일이 없었다고 말하는 게 옳겠지. 결혼은 안정된 토대를 전제로 작동해왔어. 사랑은 밖에서 찾았던 거고.'

'하긴 남편은….'

'아내도 마찬가지야, 아주 진보적인 사회에서는. 설마 소련 시절 세상이 어떻게 굴러갔는지를 잊은 건 아니겠지? 남편과 아내가 서로 다른 시기에 휴가를 갔지. 공공연하게 벌어진 일이라고. 남편용 휴가 시설과 아내용 휴가 시설이 따로 있을 정도였어. 각자 그때를 기회로 삼았던 거야… 사랑해서 결혼한다는 기괴한 생각, 그건 말이야, 19세기 소설하고 할리우드 영화가 만들어낸 어처구니없는 망상이라고. 사랑은 오래가지 않거니와 아예 존재한 적이 없다는 것, 또는 살다 보면 더 나은 사랑을 만나기도 한다는 사실을 뒤늦게 깨닫는 경우까지 포함해서 말이지.'

크세니야의 순발력 있는 냉소주의는 언제나 나를 매료시켜 왔어요. 한데 이번에는 날이 좀 무디더군요.

'넌 나를 사랑하지 않아서 그때 날 버렸던 거야.'

'내가 달리 어쩔 수 있었겠어, 바쟈? 너는 응석받이 청년이었고, 자칭 예술가입네 하면서 너 자신을 감추기 일쑤였어. 그런 넌 내 출신성분을 알고 있지, 바쟈. 이미 밝혔다시피 떠돌이 집시 계집. 내가 원한 건 아니었어. 그건 자유가 아니었거든, 끝없는 방황일 뿐. 엄마는 자신을 반항아로 생각했지. 무조건 자유롭길 원하셨어. 그런데 나이가 들면서 천하에 둘도 없는 루저에게 의존하기 시작한 거야. 당신을 지켜주겠다고 했다나. 그때 난 깨달았지, 진정한 자유는 순응주의에서 나온다는 걸. 너도 잘 알아둬, 일단 체면을 유지해야 정작 하고 싶은 일을 할 수 있는 거라고. 당시 나는 안정이 필요했어. 물론 경제적 안정이지. 그러나 단지 그것만은 아니야. 미샤*에겐 리더

십이 있었거든.'

'최소한 그를 잃을 때까지는.'

'그건, 우리가 이상한 나라에 살고 있기 때문이야.'

'그럴지도 모르지. 하지만 정상적인 나라였다면 미샤는 기껏해야 불법 마권업자나 되었을걸.'

'난 그렇게 생각하지 않아. 미샤는 어디서든 성공할 사람이라고. 단지 러시아식 룰을 우습게 봤을 뿐이야.'

'엄밀히 말하면, 이해하지 못한 거지. 누가 어떤 물건을 네 푼 주고, 그것도 남에게 꾼 돈으로 샀다고 치면, 그 물건은 그 사람 소유가 아니야. 언제든 남이 그걸 빼앗을 수 있단 얘기지. 네가 좋아하는 미샤는 풍선 인형에 불과한 자기 자신이 스티브 잡스인 줄 착각했던 거야.'

'가만 보니 너 아직도 그 사람한테 화났네, 그만큼 했으면 됐지. 충분히 대가를 치렀다고 생각하지 않아?'

'아니.'

크세니야가 묘한 눈빛으로 쳐다보더군요. 순간 자리를 박차고 나갈 것 같았습니다. 한데 갑자기 그 특유의 아슬아슬하게

* 미하일의 애칭.

260

부드러운 표정이 얼굴을 덮는 거예요. 네 살배기 아이처럼 두 눈을 반짝이며 말했습니다.

'그 정도로 내게 집착한 거였어?'

'너를 사랑했던 거지, 크세니야.'

'지금은? 지금 이 순간은?'

잠시 뜸을 들인 뒤,

'지금도 그래.'

크세니야가 물론 아이는 아니죠. 뭐든 해낼 수 있는 여성, 나이 사십에 도달한, 자신만만하고 속 깊은 미소를 갖춘 여성이었어요. 옛날에 내가 알던 호기심 많고 잔인한 요정이 마력을 조금도 잃지 않고 지금의 그녀로 성숙한 겁니다. 나는 주위를 둘러보았어요. 피아니스트의 연주는 끝난 지 오래고, 관광객들은 다들 자러 갔습니다. 종업원 두 명만 초조한 기색으로 남아있더군요. 크세니야와 나는 서로 마주한 채, 지금 일어나는 일에 대해 준비되었을 리 없는, 난생처음 참호를 지키는 병사들처럼, 알 수 없는 상황을 지켜보고 있었습니다. 오래전에 시작된 무엇이 조용하면서도 전혀 예상치 못한 방식으로 이루어지려 하고 있었어요. 텔레비전 뉴스를 여는 사건들, 저잣거리 사람들을 말로 치고받게 만드는 사태들에나 익숙한 나는 이런 상황에 준비가 전혀 되어 있지 못했습니다. 알게 모르게 모든 걸 뒤바꿔버리는 사태 말이죠.

　말이라는 게 참 덧없다는 생각이 들더군요. 조금 전엔 말이 필요 없다가도, 조금 지나면 그 무엇도 말을 막을 수 없으니. 우리는 호텔을 나와 걷기 시작했습니다. 모스크바의 밤을 상상할 자유가 온전히 우리의 것이었어요. 머리 위에 하늘이 깊고 맑았습니다. 우리는 트베르스카야를 우회하는 작은 길들을 파고들었습니다. 눈 속에 파묻히는 발자국들이 말을 대신하고 있었어요. 옛날 영주의 저택이었던 건물들의 파사드와 두툼한 눈송이로 덮인 작은 나무들이 말없이 우리를 호위하고 있었습니다. 이들의 온정 어린 보살핌 앞에서 인간의 조심성이란 어쩜 그리 하찮은 것인지. 우리 두 사람은 이따금 마주 보며 서로의 눈빛을 확인하고 있었습니다."

23

"래브라도 사건은 내 작품이 아니었어요. 차르가 주도한 대부분의 조치가 그렇듯 다소 거친 면이 있어도, 기발한 발상인 것만은 인정해야 합니다. 총리는 통상적인 만남을 준비한 상태였죠. 늘 그래왔듯, 검정색 정장에 슈퍼마켓에서 산 반 부츠의 정갈한 차림, 손에는 아무것도 들지 않았습니다. 팀에서 치밀하게 작성한 파일들, 정부 부처별 표제를 단 보고서들, 평범한 종이에 적힌 메모 등, 연방공화국 보안 기관에 의해 수 차례 걸러진 각종 자료들을 그녀는 내리 며칠을 밤새워 검토했고, 대학 시절 실험실에서 터득한 정밀도를 견지해가며 그것이 함의하는 지정학적 시나리오를 확인해두었습니다. 그 결과 총리는 어쨌든 생기 있고 자신감 넘치는, 이를테면 기하학적 능력으로 자기를 지지하는 나라와 기업들이 있음을 잘 아는 자들이 늘 그렇듯, 꽤 깐깐한 자세로 현장에 도착했던 거죠. 한데 접견실로 들어서는 순간, 그날만큼은 누구도 거기 기다리고 있을 무언가에 그녀를 대비시킬 수가 없었습니다. 바로 코니, 차르의 덩치 큰 검은색 래브라도 말이에요! 당시 사정을 제대로 가늠하려면 총리에게 개 공포증이 있다는 사실부터 알아야 합니다. 그녀는 여러 해에 걸쳐 세계 정치판의 난다긴다하는 야수들을 웬만한 서커스 조련사 못잖은 솜씨로 굴복시켜온 몸이에요. 그런데 한 마리 개, 종별을 불문하고 아무리 하찮은 녀석이라도, 개만큼은 그녀의 의식 속에 깊이 자리한 공포심을 일깨우고야 마는 것이었어요. 그녀 나이 여덟 살, 기겁한 아버지가 보는 앞에서 이웃집 로트와일러에게 갈가리 물어뜯기지 않은 건 지금 생각해도 기적이었습니다.

그날 크렘린에서 벌어진 광경을 한번 상상해보시죠. 하긴 굳이 상상할 필요 없겠습니다, 사진들이 이미 온라인상에 돌아다니고 있으니까. 억지웃음 짓는 총리 주위로 코니가 윤기 있는 털을 반짝이며 어슬렁거리죠. 어루만져달라는 듯 녀석이 장난스레 다가가자 총리는 의자에 붙박인 채 사색이 되어갑니다. 새로운 여자친구 냄새 좀 맡겠다며 무릎 사이 코를 들이밀고 킁킁거릴 땐, 그야말로 기절 일보 직전이에요. 이 모든 사태를 느긋하게 앉아 웃는 얼굴로 지켜보던 차르가 한마디 합니다. '혹시 개 때문에 불편하신 건 아니죠, 메르켈 총리님? 밖으로 내쫓을까 했습니다만, 워낙 얌전한 녀석이라서요. 저랑은 늘 붙어 다닌답니다.'

래브라도라니. 그때 차르는 흰 장갑 따윈 벗어 던지고 본격적인 승부에 들어가기로 작정했던 겁니다. 레닌그라드 교정에서 배운 그대로 말이죠. 거기선 여차하면 누가 당신 사타구니를 무릎으로 강타해, 공 만질 기회를 좀처럼 잡기 어렵다지요. 따라서 힘센 놈이 당신을 밟고 넘어서길 원치 않는다면, 항상 내가 남보다 더 꼴통이라는 걸 증명할 필요가 있어요. 최고 레벨의 정치도 그와 별반 다르지 않습니다. 금빛 찬란한 접견실과 의장대, 교통통제하에 거리를 관통하는 공식 행렬 등 일견 그럴듯하지만, 한 꺼풀 벗기고 들여다보면 무조건 힘센 놈이 우위를 점하는 초등학교 운동장의 논리와 매한가지입니다. 존중받는 유일한 방법은 무릎 차기뿐이에요.

국제무대에 데뷔한 초기 몇 년, 차르는 비교적 다소곳한 포즈를 유지했습니다. 아직 정규 신분증을 소지하지 않은, 그래서 보다 문명화한 심판관들의 꼼꼼한 테스트를 거쳐야 하는 고전적인 러시아인의 자세 말입니다. 현실화한 사회주의 종말론으로 그 정점을 찍은 500여 년의 학살, 이를 용서받아야 할 저 변방의 야만인만이 갖는 영원한 콤플렉스라고나 할까요.

그 무렵 모스크바는 마른 체형에 유능한 외국인들로 북적댔습니다. 마치 질서를 바로잡기 위해 로마제국 먼 속주 어딘가로 파견된 지방 총독 같은 태도로, 그들은 러시아의 대기업들과 정부 부처, 심지어 크렘린까지 제집 드나들 듯 드나들었어요. 그들은 은행과 재단, 언론을 직접 운영했습니다. 그들은 부모의 사랑과 노력에도 불구하고 결국엔 사고 칠 걸 이미 알고 있는 어른이 아이를 타이르는 투로 온갖 충고와 심판을 늘어놓았어요.

우린 그들 말을 귀담아듣는 데 익숙해졌습니다. 그게 유일하게 할 수 있는 일이었어요, 다른 대안이 없었거든. 심지어 하라는 대로 따랐는데 좀처럼 상황이 개선되지 않았을 때도 마찬가지였습니다. 우리의 영향력은 어째서 증대하는 대신 마냥 감소하는 것인지 알 수가 없었습니다. 우리의 요구가 수용되도록 노력하면 할수록, 저들은 우리 입장을 덜 고려하는 것 같았어요. 그게 다가 아니었습니다. 고분고분한 우리의 태도는 더없이 혹독한 처분을 당할 운명이었어요. 발트 삼국으로의 나토 확장, 중앙아시아 내 미군기지들, 금융기관에 대한 감시로는 충분치 않았어요. 그들은 직접 권력을 차지하고자 했습니다. 우리를 지하로 묻어버리고 그 자리에 대신 CIA와 국제통화기금 요원들을 배치하는 거예요. 잃었던 우리 제국의 한복판에서 우선 조지아를, 다음으로 우크라이나를 그렇게 요리한다는 거죠.

조지 소로스와 미 의회, 유럽연합의 재정지원을 받아 고삐 풀린 군중이 트빌리시와 키이우, 비슈케크를 점거하고 합법적인 선거 결과를 폭력으로 무효화하는 걸 지켜보면서, 드디어 차르는 이해하게 되었습니다. 진짜 목표는 바로 그였던 거예요. 오렌지 폭동을 이대로 방치할 경우, 여파가 러시아로 확산해 그의 권좌를 뒤엎고 서구세계의 꼭두각시를 대신 앉힐 거였습니다. 러시아 초등학생의 순진한 생각으로 냉전 시대 승리자의 처세기술을 열심히 배우고 익혔으나 아무 소용 없었어요. 그건 조심스러울 이유가 전혀 없다는 생각을 새 주인들에게 불어넣었을 뿐입니다. 나폴레옹과 히틀러마저 실패한 모스크바 직행노선이 뻥 뚫린 셈이죠. 이제 손만 뻗으면 승리를 거머쥘 수 있습니다.

그즈음 차르는 래브라도에게 기대를 걸어보기로 결심했습니다. 딱히 독창적인 조치라고까진 할 수 없었어요. 실제로 저 유명한 로마 황제가 선례를 보였었거든. 하지만 우리가 한발 더 나아갔답니다. 칼리굴라는 자기 애마를 원로원 의원으로 임명한 데 불과하나, 우리는 개를 외교부 장관으로 직접 추대했어요.

이후 사정이 많이 나아졌습니다. 상대 진영에서 우리를 다른 눈으로 보기 시작한 겁니다. 국제무대에서 잃었던 존중심을 차츰차츰 회복해갔어요. 코니가 앞장섬으로써 러시아의 위상이 다시금 강대국 본연의 위치로 돌아간 겁니다. 유럽과 중동에서 우리의 목소리에 다시금 귀 기울이기 시작했어요.

과연 래브라도의 능력이 보통 이상인 건 확실해요. 일단 암컷이라는 점은 수컷 동료들보다 우위에 있음을 자동으로 입증합니다. 나아가 브레즈네프가 아끼던 애견의 직계 후손이며 그이름은 전직 미 국무장관 콘돌리자 라이스에게서 따왔다고 해요. 한마디로 타고난 정치력의 소유자란 얘기죠. 하지만 '그녀'의 특출난 자질은 허를 찌르는 순발력에 있답니다. 인간 동료들이 조심스러운 전략을 앞에 두고 끝없는 분석과 망설임으로 일관하며 당최 결론을 내지 못할 때, 코니는 코를 몇 번 킁킁거리고는 곧바로 해답을 내놓습니다. 자기가 대장이에요, 허락을 구하지 않습니다. 그 리더십 아래 다시 뭉친 우리는 비로소 혼돈을 받아들이는 법을 배웁니다. 뭐 대단한 전략 같은 걸 기대하진 마세요. 사람들은 권력의 집중이 마키아벨리적 논리의 핵심이라고들 생각하죠. 현실에서 권력이란 불합리한 야욕에 휘둘리기 마련이며, 아까 말한 대로 사악한 의도가 제멋대로 활개 쳐, 정의와 논리를 제압하는 초등학교 운동장 같은 곳이 권력의 현장인데 말입니다. 영장류 중 인간이 가장 큰 뇌를 가진 건 사실이지만, 그 자지 또한 제일 크답니다. 고릴라의 그것보다 더 커요. 그 자체로 어떤 의미가 있는 것 아닐까요?

구소련의 지도자들은 나름 자질을 갖추었지만, 불확실성 앞에서 늘 안정만을 추구했다는 오점이 있습니다. 그들은 세상이 항상 예측 가능하고 질서 정연하게 조직되기를 바랐어요. 그랬기에, 결국 미국인들에 대한 기대로 잔뜩 부풀고만 겁니다. 이런 식의 게임에서 당신네 서구인들은 최고 아닙니까. 당신들의 세계관은 우발적 사건을 피하고 싶다는 욕망에 기반하지요. 불확실의 영역을 어떻게든 줄여 이성이 지배하는 걸 제일로 칩니다. 우린 그 반대예요. 우리는 혼돈이 곧 친구이며, 솔직히 말해 우리의 유일한 가능성임을 이해하고 있어요. 당신네 분석가들이 생각하듯, 코니의 용병과 해커들을 KGB 제1총국 소속 늙은 공무원들과 비교하는 자체가 난센스입니다. 후자가 예측 가능한 관료 집단인 데 반해, 전자는 내일 당장 어떻게 행동할지조차 가늠하기 어려워요. 그런데도 우린 전자에 승부를 걸었습니다. 래브라도가 길을 제시하고 사람들이 흥분한 것으로 충분하니까요. 오직 그러기만을 기대해온 겁니다."

24

　　"나는 상트페테르부르크를 좋아한 적이 없어요. 이 천편일률적인 도시는 시대와 함께 돌처럼 경직되어, 모스크바를 홍미진진하고 불가해한 곳으로 만드는 줄기찬 외양의 변화라든가 생기 넘치는 활력일랑 구경조차 할 수 없답니다. 나는 그 도시를 거닐 때마다 등장인물들에게 외면당한 일종의 무대배경 같다는 생각을 하게 돼요. 생경하고 괴팍한 기도로 축조되었다가 실패작으로 전락해 역사의 뒤안길로 처박혀버린 장소. 그런데 차르에겐 그곳만큼 마음 편한 도시가 없는 것 같습니다. 일단 뻬쩨르*에 발을 들여놓기 무섭게, 수도였다면 당장

* 상트페테르부르크의 속칭.

그를 에워쌌을 과도한 교통통제의 대열에서 해방되어 조금은 부드러운 인간으로 활동할 기회가 생기니 말이죠. 그렇다고 활짝 웃거나 등 토닥여줄 정도는 아니니 꿈 깨세요. 어쨌든 그곳에서 푸틴은 긴장을 풀고 때로는 맥주나 포도주 한 잔을 즐기기도 합니다. 무엇보다 상트페테르부르크는 그에게 친인척이 사는 동네예요.

그를 위해 일하던 시절, 거기서 차르와 마주한 적이 몇 번 있습니다. 그때도 나는 그와 친밀한 사람들 그룹에 낀 적이 없었어요. 우리 관계는, 아주 열정적이었을 때조차, 늘 일로 만나는 관계였습니다. 각자의 성격에(어쩜 각자 출신성분에) 친구 관계로 가는 문턱을 넘지 못하게 만드는 뭔가가 깊이 내재했던 것 같아요. 그도 나도 그 선을 넘고 싶었던 적이 없었습니다. 푸틴에겐 자기만의 지인들이 따로 있었어요. 크렘린이라는 빛의 정점에 도달하기 전, 그가 거쳐온 어두컴컴한 삶의 각종 단계를 함께한 투기꾼, 첩보원, 유도선수 등 각양각색의 친구들. 나로 말하자면 우선 책이 있고 지금은 새로운 크세니야와 함께여서, 정서적 욕구를 충족시키기에 아무 문제가 없습니다. 그러고도 시간이 지나면서 우리 두 사람 사이에 모종의 공모 관계가 무르익어온 게 사실입니다. 차르가 나의 동행을 반겼다 해도 그리 틀린 말은 아닐 거라 믿어요. 그는 각종 상황에 나를 끌어들여 나의 견해를 알아보고 싶어 했습니다. 분명 보통 사람들과는 다른 시각일 것이며 좀 더 솔직할 줄 알았던 거죠. 나라는 사람에게서 감지한 내면의 자유가 나를 완전히 신뢰하지 못하게 만들면서도, 또 다른 측면에선 나의 견해를 구하고 싶게 만드는 것 같았습니다. 나로선 그의 측근이 된다는 것 자체가 하나의 특권이었어요. 그로 인해 이득을 챙겨서가 아닙니다. 정치적 이해관계란 덩치 큰 야수뿐 아니라 시체 청소부인 하이에나까지 동시에 유혹하는 만화경에 불과해요. 내게 중요한 특권이란 엘리자베스 시대의 연극이 매일같이 펼쳐지는 세계 무대의 현장을 추적한다는 독특한 체험에 있었어요.*

그 무대에서 푸틴이 부정할 수 없는 주인공이라면, 페테르부르크의 친구 그룹은 〈리처드 3세〉에 걸맞은 조연급 출연진이라 할 수 있죠. 몇 년 사이 그들은 만기가 된 어음과 은행의 독촉 전화 사이를 요리조리 피해 다니던 변방의 뒷거래꾼 신

---

* 엘리자베스 시대의 연극이 셰익스피어가 활동한 시대의 연극 무대가 갖는 특징들을 환기한다고 볼 때, 이는 '영광을 향한 이상과 추악한 현실이 공존하는 세상'의 비유적 표현으로 읽힌다.

세에서 중동 국가의 왕족에 견줄만한 부를 쌓은 제국 귀족의 위치로 옮겨갔습니다. 급속도로 진행된 이 과정은 길 위의 모든 걸 깨끗이 쓸어버렸어요. 그들만의 정서와 소싯적 기질 그 무엇도 쏟아져 내리는 돈벼락에 남아나지 못했습니다. 차르의 친구들 각자가 가장 깊은 속내까지 환골탈태한 겁니다. 그런데 푸틴과 맺은 암묵적 계약은 아무 일도 없는 것처럼 굴라는, 옛날처럼 순박한 마음으로 만나자는 거였어요. 어차피 차르가 그들 배를 불려준 건 과거의 인연 때문이지, 그들로선 언감생심인 특출난 재능을 가져서가 아니거든요. 푸틴의 등극을 정당화해줄 여러 남다른 점이 있었다면, 그들의 장점은 그때그때 그가 가는 길에 얼굴을 내밀었다는 정도. 그의 연민, 나아가 신뢰를 얻어낼 수 있었다는 점입니다. 하늘에서 떨어진 만나를 자기 바구니에 계속 담아 넣으려면 차르의 온정에 꾸준히 기대는 수밖에 다른 방법이 없는 사람들이에요. 단지 아첨만으로는 그게 녹록지 않다는 것이 문제죠. 그들은 푸틴 입장에서 일정 정도의 진실성을 기대할 만한, 적어도 기대하는 척이라도 할 만한 친지들이었습니다. 그 진실성 또한 시간이 지나면서 점점 과도하게 부푸는 차르의 자의식과 함께 한계가 드러나리라는 걸 다들 알았지만 말입니다. 실제로는 옛 친구 특유의 투박한 진실성을 보여가며 그냥저냥 좋은 소리만 해주면 되는 거였어요. 실없는 농담과 장난을 일삼으면서도 중요한 문제를 놓고는 절대로 차르의 심기를 거스르는 일 없는, 그가 자기 생각을 표명할 땐 누구보다 든든한 지지자 노릇을 다하는 친구들의 모습. 페테르부르크에서 내가 종종 목격한 우스꽝스러운 장면들은 바로 그런 고도의 곡예술에서 나온 것이었습니다.

그 와중에 내가 알게 된 사람이 예브게니 프리고진이에요. 거울과 램프들이 과도하게 배치된 어느 레스토랑 객실에서 네다섯 명이 모였을 때입니다. 푸틴은 가게 주인이라며 그를 내게 소개해주었는데, 대머리에 수더분한 미소를 띤 평범해 보이는 사람이었어요. 실제로 식사 내내 그는 요리가 나올 때마다 친절한 설명을 붙이고 프랑스산 특급 와인을 따라가며 맡은 역할에만 전념했습니다. 그 어떤 미식 욕구도 만족시킬 준비가 된 철두철미한 자세로 차르를 모셨어요. 결혼식에나 맞을 은빛 넥타이 차림으로 우리에겐 무척 세심한 자세, 종업원에게는 쌀쌀한 말투였습니다. 식사가 끝날 때쯤 돼서야 푸틴은 그에게 합석을 권했어요. 술기운이 슬슬 오른 대화는 유럽의 쓸 만한 몇몇 에스코트 알선 업소에 관한 주제로 깊이 빠져든 상태였습니다. 그런 서비스를 이용해봤을 리 없는 차르는 토론에 참여하지 않고 즐거운 표정으로 관망만 하고 있었어요. 물론 친구들은 그 표정이 조금이라도 변할 눈치면 재빨리 주제를 바꿀 준비가 단단히 되어 있었죠. 프리고진은 자연스럽게 어울렸습니다. 지배인다운 침착함은 어디 가고 오랜 친구들로 이루어진 마법의 동아리에 딱 어울릴, 설마 하면서도 재밌어하는 태도였습니다. 처음에 그는 발레아레스제도에서 밤에 호기 부렸던 감칠맛 나는 일화를 풀어내 약간의 성공을 거두었어요. 그러다가 대뜸, 최근 큰맘 먹고 벌인 사업 이야기로 방향을 트는 것이었습니다. 대규모 루콜라 농장을 만들 요량으로 흑해 연안에 광활한 농지를 구매했다고요. '도대체 러시아에선 괜찮은 루콜라를 찾아볼 수가 없다니까.' 그는 친구들을 둘러보며 반은 진지하게 반은 농담조로 계속 구시렁댔어요. 그런데 어느 순간 차르가 말을 자르더니 나를 돌아보며 이러는 겁니다.

'보라고, 예브게니는 늘 앞서간다니까. 국제문제에 관해서도 관심이 많은 친구지. 내 생각엔 요즘 우리가 논의 중인 사안들에서도 뭔가 도움이 되어줄 것 같아. 안 그런가, 제냐?'

그 말에 레스토랑 업자의 눈이 반짝 빛을 발했습니다. 푸틴의 말이 이어졌어요. '둘이 한번 이야기해보는 게 좋겠네, 바샤.'

당신이 하나 알아야 할 게 있습니다. 차르는 결코 명확하게 무언가를 말하지도 않지만, 즉흥적으로 무얼 말하는 법도 없다는 사실. 만약 그가 굳이 누군가에게 어떤 제안을 한다면, 예컨대 자신의 정무 보좌관이 상트페테르부르크의 한 레스토랑 주인을 만나 러시아의 국제정치 문제를 논의하는, 정말이지 말도 안 되는 일을 벌여야 할 경우조차, 그 아이디어는 진지하게 고려되었고 빈틈없이 실행에 옮겨져야 할 거란 얘깁니다.

그날 밤 프리고진은 아주 흡족해하며 다음날 나와 만날 약속을 정했습니다. 저녁 내내 유지하던 갱스터 요식업자의 인상에는 변함이 없었고요. 그런데 아침에 픽업하러 호텔로 찾아왔을 때 비로소 나는 그가 단순한 요식업자 이상의 인물임을 간파했습니다. 차로 잠깐 가다 멈춘 곳은 어느 부두였는데, 비록 잠깐이나마 나는 대개 그런 곳에 있기 마련인, 어설픈 파리 분위기의 가짜 바토무슈 중 하나를 타라 할까 봐 꽤 조마조마했습니다. 프리고진이란 사람, 이 분야에도 상당히 관심 있다는 소문을 들었거든요. 한데 다행히 우린 함께 헬리콥터에 올랐습니다.

'바딤 알렉세예비치, 내 집이 그리 멀진 않지만, 당신 시간이 많지 않을 테니까. 자, 이렇게 하면 좀 빠를 겁니다.'

그 시각, 높이서 내려다보니, 운하를 향한 화려한 건물들의 파사드와 돔 지붕들, 네바강 여기저기 흩어진 작은 섬들 하며, 유서 깊은 도시 하나가 금강석과 대리석으로 이루어진 데스

마스크처럼 햇빛에 반짝이고 있었습니다. 그런 장관에 어울린다고 생각했는지, 프리고진은 차르와 자신의 친분을 무용담처럼 풀어내기 시작했어요. 90년대 초 푸틴이 상트페테르부르크 시장 보좌관으로 있을 당시, 프리고진은 그의 힘을 등에 업고 도시 제일의 카지노 영업권을 따낼 수 있었습니다. 시기로 보나 업무 유형으로 보나 결코 쉬운 일은 아니었을 것이나, 여러 면에서 프리고진이 최선을 다한 결과로 여겨졌지요. 그때부터 차르가 확실하게 뒤를 봐주는 성공 가도가 시작되었다는 겁니다.

비행시간이 짧아 더 깊이 얘기를 파고들 시간이 없었습니다. 불과 5분 뒤에 카메니제도에 착륙할 준비를 하기 시작했으니까요. 소문이 파다한 곳이죠. 페테르부르크에서 차르의 일부 지인들이 섬 하나를 통째로 사들여, 제정 시대 귀족처럼 떵떵거리며 산다는 얘기를 접했을 땐 지나친 과장일 거라고 생각했습니다. 화장 회반죽과 금장을 싸 바른 으리으리한 대저택에서 알렉산더 3세의 궁정인들로 분장한 자들이 화려한 가장무도회를 즐긴다는 풍문 말입니다. 거기 누구는 백합과 사자를 그려 넣은 자기만의 귀족 휘장을 만들어 가지기도 했고요. 꼼꼼하게 복원한 구시대 제국 관료들의 별장, 스포츠 시설, 거대한 차고, 섬 전체를 감싸는 외호와 초소들, 수많은 SUV와 헬리콥터 등등, 그 모두를 위에서 내려다보니 우리 세계에서 얼마나 자주 현실이 허구를 초월해왔는지 알겠더라고요.

'알다시피 난 당신처럼 지식인이 아니올시다, 바딤 알렉세예비치. 하지만 인생에서 두세 가지는 똑 부러지게 배워 알고 있죠.'

프리고진은 금빛 팔걸이를 갖춘 소위 루이 16세 풍 안락의 자에 느긋한 자세로 앉아 있었습니다. 주위엔 스칸디나비아 양식의 가구들, 성난 사자상과 무라노 샹들리에들이 하얀 대리석 바닥과 네바강을 향한 거대한 유리창에 그 위용을 반사하고 있었습니다. 우즈베키스탄 장식가의 솜씨라고 하더군요.

'카지노가 어떤 곳인지 압니까? 인간 비합리성의 금자탑이라오. 만약 인간이 합리적인 동물이었다면 카지노는 존재하지 않았을 거외다. 도대체 모든 가능성이 자신에게 불리한 방향으로 돌아가는 곳에서 어느 미친 인간이 가진 돈을 탈탈 털어 넣겠소? 인간이 합리적 존재가 아니라는 점을 다행으로 여겨야 할까요, 그렇지 않았다면 내가 이 모든 걸 소유할 수 없었을 테니까.'

그러면서 프리고진은 바스키아 스타일의 그림들과 흰색 스타인웨이 쪽을 슬쩍 가리켰습니다.

'인간의 어리석음에 투자하는 것보다 더 현명한 행동은 없다…'

'내 말이 그 말이오, 바딤 알렉세예비치. 많은 사람이 카지노에서 파산하는 이유를 압니까? 결코 빠져나오지 못할 소용돌이 속으로 뛰어드는 이유 말이오. 물론 성격 탓일 수 있겠지. 모든 이가 다 그런 건 아니니까. 하지만 그런 자들이 완전히 별종만은 아니거든. 그저 자제하지 못할 뿐이지. 한데 그런 결함을 우리 모두 뇌 속에 가지고 태어난답니다.'

프리고진은 잠깐 멈추더니, 주머니에서 지갑을 꺼내 5000루블짜리 지폐를 빼 들고는 말을 이었습니다.

'자, 이걸 보시오. 거리에 나가 지나가는 아무나 붙잡고 실험을 한다 쳐봅시다. 당장 이 돈을 받든지, 아니면 그 두 배를 받을 가능성 50퍼센트에 운을 걸든지 선택을 맡기는 거요. 그가 어떤 선택을 할까? 장담하건대, 5000루블짜리 지폐를 냉큼 낚아챌 거다. 그럼 그 반대를 한번 실험해 보자고요. 이번에는 지나가는 행인이 당신에게 5000루블을 주는 겁니다. 아니면 동전 던지기를 해서 그 두 배를 내놓든지, 한 푼도 내놓지 않고 넘어가든지 둘 중 하나를 고르라는 거요. 이젠 그쪽에서 어떻게 나올까? 당장 5000루블을 내놓느니, 그자는 분명 그 두 배를 내놓게 될지도 모를 위험을 택할 거요. 웃기지 않소? 이론적으로는, 뭔가 얻을 가능성이 있는 자가 잃을 가능성이 큰 자에 비해 위험을 감수하기가 더 쉬운 법입니다. 한데 현실은 달라요, 그 정반대로 행동한다 이겁니다. 따는 자가 더 신중한 선택을 하고, 잃는 자는 이판사판 모든 걸 걸어요.'

나는 의기양양해 하는 프리고진을 찬찬히 살펴보았습니다. 그가 무슨 말을 하려는지 알겠더군요.

'인간의 두뇌는 그런 식의 작은 흠결로 가득합니다. 그걸 잘 파악하고 이용하는 게 카지노 운영자가 힐 일이에요. 정치도 그렇게 작동하는 것 아니겠소? 안정된 일자리에 먹고 살 만하고, 가족 모두 건강하며, 시골에 전원주택 한 채쯤 보유, 바닷가에서의 여름휴가, 여기에 노후대책까지 확실하다면 사람들은 얌전해집니다. 늘 안전한 선택에 머물고 위험을 무릅쓰지 않아요. 익히 아는 길만 선택합니다. 그런데 사정이 조금 삐걱대는 경우를 가정해보자고요. 상황이 바뀌어서, 직업도 잃고 집도 잃고 앞날이 캄캄해집니다. 그땐 어떤 선택을 할까? 과연 신중함이 먹힐까요? 천만의 말씀. 아마 미친 듯이 내기에 나설 거외다! 현재 상황을 유지하느니, 터무니없는 위험을 감수할 거예요. 모든 게 뒤바뀌어, 혼돈이 질서보다 훨씬 더 매력적으로 다가옵니다. 적어도 혼란은 뭔가 새로운 가능성을 제공해요, 그렇지 않소? 예기치 않은 어떤 것…. 이제 점점 세상은 재미있어집니다. 1917년 혁명, 나치즘이 그렇게 해서 태어난 거예요, 내 말이 틀렸습니까? 지금 같은 삶을 연명하느니, 미지의 세계로 뛰어들겠다는 사람이 다수였기에 가능한 일이었다고.'

요식업자가 갑자기 철학의 정점을 오르내리는데, 그가 하는 말이 아주 엉뚱하진 않았습니다.

'말했다시피, 나는 지식인도 아니고 국제관계 전문가도 아니오. 다만 내가 느끼기에 지금 상황이 딱 그와 같다는 겁니다. 서구인들은 자기 자식들이 앞으로 자기들보다 못한 삶을 살거라 생각하고 있어요. 그들이 보기에 중국, 인도 그리고 다행히 러시아가 큰 걸음을 내딛는 가운데, 그들은 보잘것없는 행보에 머물고 있다고. 날이 갈수록 그들의 힘은 줄고, 상황은 그들의 통제력을 벗어나 걷잡을 수 없는 방향으로 치닫습니다. 더 이상 미래는 그들의 것이 아니에요.'

'따라서 여차하면 무리수를 둘 것이다… 우리는 그런 그들을 부추기고 거들기만 하면 된다?'

'바로 그거요, 바딤 알렉세예비치. 그들과 부딪치고 강요할 것이 아니라, 이미 진행 중인 흐름에 편승하기만 하면 되는 겁니다. 바로 그 점을 차르는 잘 이해하고 있어요. 그도 나처럼 유도광이라 유도의 기본 법칙에 능통합니다, 상대의 힘을 역

이용하라!'

프리고진의 논리는 흠잡을 데가 없었습니다. 현실에 적용할 기회만 주어지면 됐어요. 그 일이라면 내게 이미 괜찮은 아이디어가 있긴 했습니다.

몇 주 지나 우린 페테르부르크 근교의 어느 건물 앞에서 다시 만났습니다. 추적추적 내리는 비로 인해 추레한 변두리 분위기가 더하는 가운데, 프리고진은 왠지 기분이 좋아 보였어요.

'내가 말하던 장소가 바로 여기요, 바딤 알렉세예비치. 자, 들어갑시다⋯.'

승강기에서 내려 우리는 컴퓨터로 가득한 큰 방에 들어섰습니다. 반은 신문사 편집실이고, 반은 제2금융 투자은행의 거래실 같은 분위기였습니다. 단, 프리고진 본인 입으로 내게 고백했듯이, 현장의 사기를 잃지 말자는 뜻에서 슬롯머신 두 대를 벽에 붙여놓은 것만 빼고 말이죠. 왜 아니겠어요? 어쨌든 내 기억으론 구글사 사무실에도 탁구대가 여럿 있었으니까요.

다부진 체격의 청년이 얼굴 가득 미소를 지으며 우리를 맞이했습니다. 셔츠 단추를 꼼꼼히 채우고 코르덴 저고리를 단정히 갖춰 입어서인지, 이제 막 조지타운대 박사과정 세미나를 앞둔 학생 같은 인상이었어요.

'안톤을 소개합니다.' 프리고진은 자기가 발탁한 인재가 아주 뿌듯한 모양이었어요. '이곳 책임자로 내가 일찌감치 낙점한 친구죠. 모스크바대 국제관계학 박사학위 소지자입니다. 영어, 프랑스어, 독일어를 하고요. 유럽 정치에 관해서는 이 나라 웬만한 국회의원들보다 훨씬 더 빠삭하답니다.'

안톤은 잠자코 듣고 있었습니다. 어떤 자만심도 거짓 겸손도 표정에 드러나지 않았어요. 우린 이런저런 잡담으로 대화의 문을 열었습니다. 잠시 후 나는 유럽 친구들의 내부 사정에 관한 그의 지식을 테스트해보기로 결심했어요. 꽤 명석할 뿐아니라 공감력 또한 뛰어난 청년이라는 생각이 들었습니다. 그가 속한 과보호 세대에 만연한 교만함을 전혀 느낄 수 없었어요. 반대로 진짜 뛰어난 지성을 입증하는 진솔함이 엿보였습니다. 국제 현안에 대한 그의 시각은 사냥용 단도의 날처럼예리했습니다. 총체적 시야를 잃지 않으면서 사안의 세부 요소를 속속들이 파고드는 능력을 갖췄더군요.

프리고진은 그를 지그시 바라보고 있었습니다. 새파란 청년이 그의 체면을 한껏 살려주고 있었어요. 몇 분 지나지 않았는데, 더는 못 참겠더라고요. 나는 안톤과 악수로 인사를 나눈뒤, 곧바로 프리고진을 끌고 나왔습니다. 그의 아둔함에 기가찼습니다.

'도대체 그 머릿속에 뭐가 들은 겁니까, 예브게니?'

요식업자의 얼굴이 금세 어두워지더군요.

'뭐가 잘못되었소, 바딤 알렉세예비치?'

'무슨 생각을 한 거예요, 예브게니? 일전에 분명히 해둔 것 같은데요. 우린 지금 미국과 유럽을 상대로 정치를 하자는 겁니다. 토론에 나가고 나름 기여를 하겠단 거예요. 그런데 저런 청년을 내 앞에 데려와요?'

그는 안톤이 있는 방향을 가리키며 말했어요.

'저 친구 잘하잖소, 훤히 꿰뚫고 있어요.'

'맞아요, 예브게니. 그게 바로 문젭니다.'

프리고진의 눈썹이 잔뜩 치켜 올라갔습니다. 어찌나 얼빠진 표정인지 나는 그만 웃음을 터뜨렸어요.

'생각해봐요, 예브게니. 서구인들은 정치에 관심 없습니다. 그런 그들의 이목을 끌려면 정치 말고 다른 이야기를 할 줄 알아야 해요. 여기서 안톤은 쓸모가 없는 겁니다! 우리에게 필요한 건 뷰티 카운셀링을 해줄 아가씨들이랄지, 비디오 게임광이나 점성술사 같은 인재들이에요, 알겠어요?'

'그거야 추후 당신 메시지를 전달할 시간이 따로 있지 않겠소? 그때 가서 구체적인 지침을 내리면…'

'대체 우리를 무어라고 생각하는 겁니까? 코민테른쯤 된다고 보나요? 그렇다면 나쁜 소식을 전하게 돼 유감인데, 소련은 더 이상 존재하지 않으며, 노동자 계급을 위한 지상천국 또한 마찬가지라는 사실을 똑똑히 밝혀둡니다. 그 시절은 영원히 끝났어요. 더 이상 우리에게 노선이란 건 없습니다, 예브게니. 철사가 놓여 있을 뿐이에요.'

그건 또 무슨 말이냐는 듯, 그의 눈이 휘둥그레지더군요.

'철사를 부러뜨려야 할 때 어떻게 하죠? 먼저 한쪽으로 철사를 구부렸다가 반대 방향으로 다시 구부리죠. 우리가 할 일이 바로 그런 겁니다, 예브게니. 당신이 네트워크를 구축함에 따라 사람들이 집착할 테마는 늘어갈 거예요. 그게 뭐가 될지는 나도 모릅니다. 클릭하는 추세를 봐야 알 수 있는 거니까요, 예브게니. 백신에 반대하는 사람이 있는가 하면, 누구는 사냥에 반대하고, 누구는 환경론자를, 또 누구는 흑인을, 누구는 백인을 혐오할 수 있어요, 뭐라도 상관없습니다. 중요한 건, 사람은 누구나 마음속에 꽁한 어떤 것이 있으며, 그런 그들을 폭발하게 만드는 다른 누군가가 또 있기 마련이라는 사실이에요.

우린 누구의 생각도 변화시켜선 안 됩니다, 예브게니. 단지 사람들이 무얼 믿는지를 파악하고, 그 믿음을 더 강하게 밀고 나가도록 부추길 뿐이에요, 알겠습니까? 정보를 제공하고, 진짜든 가짜든 논거를 제시하는 건 중요하지 않아요. 핵심은 화를 돋우는 겁니다. 예외 없이 모두, 갈수록 더. 한쪽에 동물보호론자가 있으면, 반대편엔 사냥애호가가 있어야 해요. 한쪽에서 블랙파워를 내세우면, 반대쪽에선 백인우월주의를 떠들어야 합니다. 게이 활동가와 네오나치들도 마찬가지예요. 우린 그 어느 쪽도 편들지 않습니다, 예브게니. 우리에게 노선이 있다면, 그건 바로 철사 그 자체! 한쪽으로 구부렸다가 반대 방향으로 다시 구부리는 철사 말입니다. 결국 부러질 때까지요.'

프리고진은 한동안 아무 말 없이 나를 바라보며 생각에 잠겼습니다.

'그래요, 바쟈. 이제 알겠소. 철사의 노선이라… 하지만 그게 들통나면 어떡하나? 당신이 앞날을 꿰고 있는 것 같아 묻는 거요. 네트워크상에서는 모든 게 추적 가능합니다. 우리 활동도 그들의 영역에서 이루어지는 거고. 언젠가는 진상이 밝혀질 텐데, 그럼 우리 체면은 땅에 떨어지고도 남을 거요.'

'그 반대예요, 예브게니. 그때가 우리에겐 승리의 순간입니다.'

잠시 침묵이 흘렀어요.

'모르시겠어요? 위대한 예술가의 최종 붓질은 역설의 폭로입니다! 저들은 필시 우리가 우리 지지자들과 반미주의단체를 지원하겠거니, 예상할 것 아닙니까. 그런데 막상 뚜껑을 열어보니 우리와 상극인 세력까지 지원하고 있어요. 쓰레기들에게 자동소총을 들이대고 싶어 하는 수정 헌법 제2조의 애국자들, 우유를 마시느니 독당근을 갈아 마시겠다는 비건들, 환경 재앙으로부터 세계를 구하겠다 설치는 청년들 말입니다. 과연 그땐 저들이 어떻게 나올까요? 아마 미쳐 돌아가겠죠. 더는 아무것도 이해하지 못할 겁니다. 무얼 믿어야 할지 모르는 처지가 되고 말 거예요! 딱 하나, 우리가 자기들 머릿속에 들어앉아 자기들 뇌 신경회로를 마치 저기 저 슬롯머신 기계처럼 가지고 논다는 생각밖에 없을 거예요!'

드디어 프리고진의 얼굴에 미소가 보였습니다. 이제 이해하기 시작한 거죠.

'이곳의 주요 역할이 스스로 발각되는 데 있는 이유가 바로 그겁니다, 예브게니. 일부러 꼬리가 밟혀야 해요. 이런 곳에 애송이들이 떼로 모여 앉았다고 진정 역사가 바뀔 거라 생각하나요? 천만에요, 예브게니. 이들이 아무리 유능해도 그런 일은 일어나지 않습니다. 기껏해야 원래 있던 혼돈의 덩어리에 편승할 뿐이지. 어쩌면 그 혼돈을 조금은 불려놓을 수도 있겠죠. 하지만 그때 이용할 분노의 정서는 이미 존재하는 겁니다. 그걸 조종하는 알고리듬을 만든 건 미국인들이에요, 러시아인이 아니고. 아무리 발버둥 쳐도 우리로선 실속 없는 일입니다. 대신 자진해서 현행범이 되는 거예요! 그럼 미국과 유럽

도처에서 우리 일류 선전가들이 민주주의에 대한 음모죄로 우리 자신을 고발하게 되어 있어요. 우리가 가진 능력을 신화화하는 일에 그들이 앞장서는 거죠. 앞으로 우리는 뭔가 수상쩍게 행동하면서, 터무니없는 반박을 내놓기만 하면 되는 겁니다. 저들로선 최악의 악몽이 현실로 확인되는 셈이죠. 러시아인이 새로운 세계를 주무르고 있었다니! 그때부턴 밤의 망상에 의해 저절로 혼돈이 불어납니다. 우리의 힘은 전설에서 현실로 옮겨가지요. 정치가 좋은 게 바로 그런 겁니다, 예브게니. 알잖아요,「힘이 있다고 믿게 만들어야 진짜 힘이 생기는 법이다.」'"*

* 레츠 추기경(1639~1689).

25

"베레좁스키는 클라리지 호텔의 발광체들 사이를 공룡처럼
걸어 들어오고 있었습니다. 셀린 투피스 차림의 기린처럼 늘
씬한 모델이 알딸딸한 얼굴로 한참을 돌아보더군요. 심지어
지나던 어느 미국인은 이 선사시대 유물 같은 존재가 눈부신
크리스털과 마호가니 틈새를 누비는 꼴이 영 마뜩잖은 기색이
었어요. 그를 알아봐서 그런 게 아니라면 말이죠. 워낙 스캔들
과 도발이 다반사다 보니 보리스는 메이페어 거주 조지아인들
사이에선 익히 알려진 얼굴이었습니다. 내가 런던에 들릴 때
마다 우린 습관처럼 얼굴을 보곤 했어요. 그에게 전할 메시지
가 바닥난 지도 꽤 오래되었습니다. 아마 그랬으니까, 함께 시
간을 보내는 단순한 즐거움이 비로소 우리 만남의 유일한 구
실이 되어주었겠죠. 적어도 내 입장에선 그랬어요. 지식인이

힘을 잃었을 때 대개 그러하듯, 베레좁스키는 더 온순하진 않아도 조금은 더 명석해졌습니다. 그날 저녁엔 내가 그의 나무랄 데 없는 브리티시 악센트를 칭찬한 기억이 나는군요.

'어쩌겠는가, 자네 선조가 프랑스어를 하고 파리로 도피했듯이, 오늘의 러시아인은 영어를 하고 런던이 그저 편한걸!'

쓸쓸한 미소와 함께 그 말을 하고는, 곧장 생각을 바꿔 이러더군요.

'영국인이 늘 만만하리라는 기대는 하지 말게. 지난주에 아부다비 족장과 계약서에 서명할 일이 있어서 모 은행장 사무실에 갔었거든. 우리가 서류를 꺼내는데 은행가 놈이 어떻게 한 줄 아나? 족장의 신분증을 요구하는 거야. 족장이 얼떨떨한지 주위를 두리번거리다가 참모 한 명을 돌아보더라고. 지갑을 챙겨서 이동한다는 게 이 친구에겐 생소했던 거야. 내가 끼어들려고 했지만, 하필 그 은행가 놈이 이 동네 심심찮게 마주치는 앞뒤 꽉 막힌 꼴통 중 하나였지 뭔가.

족장이 화를 내고 계약을 엎을까봐 덜컥 겁이 나더라고. 한데 그가 어떻게 나왔게? 참모에게 지폐를 한 장 달라고 하더니 그걸 은행가 놈에게 건네더라고. 그래 이 자가 가만 보더니, 황당하단 표정으로 이러는 거야. 「지금 뭐 하시는 겁니까? 뇌물을 건네시는 건가요? 그쪽 나라에선 그렇게 하는 모양이나,

여긴 문명도시입니다.」 그런데 웬걸 족장 하는 말 좀 들어보라고. 「이걸 잘 보시오. 지폐에 인쇄된 게 바로 내 얼굴이오. 그걸로 증빙자료는 충분한 것 같소.」 순간 다들 대차게 웃어젖혔고, 멍청이 은행가는 굴복하지 않을 수 없었지.'

천만다행히 유쾌한 입담으로 자신을 돋보이게 하는 보리스의 능력은 예전 그대로였습니다. 유감인 건, 강박증 역시 여전하단 점이고요.

'그나저나 푸틴 올림픽은 어떻게 되어가는가?'

'올림픽 준비는 차질 없이 진행되고 있습니다. 감사하게도 대통령께서 제게 개막식 행사를 맡겼어요. 경기가 시작하기 전에 그럴듯한 장관이 펼쳐질 겁니다.'

'음… 잘 될 것 같군… 부디 최고 아첨꾼에게 수여할 메달도 준비해두었길 바라네. 아니면 GRU* 소속 최고 암살자에게 수여할 킬러 메달이랄지.'

'그건 모르겠고요, 보리스. 중요한 건 러시아가 우승한다는 거죠.'

'그거야 문제없지. 언제나처럼 나름의 방법을 찾을 테니까.'

* 군정보기관인 '러시아 연방군 총참모부 정보총국.'

베레좁스키는 잠깐 뜸을 들였다가 다시 말을 이었어요. '그 친구, 결코 멈추지 않겠지? 그런 인간은 절대로 그럴 일이 없지. 무작정 버틴다, 그게 철칙이니까. 한번 저지른 일은 고치지 않아요, 무엇보다 오류를 인정하지 않아. 처음에 나는 그걸 이해하지 못했어. 그런데 지금은 생각할 시간이 많아졌지. 과거 독재자들에 관한 책도 많이 읽었다네. 예컨대 모부투가 콩고에서 권력을 차지했을 때 무얼 한지 아나? 나라 이름을 「자이르」로 개명했어. 그게 토착어라고 생각한 거지, 식민 지배의 유산을 벗어버리는 방법이라고 말이야. 그러다가 얼마 지나지 않아 그마저 포르투갈어라는 게 밝혀진 거야. 그래서 어떻게 했을까? 용서를 구하고 사태를 원상 복구했을까? 천만의 말씀! 온 천지에 자이르란 이름을 갖다 붙였네. 지폐, 담배, 주유소, 하다못해 콘돔에까지…. 자네의 차르도 마찬가지야, 딱 그 정도라고. 독재자, 아프리카 추장!'

'그럴지도 모르죠, 보리스. 하지만 야만족의 추장은 아닐 겁니다. 그냥 게임의 법칙일 뿐이에요. 오류를 범했어도 버티는 것, 권위의 장벽에 아주 미세한 균열도 노출하지 않는 것이야 말로 권력의 철칙이다! 추장이 말에서 떨어지면 그대로 살해당하는 땅 출신이라 그런지, 모부투는 이를 알고 있었던 겁니다. 그곳에선 추장이 병에 걸리면 곧바로 교살당해요. 자기 부족을 보호할 생각이 있다면 추장 스스로 강해져야 합니다. 조금이라도 약점을 노출하는 순간, 그 자리서 내쳐지고 다른 사람으로 대체되지요. 그것만은 어딜 가나 마찬가집니다. 단지 거기가 어디냐에 따라 실각한 추장은 산 채로 말뚝에 박힐 수도 있고, 누구처럼 멀찌감치 쫓겨나 비싼 몸값으로 강연에 나서기도 하는 거죠.'

베레좁스키는 깊은 생각에 잠긴 듯했어요. 바의 어스름한 불빛에 잘 어울리는 포즈였습니다.

'자네 말이 맞네, 바쟈. 하지만 정치에 해피엔딩이란 없다는 걸 명심하게. 자네의 태양왕께서도 말년에 가서는 땅을 치고 통곡할 걸세.'

'난들 어쩌겠어요, 보리스, 삶이란 원래 죽을병인걸.'

'바로 그거야, 바쟈. 그래서 바보짓 관둘 때를 알아야 하는 거라고. 나는 정치와 마피아의 공통점 중 하나가 절대 은퇴가 없다는 점이라고 늘 생각해왔네. 도무지 물러날 줄 몰라요, 다른 걸 시작해보자는 법이 없어. 그러던 중 내가 만난 사람이 조니 토리오야. 바쟈, 자네 조니 토리오에 대해 아는가?'

나는 고개를 저었습니다. 벌써부터 끝이 어딘지 모를 베레좁스키의 우화 퍼레이드를 또 견뎌야 할지 모른다는 예감이 들었습니다.

'전쟁 직후 시카고 마피아 위원회 회장이었지. 모두에게서 존경받는 진짜 보스 말이야. 한데 밑에서 일하던 알 카포네라는 자가 그의 자리를 넘보고 있었던 거야. 1924년 1월 어느 날 오후 5시경, 시카고 마피아 위원회 회장 조니 토리오는 자기 집 앞에서 총알 다섯 발을 맞고 쓰러졌네. 즉시 병원으로 실려 간 그는 경찰에게 이렇게 말했지. 「누가 쐈는지는 아는데, 난 고자질은 하지 않소.」 얼마 지나 몸이 회복된 그는 알 카포네를 불러 모든 사업을 넘기고는 자기는 이탈리아로 돌아가길 원한다고 말했네. 결과는, 주님의 은혜로 그후 15년을 더 살다가 브루클린 자기 집에서 편안하게 죽음을 맞았다는 사실이지.'

보리스는 잠시 침묵하다가 호주머니에서 봉투를 하나 꺼냈습니다.

'이건 차르에게 보내는 편지일세. 마음을 다 바쳐 쓴 거야. 원하면 읽어봐도 괜찮네.'

만져보니 수제 종이인데, 목화지의 두툼한 질감이 묻어나더군요. 차르에게 기독교적 자비를 구하는 내용이었습니다. '내게 기독교적 용서를 베풀어주길 바라오.' 베레좁스키는 그렇게 애원하고 있었어요. 그런 다음 고된 유배 생활 중 어리석은 늙은이에게 다가오고 있는 죽음을 비통한 심정으로 환기하더니, 이제 자신의 실수를 잘 아는 만큼 절대권자의 아량에 기대 구하건대, 생애 말년을 모국의 품에 안겨 보낼 수 있도록 허락해달라는 거였어요. 그건 분명 자먀찐의 편지와는 어조가 달랐습니다. 뭐랄까, 해묵은 전통이 배어나는 문체로 차르에게 탄원하는 글이었어요. 비록 겸허하게 써 내려가면서도 보리스는, '그동안 쌓아온 경험을 토대로, 필요하다면' 고문직이라도 맡을 의향이 있음을 굳이 감추지 않았습니다.

'어떤가, 통할 것 같나?'

늙은 부랑자의 눈이 냉소적으로 보이고 싶은 눈빛으로 반짝였지만, 실은 거기서 바닥없는 절망감밖에는 보이지 않았습니다. 나는 그렇다고 말해주고 싶었어요. 차르가 감동할 거라고, 귀빈석에 나란히 앉아 올림픽 개막식을 참관하게 될 거라고 말입니다. 나는 며칠 만에 다소곳한 태도는 다 사라지고 또다시 온갖 제안을 해가며 이런저런 직을 요구하느라 생떼 쓸 게 뻔한 베레좁스키의 모습을 벌써부터 보는 느낌이었습니다. 그런 그의 에너지가 때론 부럽기도 했어요. 그는 성인은 못 되지만, 손대는 모든 일에서 어떤 흥이 묻어났습니다. 그와 비슷한 부류의 사람들이 연이어 추방당하면서부터 모스크바에는 힘쓰는 사람들의 삭막한 결기만 남았더랬죠. 하지만 나는 차르가 그걸 아쉬워할 사람이 아님을, 오히려 그 반대라는 걸 알고 있었습니다. 보리스는 내 눈빛에서 대답을 읽었지만, 선뜻 받아들일 준비가 되어 있지 않았어요.

'어쨌든 가지고 가게. 내 생각엔 통할 것 같으니까.'

그날 밤, 우리는 러시아식 포옹을 길게 나누며 작별 인사를 했습니다. 한산해진 클라리지의 분위기가 갑자기 술렁대더군요. 나는 묘한 패배감을 느끼면서 객실로 올라갔습니다. 급기야, 모든 예상을 깨고, 늙은 사자는 택시 기사의 모자를 쓰기로 한 겁니다. 짐작만 할 뿐 아무도 모르는 나약함이 덤불 속 뱀처럼 잠복해왔다는 것, 그리하여 평생 머리 한번 숙이지 않고 살아왔을 걸로 다들 생각하는 와중에 녀석이 불쑥 고개를 내밀수도 있다는 사실을 다시 한번 적나라하게 보여주면서 말이죠.

우리가 만나고 이틀 뒤, 베레좁스키는 애스컷에 위치한 자신의 고급주택 욕실에서 죽은 채 발견되었습니다. 목에는 평소 즐겨 착용하던 캐시미어 스카프가 감겨 있었어요."

26

"「중요한 건 인간이 죽는다는 사실이 아니라, 언제 죽을지 모른다는 사실이다.」*

다른 때 같았으면 차르가 나를 생각해 일부러 불가코프를 무덤에서 소환해준 것 같아 기뻤을 겁니다. 하지만 그날 나는 문학적 인용을 좋게 볼 기분이 아니었어요. 당연히 푸틴도 그런 나를 이해하는 눈치였습니다.

'우리가 한 짓이라고 생각하나?'

차르의 얼굴은 화강암 석판 그 자체였습니다. 나는 주위를

---

* 미하일 불가코프, 《거장과 마르가리타》(1967). 뒤틀린 사회와 부조리한 제도, 인간의 속물근성 등 잘못된 소비에트 체제에 대한 날카로운 풍자가 담긴 작품.

둘러보았어요. 노보오가리오보에 팽배한 그 공식적으로 침통한 분위기가 싫었습니다. 모스크바 외곽 대통령 관저의 가구 배치를 크렘린 보안 책임자에게 맡기기라도 했던가요, 거짓 친밀감과 노골적으로 후진 취향이 한데 어우러진 모양새 하며. 더욱이 일이 이런 식으로 흘러갈 걸 배제할 수만은 없는 상황이었어요. 평상시였어도 청동 스탠드와 다마스쿠스 벽지를 보면 기분이 우울한데, 생각해보십시오, 신문마다 보리스의 사망 소식으로 도배가 된 그날 아침 내 기분을. 총상 속에 남은 탄알처럼 그의 마지막 의미 없는 탄원서가 내 저고리 안주머니에서 아직 뜨거운데 말입니다.

'저는 아무 생각 없습니다, 대통령님.'

'그래, 잘 생각했네, 바샤.'

차르는 자신의 경고에 실린 의미가 피질 막을 뚫고 나의 뇌 속 깊숙이 틀어박힐 때까지 잠시 뜸을 들였습니다. 그러고는 훨씬 편한 말투로 이렇게 말했어요. '아무튼 베레좁스키가 우리에게 참 만만한 사람이었던 건 사실이야. 푸틴이 몰락하면 돌아오겠다고 말할 때마다, 우릴 도운 셈이니까. 사람들은 90년대를, 그 모든 고통과 혼돈을 잊지 않고 있었거든. 이를 직시하는 것으로 충분했지.'

내가 침묵을 고수하자 푸틴은 얘길 계속했어요. '물론 그가 우크라이나, 라트비아, 조지아 등지를 돌아다니며 러시아의 적들을 도운 것 또한 사실이지. 일이 진정 어떻게 된 건지 누가 알겠어. 두고 보라고, 바쟈, 음모론자들은 자기들이 되게 영악하다고 생각하지만, 실은 엄청 순진하거든. 세상 모든 것에 숨은 의미가 있기를 바라지. 대수롭지 않은 언행, 방심, 우연이 가진 힘을 철저하게 평가절하해요. 그러니 얼마나 다행인가 말이야. 현실은 그들이 바라는 것과 정반대인걸. 우린 음모론자들 덕분에 날로 강해지고 있다고. 권력이라는 것을 말이야, 인간적인 약점들을 포함하여 있는 그대로 보는 대신 왠지 다 알 것 같은, 그래서 뭔가 판을 짜고 있을 것 같은 어떤 실체의 아우라를 덧씌워 바라본다니까. 그 정도면 엄청난 찬사를 퍼붓는 격이라고 생각하지 않나? 실제보다 훨씬 대단한 것으로 보게 만드니 말이야.'

「아무도 모를 비밀, 우리가 꾸민 걸로 하자.」*

차르는 내 인용을 좋아하지 않았고 프랑스어를 하지도 않았지만, 그날 아침 나는 그 사람 눈치를 볼 기분이 아니었습니다. 한동안 말없이 나를 쳐다보던 그가 그냥 넘기기로 했는지 이

* 장콕토, 〈에펠탑의 신랑 신부〉(1921).

299

렇게 말하더군요.

'대령, 변호사, 그 유명한 기자 모두 마찬가지야, 우리가 아니라는 거. 바쟈 자네가 누구보다 잘 알지. 우린 아무 짓도 안 했어. 우린 그저 개연성의 조건들을 조성했을 뿐이라고.'

사실일 수도 있습니다. 오래전부터 차르가 직접 어떤 지시를 내리는 건 극히 드문 일이었으니까요. 용인되는 것과 용납되지 않는 것의 경계선을 그어주는 데서 항상 그는 멈추었습니다. 그러고 나면 모든 게 자체 논리로 풀려나가고, 궁극의 결과에 이르러 더 심오한 진실을 드러내지요. 얼마 전 베레좁스키와 나눈 이야기도 바로 그 점에 관한 거였습니다. 이 웃지 못할 우연의 일치 때문에 나는 그 자리서 웃을 수가 없었어요. 차라리 울고 싶었습니다, 그럴 수만 있었다면 말이죠. 단지 조니 토리오처럼 인생을 마무리하게 해달라 부탁하는 늙은 갱스터를 생각하자 예상보다 훨씬 더 마음이 아팠습니다. 보랴, 가엾은 노인에 같으니, 그럴 자격은 있는 사람이었는데….

차르는 내가 보는 앞에서 베레좁스키의 편지를 읽어 내려갔습니다. 그러고는 도랑에서 주운 돌멩이처럼 아무렇지 않게 내려놓았어요. 그 순간 나는 다음과 같은 점에서도 보리스가 옳았음을 깨달았습니다. 푸틴은 내가 생각하듯 그런 훌륭한 배우가 아니었어요. 단지 유능한 첩보원이었을 뿐입니다. 그 일이 어느 정도는 배우의 자질을 요구하는 분열증적 직무인 건 분명해요. 다만 진짜 배우는 외향적입니다. 그가 느끼는 소통의 즐거움은 현실적이에요. 반면 첩보원은 모든 감정을(그런 게 있다면 말이지만) 차단할 줄 알아야 합니다. 실제로 그 두 재능 모두 첩보원에게 도움이 됩니다. 배우처럼 공감하는 척하면서 수술실 외과 의사의 냉정함을 갖춰야 하니까요. 그런데 푸틴이 훌륭한 배우가 아니라면 나 역시 대단한 연출가가 아니에요. 기껏해야 공모자일 뿐.

차르는 그날 보리스에 관한 얘기보다, 소치 올림픽 준비 상황 쪽으로 대화의 향방을 틀고자 했습니다. 당시 그의 머릿속엔 그 생각밖에 없었으니까요. 스포츠나 교통 인프라가 전혀 갖춰지지 않은 아열대 도시에서의 동계올림픽 개최 아이디어를 올림픽 위원회를 상대로 설득하기 위해 푸틴은 오늘날 러시아의 모든 저력은 물론 과거에서 끌어와 조작 가능한 환상까지 총동원했습니다. 그러던 중 올림픽 조사위원들의 방문에 때맞춰, 우리는 소치에 전무한 공항 시설을 하나 급히 조성했고, 관광객으로 위장한 대학생 여럿을 동원해 존재하지도 않는 항공편으로 가득한 이륙과 착륙 일정을 문의케 했습니다. 그야말로 포툠킨이 대견해할 일이죠.*

개막 일자가 다가옴에 따라 차르가 다른 이야기를 하기도 힘든 상황이었어요. 올림픽이 자기 치세의 정점이라고 생각했거든요. 나 역시 개막식 행사를 책임진 사람으로서 올림픽에 참여한다는 사실 자체가 황홀한 경험이긴 했습니다. 요컨대 고리가 완결되는 셈이었어요. 연극에서 출발하여 현실을 연출하는 지점에 이른 겁니다. 성과가 없다고는 누구도 말할 수 없지요. 지금 이렇게, 내가 힘을 보태 이룩한 현실을 무대 위에 펼쳐 보여달라는 요청을 받고 있지 않습니까. 단 이번엔 작은 전위연극 무대가 아니라, 전 지구인을 상대로 거대한 경기장에서 역량을 발휘해야 합니다.

기다리던 기회였어요. 실컷 조물주인 척 굴다 보니, 어느새 출구 없는 길목에 처박힌 상태였거든요. 이제 내가 바라는 건 예전으로 돌아가, 그동안 찾아낸 세상의 아름다움과 관계를 회복하는 일이었어요. 내게 원하는 게 러시아를 무대 위에 올려달라는 거라고? 러시아의 비극적인 위대함, 그 언어와 노래의 가슴 저리는 아름다움을? 나는 그 모두를 나 개인의 이야기로 녹여낼 생각이었습니다. 내 가족, 나아가 모든 러시아 가족

* 그리고리 포툠킨(1739~1791). 예카테리나 2세 시대 러시아제국 군인, 관료. 과장 또는 조작의 실효성을 풍자한 〈표툠킨 마을〉로 유명하다.

의 끊어진 실타래를 다시 하나로 엮는 이야기 말입니다.

우리는 아버지의 굴욕을 목도한 세대입니다. 신중하고 양심적이며 평생을 열심히 일한 사람들이 생애 말년에 이르자, 마치 자동차도로를 건너려 애쓰는 오스트레일리아 원주민 같은 신세가 되고 말았어요. 이런 사정은 평범한 이들은 물론 특권층 자제들에게도 해당합니다. 그동안 믿어온 모든 것이 무너져 내리는 현장을 속수무책 바라보고 있는 우리의 부모, 우리의 모범이자 힘 있다고 알려진 그분들의 황망한 모습을 우리는 목격했어요. 자신의 의무를 다했다는 사실만으로 조롱당하고 매도당하는 그들의 모습을 지켜보았습니다. 아니, 우리가 나서서 그들을 비웃고 질타했습니다. 내 생각에 우리 모두는 이런 장면에 크나큰 충격을 받았어요. 우리가 만들어낸 장면에 우리가 충격을 받았단 얘깁니다. 이후, 양심이 편한 사람은 아무도 없습니다. 이젠 그들을 정당하게 평가해주어야 해요. 그들과 더불어, 역시 모욕당해온 그들의 아버지까지. 러시아는 끝없이 다시 시작해야 할 운명입니다.

수년에 걸쳐 차르는 러시아 역사의 엉킨 실타래를 다잡아 일관성을 부여하기 위해 끈질긴 노력을 기울여왔습니다. 알렉산더 넵스키의 러시아, 정교회 체제의 제3 로마, 표트르 대제의 러시아, 스탈린의 러시아 그리고 오늘날의 러시아. 이 정도라면 푸틴의 훌륭한 면이 빛을 발했겠죠. 하지만 이후 그는 폭력의 연속성 안에서, 그토록 찾아 헤맨 얼개에 안착하려는 유혹을 이기지 못했어요. 어둡지만 위대함은 남아 있는, 다시 말해 이반 뇌제의 오프리치니키에서 출발해 차르의 비밀경찰과 스탈린의 체카를 거쳐, 오늘의 세친과 프리고진 같은 자들에 이르는 하나의 플롯 말입니다.

출신성분을 고려하면, 차르에게 아마 다른 선택의 여지가 없었을 겁니다. 원래 물리력을 앞세우는 사람들이 세상의 아름다움에 기여한 것은 없습니다. 그들의 역사는 이야기하기 위해서가 아니라 침묵하기 위해 만들어졌어요. 러시아 역사의 비극적이면서도 경이로운 모든 점이 그들 손에서 창백한 빛에 휩싸여, 유린과 희생의 연속으로 탈바꿈한 것입니다. 그런데 이제 세계가 우리에게 우리 역사가 어떤 식으로 세상의 아름다움에 기여해왔는가를 이야기해달라 요구하고 있어요. 이거야말로 세친이나 프리고진 같은 자들이 생각조차 할 수 없는 과제입니다. 걱정인 건, 푸틴 자신도 어디서 어떻게 시작할지 도통 모를 수 있다는 점이었죠.

나는 그렇지 않았어요. 안다고 믿었거든요. 무엇보다 어디를 파고들어야 할지 알고 있었습니다. 할아버지의 서재 책꽂이, 거기 있는 사냥 이야기와 아버지가 생애 마지막 몇 개월을 읽고 또 읽은 소설들 그리고 크세니야와 나의 젊은 시절, 모스크바가 오색영롱한 별무리로 화하던 바로 그 시절, 둘이 정신 없이 먹어 치운 광인과 예술가의 복잡다단한 계보를 파헤쳐 들어가야 했어요.

나는 그 시절 친구들을 불러 모으기로 했습니다. 많이는 오지 않았어요. 누구는 체제에 머리 숙이고 들어가기 싫다 했고, 누구는 할 수 있으면 좋겠으나 후진 취향의 정점을 드러낼 게 뻔한 메가 프로덕션은 사양이라는 뜻을 전해왔습니다. 분명한 건, 사업의 규모로 볼 때 뭔가 뚜렷한 인상을 남길만한 수단이 절실하단 점이었어요. 불특정 다수와의 소통을 원할 경우 가용한 언어는 오로지 '키치'입니다. 그래야 뉘앙스 없이 모든 게 간명해지니까요. 다만 그 키치 언어가 내 목적에 따라 휘어지고 왜곡되지 않으리라는 보장은 어디에도 없었습니다.

우린 작업에 들어갔어요. 자금은 무제한이었습니다. 차르는 전 지구를 상대로 자신의 위대함을 펼쳐 보이기 위한 비용에 인색할 사람이 아니었어요. 우리는 모든 분야에서 각기 최고를 선발했고, 진심으로 즐기며 일하기 시작했습니다. 무대 의상 전문가는 전통을 기반으로 인물들의 의상을 디자인하면서 일본 스타일리스트의 크로키로부터도 도움을 얻었습니다. 안무가는 '아버지 동무'가 끔찍이도 싫어하는 구성주의자들의 아이디어에 힘입어, 웅대한 양상으로 스탈린 시대를 연출했지요. 창작자들의 작업공간으로, 최대한 자주 드나들기 위해 크렘린 외벽 가까이 조성한 드넓은 오픈스페이스는 내가 텔레비전 프로듀서로 활동했던 시기를 떠올리게 했습니다. 거기 처음 모여든 사람들 다수는 15년 더 늙었을 뿐이지, 그때 그 얼굴들이었어요. 새로 합류한 젊은 친구들까지 가족 같은 분위기였습니다. 그동안의 경험을 통해 나는 미세하나마 진짜 금맥을 찾기 위해서는, 굵은 뿔테 안경에 색 바랜 티셔츠 차림, 60년대 스타일 쿼츠 손목시계를 착용한 얼굴들부터 꼼꼼하게 걸러내야 한다는 걸 터득하고 있었죠. 우리 젊은 일꾼들은 너나 할 것 없이 무늬만 예술가인 자들과 투박한 대중의 진정한 재능을 구분해낼 줄 아는 날카로운 혜안의 소유자들이었습니다. 겉만 봐서는, 모스크바 중심가 선술집에 모여 앉아 차르의 반대 세력 지원을 위한 플래시몹이나 궁리할 철부지들과 가끔은 헷갈리긴 하지만 말입니다. 어쨌든 그들의 터부룩한 머리와 보랏빛 벨벳 저고리는 크렘린 휴게실의 단골들과는 영 매치가 되지 않았어요. 얼마 지나지 않아 전통적 가치의 기수로서 올림픽 준비 상황을 감독할 문화부 장관이 슬슬 신경질적인 반응을 보이기 시작한 건 이해할 만한 일입니다. 궁정에 포진한 인사들 대다수가 그러하듯, 그 역시 나의 활동을 악의적인 시선으로 바라볼 준비가 언제든 되어 있었거든요. 그의 일과 내 일이 거의 항상 충돌하면서, 가끔은 내가 밟고 넘어서는 일도 없지 않았으니. 사사건건 위아래 없이 치고 들어오는 이런 행태가 좋게 끝날 리 없다는 생각이 들었을 법합니다. 아마 속으로 그랬을 거예요, 저 바라노프라는 자식, 애들을 부리는 놈이야, 아니면 애들과 한패야!

나와 차르의 관계가 확고해 보일 때는 별로 손댈 여지가 없었지만, 요즘 조금씩 균열이 가기 시작하자 (궁정 신료들 촉각이 얼마나 예민한지 도무지 벗어날 수가 없다니깐) 슬슬 개입할 때가 됐다고 판단했겠죠. 급기야 우리 중 일부가 붉은 군대 합창단으로 하여금 다프트 펑크의 노래를 부르게 할 거라는 소문이 돌자, 장관이 세친에게 면담을 요청한 모양입니다. 그런 연유로 나는 또다시 차르의 집무실에 불려들어간 거고요.

늘 그렇듯, 책상 너머 앉은 푸틴 옆을 지키고 선 세친은 시간을 낭비하지 않았습니다.

'바쟈는 지금 행사를 웃음거리로 만드는 중입니다. 모스크바에서 자기 똘마니들을 모조리 끌어모아 우리를 바보 취급하며 희희낙락하고 있습니다.'

언제나처럼 이고리는, 마치 신뢰도의 표시인양, 유머 감각이 철저히 배제된 얼굴을 보란듯 쳐들고 있었습니다. 차르는 무심한 듯 대답했어요.

'이보게 이고리, 그럼 어쩌겠나, 우리 바쟈는 원래 곡예사인 걸. 은행가들 틈에 낀 예술가나 예술가들 틈에 낀 은행가나 종 잡을 수 없긴 마찬가지야. 늘 다른 곳을 떠돌거든.'

세친은 누굴 이제 막 아프게 하려는 치과의사처럼 나를 노려보았어요. '조심하쇼, 바쟈. 당신 그러다 언젠가는 그네를 놓치게 되어 있어. 그럼 바닥에 곤두박질치는 거라고.'

어떤 의미론 그의 말이 옳았어요. 단지 그때 난 지고 들어갈 마음이 조금도 없었을 뿐.

'이봐요, 이고리, 지금 당신 앞에 있는 사람을 말뚝형에나 처할 국가 반역자로 아는 거요? 전대미문의 무대를 연출하기 위해 죽어라 일하는 거 안 보여요?'

세친은 한동안 얼빠진 표정으로 나를 쳐다보았습니다. 적어도 수년 전부터 차르를 제외하고는 자기에게 그런 투로 말을 하는 사람이 없었거든요. 너무 놀라, 화를 내지도 못할 지경이었습니다.

차르는 재미 있다는 표정이더군요. 아랫사람들이 서로 다투는 걸 그는 늘 흥미롭게 바라보았어요. 나는 작심하고 그를 향해 말했습니다.

'대통령님, 30억 명이 이번 무대를 지켜볼 예정입니다. 그중 대다수는 우리나라를 제대로 알지 못합니다. 단지 전에는 붉은 군대가 있었고 지금은 없다고 아는 정도죠. 그게 전부입니다. 그러니 욕심부려봤자 소용없어요. 우리는 두 시간 안에 우리의 러시아를 그들에게 소개해야만 합니다. 우리가 일으켜 세운 러시아, 우리가 열망하는 러시아의 모습을 말입니다. 아무 콤플렉스 없이 세계와 하나 되고 세계를 반영하는, 그리하여 세계에 영향을 주고 세계로부터 영향을 받는, 앞서가는 나라를 그들에게 보여주는 겁니다. 개방적이고 자신감 넘치는 러시아, 위대한 운명으로 모두를 열광케 할 뿐 아니라, 웃게도 만들 줄 아는 러시아. 요즘 사람들은 약간의 유머를 통해 서로를 이해하거든요. 그게 싫다면, 두 시간 동안 민속의상을 차려 입은 바부슈카들의 군무와 이고리식 군대 합창으로 사람들에게 지루함을 잔뜩 선사하면 되는 겁니다.'

푸틴에게도 모자란 점이 있지요. 하지만 어느 누구도 그가 사람을 있는 그대로, 특히 그의 목적을 위해 어떤 식으로 쓸모 있는가를 면밀히 따져 평가할 줄 안다는 사실을 부인하기는 어렵습니다. 아마 다른 일이었다면 세친을 택했을 거예요. 더 믿을 만하고, 더 복종적이며, 더 효율적인 부하니까. 하지만 세계를 상대로 대단한 볼거리를 만들어내는 일에선 나를 선호할 만큼, 푸틴은 상식을 가진 사람이었습니다. 의심할 여지 없이 이번이 마지막일 테지만 말이죠. 세친은 그걸 대비하고 있었을 거예요. 그러나 당장은 일을 마무리할 수 있느냐가 관건이었습니다.

그 기간만큼은 내가 누리는 호의를 십분 활용해야 했어요. 마음의 부담이었던 미하일 석방 문제를 놓고 차르의 최종 양보를 얻어내야 했기 때문이죠. 그가 없는 사이 크세니야가 내게 돌아왔다는 생각이 영 마음에 걸렸어요. 동등한 조건에서 자웅을 겨룰 필요가 있었습니다. 지금이 바로 그걸 할 때임을 직감한 거죠. 언제까지나 책의 장벽 뒤에 숨어 삶과의 대결을 회피해도 괜찮은 학생이 더는 아니었습니다. 나를 속이는 짓을 그만두었고, 세상 밖으로 나와 나의 첫 거위를 죽였으며 그 후로도 여러 거위를 처치하는 가운데, 힘의 정점에 도달한 몸입니다. 크세니야도 그걸 느꼈고, 그래서 내게 돌아온 거죠. 그 이유 때문에 앞으로도 내 곁에 머물 거고요. 미하일을 감옥에서 풀어주는 것은 바로 이 고리를 온전히 닫아걸기 위해 그동안 누락되었던 부속을 복구하는 일이었습니다.

석방을 위한 논거는 수없이 많았어요. 첫 재판 이후, 그는 시베리아와 중국 사이 국경지, 마치 화성에 온 듯 붉은 흙먼지 언덕뿐인 황량한 지역 한복판 크라스노카멘스크 수용소에서 형을 치렀습니다. 거기서도 평소 위엄과 용맹을 유감없이 발휘했더군요. 아마도 특유의 과한 오만이 극단적인 용기로 표출되었을 겁니다. 한번은 전직 자기 회사 임원 중 같이 수감된 에이즈 바이러스 보균자 한 명에 대한 치료를 요구하며 단식 농성에 들어갔었죠. 열흘이 지나자 검사가 마침내 두 손 들었습니다. 그런가 하면 수용소 내 재봉 작업실에서 온종일 일하는 감방 동료들의 작업 조건 개선을 요구해 뜻을 관철한 적도 있어요.

때마침 그의 어머니가 병환 중이셨습니다. 의사들이 최대 1년의 시한부 선고를 내린 상태였어요. 인간애를 보여줄 때였던 거죠. 차르도 그 점을 의식하고 있었습니다. 러시아인은 결단력 있는 단호한 지도자의 뜻을 따르기 좋아하면서도, 때로는 관대한 행위의 가치를 평가할 줄 아는 사람들입니다. 그리고 이건 사실 자신감의 문제였어요. 수년에 걸쳐 무한 권력의 기반을 다져왔으면서도, 차르는 다른 때 같았으면 존경받았을 적수에 대해 너그러움을 보일 만큼 아직은 자신이 충분히 강하다고 느끼지 못한 걸까요?

물론 대놓고 그런 표현을 쓸 순 없었지만, 나는 푸틴이 어느 정도 그런 식으로 문제를 바라보게끔 유도했습니다. 여러 해 그를 접해오는 가운데, 그 사고방식에 영향을 미칠 방법을 놓고 내게도 어렴풋하게나마 감이라는 것이 있었거든. 항상 맞아떨어지진 않았지만, 그땐 왠지 효과가 있더군요. 아무튼 올림픽 경기 개막 며칠 전, 차르는 마치 카이사르가 클라우디우스 마르켈루스를 사면해준 것처럼, 호도르콥스키의 석방을 공표했습니다.

크세니야는 교도소 앞으로 득달같이 달려갔습니다. 그녀는 미하일을 비행기에 태워 부모가 사는 베를린으로 데려갔고, 정상적인 생활을 다시 할 수 있을 때까지 며칠을 그와 함께 지냈습니다. 그러고 나서야 이혼할 뜻을 내비쳤지요.

크세니야가 나의 기대에 정확히 일치하는 행동을 한 건, 우리 관계에서 그때가 처음이었던 것 같습니다. 그녀는 단 한 순간의 지루함을 피하려고 도시 전체를 불태울 수도 있는 여자였어요. 그럼에도 그녀가 가까이 있다는 사실이 지금 내게는, 세상 어느 편안한 여자와 함께해도 경험할 수 없을 안정감을 주는 것이었습니다. 나를 선택하기 전, 크세니야는 숱한 남자를 배신하고 상처 주었듯이, 나를 배신하고 상처 준 것뿐이었어요. 이제 무기를 내려놓기로 했다면, 그건 지치거나 비겁해서가 아니라, 그동안 너무 많은 전투를 치렀고 그때마다 이겼기 때문입니다.

인생에 둘이 만나 서로 사귀는 것으론 부족해요. 최적의 시점에 그리되어야 합니다. 두 사람 모두 서로 축복 속에서 편안한 마음으로 결합할 시점 말입니다. 우리는 행복했고 우리 앞에 펼쳐질 미지의 나날에 대해서도 똑같이 행복했습니다. 이제 남은 건 개막식을 즐기는 일뿐. 굉장한 무대가 펼쳐질 예정이었습니다."

27

"복면을 착용한 사람들이 어둠을 뒤흔드는 우렁찬 북소리에 맞춰 거위걸음으로 무대를 걸어 나옵니다. 그들은 삽시간에 경기장 중앙에 모여 횃불로 스바스티카를 그렸습니다. 그런 다음, 경찰들을 향해 돌멩이와 몰로토프 칵테일을 던지기 시작했습니다. 경찰은 최선을 다해 방어했지만, 역부족임이 빤히 보였습니다. 우크라이나 장갑차량들이 눈에 확 띄는 깃발을 펄럭이며 도착했고, 경찰은 마지막 한 명까지 모조리 제거되었습니다. 그 순간, 귀에 익은 목소리가 확성기를 통해 소리치기 시작합니다. '유럽의 영원한 하인들아! 아메리카의 정신적 노예들아! 너희는 아버지의 역사를 더럽혔고, 선조의 무덤을 팔아치웠다! 너희는 아돌프 히틀러의 야심을 실현하고자 우크라이나에 불을 지르고 우크라이나를 피로 물들였다!'

그러는 사이, 성조기 색깔로 칠한 두 개의 거대한 기계 손이 불붙은 우크라이나 모형을 들어 올립니다. '너희에겐 조국보다 외국 땅이 더 소중하구나. 그 때문에 너희 귀엔 너희 주인 목소리밖에 들리지 않고, 그 앞에 영원히 엎드려 절하는구나! 너희에게 러시아는 안중에도 없구나!'

바로 그때, 러시아의 애국자들이 대열을 이루어 경기장으로 쇄도합니다. 그들이 나치와 우크라이나 군대에 맞서 싸우기 시작합니다. 섬광, 폭음, 땅에 널브러진 시체들. 전투 결과는 명확지 않고, 포연과 어둠이 승자를 못 알아보게 방해합니다. '밤의 늑대들'이 요란한 굉음을 내며 무대에 등장해 국가가 연주되는 가운데 러시아 국기를 흔들어대기까지, 그와 같은 상황이 계속됩니다. 서서히 안개가 걷히자 땅에는 피투성이 나치의 시신들이 여기저기 누워있습니다. 차르의 사전 녹음된 연설이 확성기에서 흘러나옵니다. '국수주의자들, 네오나치들, 러시아 혐오자들, 반유대주의자들은 권력을 차지하기 위해 물불을 가리지 않았습니다. 그들은 테러와 암살, 폭동을 일삼았습니다. 우크라이나 시민들의 절박한 구조요청을 우리가 모른 척할 거라고 어찌 감히 생각했을까요? 우리는 결코 그럴 수 없었습니다, 그건 배신이니까요! 러시아와 우크라이나는 이웃일 뿐 아니라, 늘 강조해왔듯, 하나의 민족이니까요! 키이우는 러시아 민족의 모태입니다. 옛 루스족은 우리 모두의 뿌리이며, 우리는 어느 한쪽 없인 생존할 수 없습니다. 우리는 많은 것을 함께 이뤄왔지만 앞으로 이뤄갈 일이 더 많이 남았으며, 새로운 도전들에 직면해 있습니다. 나는 확신합니다, 우리는 모든 난관을 극복할 것입니다. 우리는 하나이기 때문입니다! 러시아 만세!'

불꽃과 연기가 치솟으며 장관이 일단락되자, 레이저 광선이 어둠 속을 종횡무진 누빕니다. 경기장 외곽의 대형 서라운드 시스템에서 나오는 헤비메탈을 터빈 돌아가는 먹먹한 기계음이 덮어버립니다. 동쪽 산지에서 불어닥친 바람이 분리주의자들 깃발과 거대한 플래카드를 마구 흔들어댑니다. '밤의 늑대 있는 곳에 러시아가 있다.' 열광에 휩싸인 누군가 하늘을 향해 칼라시니코프를 난사하는 가운데, 구경꾼들은 입을 벌린 채 무대를 주시합니다, 일시적으로 청력을 상실한 사람들처럼 멍하니.

나 또한 정신이 멍해진 걸 인정하지 않을 수 없더군요. 몇 달 전, 올림픽 개막행사는 대성공이었습니다. 애니메이션 영상이 펼쳐지면서 러시아 역사의 위대한 단계들을 하나하나 짚어가는가 하면, 황홀하게 지켜보는 사람들 눈앞에 성 바실리카 대성당의 화려한 돔들이 떠오릅니다. 나타샤와 안드레이

공작은 황궁 무도회에서 춤을 추었고요, 발끝으로 푸른 행성을 딛고 우주공간을 떠다닌 금발의 여자아이가 결국엔 코뮤니즘의 붉은 풍선을 놓아버립니다. 스트라빈스키의 〈불새〉의 악상이 올림픽 성화를 호위하는 가운데, 붉은 군대 합창단은 〈겟 럭키〉*를 불렀어요. 그날 밤 호텔로 돌아오면서 나는 드디어 내 인생 역정에 하나의 출구를 마련했음을 직감했습니다. 단 몇 시간 동안일지언정, 나는 마법의 세계를 창조한 겁니다.

그런데 지금 그와는 조금 다른 광경을 접하고 있어요. 묵시록적 영화의 세트장을 보는 기분이었습니다. 폐차된 차체들이 여기저기 나뒹구는 황량한 달 표면 같은 풍경. 메탈풍 재킷 차림의 바이커들이 천천히 오가는 가운데 가스분출 기둥의 화염이 간헐적으로 빛을 뿌리고, 그 배경에는 철조망 장벽을 둘러친 루한스크 소재 '밤의 늑대들' 본영이 어렴풋이 보였습니다.

'어떤가요, 바쟈? 쇼는 즐거웠나요?'

조금 전 무대를 쿵쿵 울리던 굵고 낮은 목소리가 이제는 내게 말을 하고 있었습니다. 잘도스타노프는 우크라이나 동부 애국 전쟁의 최전방인 돈바스 지역으로 옮겨간 상태였어요.

* 다프트 펑크의 2013년 곡.

차르가 정규군을 동원해 엄연한 주권국을 침범하는 건 있을 수 없는 일이니까. 그래서 용병과 민병대로 이루어진 이상한 군대를 만든 거죠. 공식적으로 이들은 의용병과 아프가니스탄 및 체첸의 베테랑들로, 휴가를 이용해 마이단 나치들로부터 친러시아 우크라이나인을 지켜내기로 결심한 사람들입니다. 그들은 비버 털모자도 허리를 조인 긴 검정 외투도 없지만, 그 밖에 모든 점에서 영락없는 19세기 카자크족이었어요.

알렉산더는 그들을 앞장서서 이끌 카리스마 넘치는 우두머리 역이었던 거죠. 군살 하나 없는 몸에 구릿빛 피부가 그의 좋은 컨디션을 말해주고 있었어요. 놀랄 일도 아니었죠. 혼란기에 처한 러시아에는 항상 이런 부류의 사내들, 모험가랄지 무리의 두목, 가진 것 없이 시대의 파란을 질주하는 풍운아들이 등장하곤 했으니까요. 알렉산더도 그중 한 명이었어요. 그는 규칙 없는 세상을 좋아했습니다. 어떤 일도 일어날 수 있다는, 그걸로 족했어요. 추종자들은 그를, 눈앞에 강림한 전쟁의 신처럼 받들었습니다. 그들은 평화로운 시기에 자기들로선 언감생심이었던 것을 이제는 무기를 앞세워 차지할 수 있다는 생각에 모두 도취했어요. 새카만 선글라스와 번호판 없는 사륜구동 지프, 턱수염과 문신과 쩌렁쩌렁한 음악 그리고 반자동 소총이 그들의 공통된 행색이었습니다.

잘도스타노프는 우크라이나 동부지역의 임박한 승리를 자축하기 위해 직접 연출한 무대 뒤에서 나와 재회했어요. 나는 토르 신에 대한 그의 해석을 칭찬해주었습니다. 알렉산더는 겸허한 태도로 받아들였고요. 그의 동작에서 절도가 느껴졌습니다. 그의 손짓 하나로 플라스틱 얼음통에 담긴 보드카 한 병과 훈제청어 한 접시, 두껍게 썬 검은 빵 몇 덩이가 차려지더군요.

'이봐요, 알렉산더. 지난번 만난 이후, 알다시피 난 당신에 대한 큰 그림을 그리고 있었어요. 그런데 이렇게 로마 지방 총독이 되어 있을 줄이야…'

「목매 죽을 사람은 익사하지 않는다」고들 하지 않습니까, 바쟈.'

바이커가 보드카 한잔을 후딱 들이켜고는 말을 이었어요.

'그나저나 2세가 생겼다고 하던데. 진작 그랬어야지!'

'아직은 아니오. 별 탈 없으면 몇 주 후. 딸이면 좋겠는데 말이야.'

모스크바의 쓸만한 소식통들과 교류하는 게 분명했어요. 하여튼 러시아인은 건배할 거리를 찾는 데 도가 튼 사람들이라니까.

'아까 깃발들 봤어요? 이제 연방기는 사용하지 않습니다. 벌

써 다들 다른 생각을 하고들 있어요.'

그러잖아도 바이커들이 공연 내내 잘도스타노프에겐 하나
의 강박이나 다름없는 쌍두독수리 문양의 옛 제국기를 흔들어
대더군요.

'우린 더 이상 공화국이 아닙니다, 바쟈. 우린 도로 제국이
되었어요. 우린 새로운 땅을 정복할 겁니다. 그래서 이미 차르
를 지도자로 모신 거예요. 블라디미르 푸틴 황제 폐하!'

다시 건배를 한 다음, '와줘서 고마워요, 바쟈. 당신에게 할
얘기가 많아요. 이제 다음 단계들과 관련해서 분명히 짚고 넘
어갈 때가 됐다고 생각합니다.'

나는 웃음을 참았습니다. 잘도스타노프가 다음 단계들에 대
해 분명히 짚고 넘어가겠다고 하는 거예요. 쌍두독수리가 뇌
를 쪼기라도 한 모양입니다.

'지금 단계에선 우리 앞에 두 가지 가능성이 있다고 봅니다.
첫째가 제일 나은데, 크림반도에서처럼 하는 겁니다. 국민투
표를 실시하는 거예요. 그럼 민중의 열기 속에 돈바스는 다시
금 어머니 러시아의 일부가 될 겁니다. 차르가 이전 정복지에
하나를 더하는 거죠. 제국의 재건을 위한 새로운 발걸음을 내
딛는 겁니다….'

'둘째는 뭐죠?'

'둘째 가능성은 이보다 조금 못한데, 달리 방법이 없을 경우, 돈바스 공화국의 독립을 선포하는 겁니다. 당신들은 모스크바에서 이를 승인하고, 필요하면 벨라루스라든가 투르크메니스탄 같은 나라들도 이에 동참하는 거죠. 그래서 우리 쪽 정부, 우리 쪽 의회를 세우는 겁니다. 우리 사람들을 심어서, 향후 이어질 절차들이 우리 쪽에 맞춰 진행되도록 하는 거예요.'

'음, 내가 보기엔 아무래도 셋째 가능성을 고려해야 할 것 같군요, 알렉산더.'

잘도스타노프스키는 어안이 벙벙한 표정이었어요.

'미안하지만, 아무래도 당신 살짝 맛이 간 것 같아.'

'무슨 소리요? 나 멀쩡합니다. 난 그저 승리를 확고히 하는 방법을 이야기하고 있을 뿐이에요.'

'바로 그겁니다, 알렉산더. 승리. 그 문제에 관해 오해가 있는 것 같아 걱정이란 얘기예요.'

잘도스타노프는 약간은 적의를 품은 눈빛으로 나를 바라보았습니다.

'현지 민병대 지휘관들은 이해하지 못하고 있어요. 그들은 아직도 승리라는 순진한 목표에 사로잡혀 있습니다. 하지만 당신은 그 정도 바보가 아니에요, 알렉산더. 당신은 전쟁이 하나의 과정일 뿐이며, 목적지는 군사적 성공 이상의 무엇이라는 점을 잘 알고 있어요. 오히려 우리의 성공이 완벽하지 않고, 최종적으로는 정복이 이루어지지 않을 필요가 있습니다. 도대체 정복지를 두 개 더 늘려 러시아가 얻는 게 무어라 생각합니까? 크림반도야 원래 우리 것을 되찾았다 칩시다, 하지만 이번엔 목적이 달라요. 이번 목적은 정복이 아닙니다. 혼돈이에요. 오렌지 혁명이 우크라이나를 무정부상태에 빠트리는 장면을 모두가 지켜봐야 하는 거예요. 서구인을 신뢰하는 오류를 범할 시 결과는 이렇다! 결국 그대는 절체절명의 난국에 봉착할 것이며, 파괴된 나라의 현실에 외로이 직면하게 될 것이다!'

굳이 말하자면 거친 자들에 둘러싸인 터라, 나는 이 다정한 친구의 과민한 비위를 되도록 건드리지 않으려고 조심했습니다.

'이 전쟁은 현실에서 벌어지는 게 아닙니다, 알렉산더. 사람들 머릿속에서 치고받는 전쟁이에요. 전장에서 당신들이 벌이는 활동의 중요성은 얼마나 많은 도시를 정복하느냐가 아니라, 얼마나 많은 사람의 머릿속을 파고드느냐로 결정되는 거예요. 이곳이 아니고 모스크바, 키이우, 베를린에서 말입니다. 생각해봐요, 우리 러시아 동포가 당신들 덕분에 선과 악의 싸움을 지켜보면서 삶의 영웅적 의미를 되찾는다는 것을! 우크라이나의 나치 세력과 서구인의 타락으로부터 우리의 가치를 수호하는 차르를 찬양한다는 사실을 말입니다! 우리의 젊은 세대는 90년대의 혼돈을 몰라요. 푸틴이 조국 러시아의 안정과 위대함을 지켜냈다는 걸 누군가는 그들에게 깨우쳐줘야 합니다. 아울러 당신들 덕분에 자기 실수를 깨닫는 우크라이나인들을 생각해봐요. 그들은 오렌지 혁명이 자기들을 유럽으로 인도할 거라 기대했지만, 실상은 중세의 암흑과 무정부상태, 끝 모를 폭력으로 끌어내렸어요. 서구인은 또 어떤가요. 당신들 덕분에 다시 러시아를 두려워할 만큼, 존중이란 걸 배우게 됩니다. 역사의 종언을 믿었다가, 이제는 그게 얼마나 큰 착각인지를 깨닫는 거죠. 인간으로 산다는 것, 싸우다 기꺼이 죽는다는 것이 무얼 의미하는지, 우리는 잊지 않았습니다. 우리는 손을 더럽히는 걸 두려워하지 않아요. 산다는 것과 죽지 않으려 애쓴다는 것은 매우 다릅니다. 저들은 잊었을지 모르나, 우리는 아니에요. 우리가 여기서 싸우는 건 바로 그 점을 저들에게 깨우쳐주기 위해서입니다, 알렉산더.

　이 모두가 당신들 덕분이에요. 당신과 현재 돈바스에서 전쟁을 수행 중인 영웅들 말입니다. 단지 필요한 건, 당신들 스스로, 상상을 뛰어넘는 위대한 드라마의 배우들임을 자각해야 한다는 겁니다. 눈앞에 벌어지고 있는 현상을 훌쩍 뛰어넘는 어떤 것.'

'그게 언제 끝나냐고요!'

잘도스타노프는 나름 수사적 표현을 즐기면서도, 어쩜 바로 그렇기 때문에, 그 수사적 표현의 효과에 이상하리만치 둔감 했어요.

'더 이상 우리에게 도움이 되지 않을 때.'

잘도스타노프는 잠시 입을 다물더니 이렇게 말했어요.

'드라마라고 했소? 내 느낌엔 코미디 같소이다, 바쟈. 지금 무슨 일이 진행되고 있는지 내가 모를 거라 생각하오? 당신이 키이우를 뻔질나게 드나드는 거, 여기서도 말들이 많아요. 당신이 무얼 하려는지 우리도 압니다. 우리를 압박 수단으로 활용하고 있죠. 당신은 돈바스가 계속해서 우크라이나의 일부이 기를 바라고 있어. 그래야 돈바스를 통해 키이우 정부를 협박 할 수 있으니까.'

나는 애써 자제하고 있었습니다. 그러나 일개 무뢰한이 자기 소관 아닌 문제에 자꾸 끼어드는 걸 보면서 슬슬 참기가 어려워지고 있었어요.

'그렇게는 안 될 거요, 바쟈. 결국엔 파탄 날 거라고. 키이우에서 당신이 기회주의적인 정치 놀음이나 하게 뒤를 봐주려고 여기 친구들이 무기를 든 게 아니오. 저들은 조국을 위해 싸우고 있어요. 저들이 원하는 건 「노보로시야」*란 말이오. 당신이

키이우의 나치에 대한 협상카드로 자기들을 이용하고 있는 걸 아는 날엔….'

'그래, 어찌 될 것 같소, 알렉산더? 어서 말해봐요, 나도 참 궁금하외다.'

나는 참을 수 없었어요. 잘도스타노프는 입을 다물었습니다.

'내가 말해주지. 아무 일도 일어나지 않을 거요. 설마 당신이 기껏 공들여 기여한 작품의 피해자라고 말하는 건 아니겠죠? 하나 물어보겠는데, 정 그리 부르고 싶다면 말이지만, 그놈의 「코미디」를 위한 자금은 어디서 온 겁니까, 알렉산더?'

잘도스타노프가 사납게 꼬나보았습니다.

'그야 모스크바지.'

'무기는 어디서 왔죠?'

'모스크바.'

'매춘부는? 당신들이 그 정도 누릴 만하다고 우리가 판단하면, 창녀도 모스크바가 제공합니다. 자, 둘 중 하나요, 알렉산

---

* '새로운 러시아'라는 뜻. 러시아제국 시대 영토 편입된 지역으로 현재 우크라이나 동남부를 가리킨다. 푸틴이 '강력한 러시아'를 표방하며 공론화한 슬로건이기도 하다.

더. 내가 낙하선 태워 꽂아준 행운을 계속 누리든가, 더는 어울리지 않는 짓 당장 그만두든가. 당신은 이미 알렉산더 잘도스타노프, 민중해방을 위해 싸우는「노보로시야」의 순교자가 되신 몸. 하지만 잘 생각해요, 내가 플러그 뽑아버리는 건 한순간이니까. 그다음엔 당신 사정이 한층 골치 아파질 수 있어요.'

허름하기 짝이 없는 장소가 어느새 살벌한 적막이 감도는 바카라룸으로 변해 있었어요. 벽에 걸린 스탈린의 초상화와 오바마의 캐리커처가 무심한 눈길로 우리를 내려다보고 있었습니다. 잘도스타노프는 다시금 그 어린아이의 토라진 표정으로 생각을 곱씹기 시작했어요. 이따금 손을 움직여, 장식용으로 착용한 탄띠를 만지작거렸습니다. 내가 한 말을 곰곰이 생각하는 건지, 내게 총알을 한 방 박아넣을 궁리를 하는 건지, 그도 아니면 그냥 너무 취해 무슨 얘기든 운을 떼기가 어려운 건지 아무도 알 수 없었어요.

급기야 천천히 일어난 그가 말했습니다.

'따라와요, 바쟈.'

바이커는 밖으로 나가, '밤의 늑대들'이 기지로 선정한 공터 옆 폐기물하치장으로 말없이 나를 데려갔어요. 한쪽에 오렌지색 청소 트럭들이 일렬로 서 있는데, 뒤쪽 화물 칸을 들어내고 박격포를 설치했더군요. 어렴풋하게만 보이던 폐기물하치장의 전모가 뚜렷하게 드러났습니다. 부서진 냉장고, 문손잡이, 알록달록한 헝겊 조각, 잡다한 가정용품 부속들이 여기저기 쌓여있었어요. 잘도스타노프는 그중 한곳에 올라, 뭔가를 찾는 듯 묵직한 닥터마틴 밑창으로 이리저리 쑤셔댔습니다.

'그렇지, 적어도 하나는 얻어걸린다니까.'

그는 허리를 숙여, 흙먼지가 뽀얀 분홍색 플라스틱 덩어리 하나를 집어 들었어요.

'이봐요, 바쟈. 당신 딸 선물로 이거 어떻소?'

처음엔 그가 건네는 물건을 못 알아봤습니다. 손에 쥐고 보니, 인형이더군요. 한쪽 팔이 달아나고 없었습니다. 아마도 폭탄 세례 속에 잃었든가, 그 전에 여하한 이유로 떨어져 나갔겠거니, 속으로 생각했습니다. 그 부서지고 더럽혀진 작은 물건도 예전에는 어엿한 이름을 가졌겠죠. 어느 소녀가 그걸 갖고 온종일 실컷 놀았을 테고요.

군용비행기가 나를 모스크바로 실어 나르는 내내, 한마디도 할 수 없었습니다. 크렘린으로 들어와서도 침묵하기는 마찬가지였어요. 누가 뭘 물어보면 간단히 대답할 뿐, 그게 전부였습니다. 말씨름하고 싶지 않았어요. 나의 논거는 언제나 정당했지만, 그 힘으로 밀고 온 곳이 여기인 겁니다. 나는 세련된 솔루션을 내놓을 줄 아는 사람이었어요. 그러다 보니, 탄피를 두른 일개 카자크를 앞에 놓고 전쟁은 지속되어야 한다, 병원과 학교에 계속해서 포탄을 퍼부어야 한다, 심지어 내키지 않아도 동기가 부족해도, 나의 섬세한 머리가 고안한 섬세한 기획이 요구하므로, 그렇게 해야만 한다는 설명을 거듭하고 있었던 겁니다.

차라리 입을 다무는 게 나았습니다. 아니 아무 생각도 하지 않는 게 훨씬 나았어요. 괜히 머리 굴리지 않으면, 진실은 있는 그대로 드러나곤 했습니다. 차르의 제국은 전쟁에서 태어났으니, 결국 전쟁으로 회귀하는 것이 논리적이지요. 우리가 쥔 권력, 그 태생적 악의 흔들리지 않는 근거가 바로 전쟁인 셈입니다. 과연, 면밀히 따질 때, 우린 거기서 꼼짝이나 했던 걸까요? 세상 이치가 달라졌을 리 없죠. 애초에 그걸 알았기에, 나는 푸틴과 함께 이 길을 가기로 한 겁니다. 신념이 있어서도 아니고 이득을 바라서도 아니었어요. 그냥 호기심에서 그런 겁니다. 나 자신을 시험하고 싶었어요. 더 나은 할 일이 없었다고나 할까. 대다수 인간에게 동기를 부여하는 일들보단 그래도 이 길이 낫다는 생각. 탐욕, 갈망, 복수심, 맹신, 남을 지배하고픈 욕망. 나는 세상을 바꾸고자 한 게 아니었어요. 다만, 다른 이들이 내 자리에 앉아 세상을 더 나쁜 쪽으로 몰아가는 걸 막고 싶었을 뿐입니다. 딱히 그대로 된 건 없지만 말이죠.

우크라이나 전쟁도 다른 전쟁과 다르지 않았습니다. 전쟁을 원한 건 내가 아니었어요. 더욱이 나는 격렬하게 반대를 외친 사람입니다. 하지만 차르가 일단 결정한 뒤론, 성공적인 전쟁 수행을 위해 내가 할 수 있는 최선을 다했습니다. 그게 습관이 었고, 자존심이었어요. 할 수 있으니까 한 겁니다. 시작부터 그런 식이었어요. 모스크바 폭발사건, 체첸전쟁이 그랬고, 호도르콥스키의 검거와 베레좁스키의 몰락이 또한 그러했습니다. 그 모든 일이 내가 원한 게 아니었단 얘깁니다. 다만 모두가 나의 지칠 줄 모르는 노고에 기댔을 수는 있겠죠. 나는 실패한다는 생각을 견딜 수 없었습니다. 다행히 운이 좋았고, 거의 언제나 성공했어요. 그리고 지금 그 모든 노고에 걸맞은 전리품을 손에 넣고야 만 겁니다. 흙과 돌가루로 더럽혀진, 이름 모를 인형 하나를."

28

"세친의 완벽한 사각형 얼굴이 내 사무실 문 앞에 나타났습니다.

'잠시 방해해도 되겠소, 바딤 알렉세예비치?'

이고리가 굳이 나를 보러 들릴 정도면, 아주 안 좋은 소식을 전하겠다는 뜻입니다. 그는 최소 세 곳의 서로 다른 정보기관에서 이미 자세한 내용을 보고받았을 나의 돈바스 방문에 관한 질문부터 시작해, 용건을 빙빙 돌려 말하고 있었습니다. 급기야 올빼미 같은 눈으로 노려보며, 그가 말했어요. '그나저나, 바딤 알렉세예비치, 미국 애들 소식 들었소?'

'미국 애들요?'

'자기네 땅 입국 불허자 명단을 작성한다는 것 같더라고. 거기 당신 이름이 있다는군.'

세친은 나를 뚫어져라 쳐다보며 일말의 낭패한 기색이라도 찾아내려 애쓰고 있었어요.

'당분간 뉴욕 갈 생각은 말아야겠어.'

'아, 우크라이나 관련 제재 조치 말이군. 추진하기로 했답니까?'

'월요일부터.'

체키스트는 뿌듯해 보였습니다. 내 이름이 명단에 올랐다는 사실을 확인하는 걸로 오전 근무를 때운 상태였어요.

난처한 일이긴 했습니다. 뉴욕뿐만이 아니었어요. 캘리포니아주, 메인주, 콜로라도주의 볼더도 마찬가지였습니다. 미국의 이번 입국 불허는, 세친이 꿈도 꾸지 못할 즐거움을 내게서 앗아간 조치였어요.

'또 다른 소식도 있긴 한데.'

이번엔 별것 아니라는 투지만, 알고 보면 결코 그렇지 않았어요. 그는 가장 중점을 둔 사안일수록 그런 태도를 가장하곤 했습니다. 바야흐로 내게 결정타를 날릴 참이었어요.

'당신 이름이 유럽 애들 리스트에도 올랐다지.'

빌어먹을. 바로 이것 때문에 애써 내 방까지 찾아와 소식이랍시고 늘어놓은 거였어요. 유럽을 잃었다는 걸 알았을 때의 내 표정이 보고 싶었던 겁니다. 나에 대해 아무것도 모르는 이

자가 나를 아프게 하는 방법 하나엔 도통했다는 생각이 들더군요.

큼직한 돌멩이, 아니 바윗덩어리가 내 안으로 날아들었어요. 방금 가슴을 뚫고 들어와 허공으로 곤두박질쳤습니다. 어둠 속, 바닥없는 내면으로 추락하고 있었어요. 유럽이라니. 있을 수 없는 일입니다. 내가 유럽에서 배척당하다니, 그게 무슨 뜻인지 압니까?

세친이 즐거워하게 놔두지 않으려고 나는 젖 먹던 힘까지 쥐어짜며 버텼습니다. '괜찮아요. 마침 새로운 터전을 개발할 생각이었으니까. 근데 당신은 어때요, 이고리, 움브리아에 있는 당신의 대저택?'

그에겐 더없이 소중한 재산이 그 저택이었죠.

세친은 갑자기 아무런 표정 없는 얼굴이 되었는데, 그거야말로 감정이 격해졌을 때 보이는 현상이었습니다.

'까짓, 오래된 돌무더기일 뿐인데 뭐. 캅카스 지역에 똑같은 거 하나 짓는 중이오.'

그러고는 휙 돌아섰어요. 어쨌든 임무를 완수했다는 투였습니다. 내 입장에선 선택의 여지가 별로 많지 않았어요. 나는 즉시 수화기를 들고, 제재 조치 발표에 맞춰 공표할 입장문을 홍보 담당관에게 불러주었습니다. '제 정치 이력의 오스카상 수

상과 마찬가지라고 생각합니다. 그만큼 제가 조국을 위해 명예롭게 헌신했다는 뜻이니까요.'

다음엔 집으로 전화를 걸었지요. 크세니야는 휴대폰을 사용하지 않았는데, 그날 아침은 다행히 외출하지 않았더군요. 나는 그녀와 공항에서 만나기로 약속을 잡았습니다.

그로부터 몇 시간 후, 우리는 유럽에서의 마지막 주말을 보내기 위해 내가 제일 좋아하는 도시에 착륙했습니다. 호텔로 향하면서, 스톡홀름의 대로변에 근엄하게 늘어선 붉은 벽돌 건물들을 우리는 말 없이 지켜보았어요. 이곳의 눈은 모스크바처럼 시커먼 진창으로 변하지 않고, 불가사의한 백색 그대로를 유지하고 있었습니다. 스웨덴에서는 이 문제를 가장 우선하여 해결한 듯 보였어요. 당신네 유럽인이 다 그렇듯, 사람들은 인도 위를 조바심 하나 없이 느긋하게 걸어 다니고 있었습니다. 오후 네 시 무렵, 그러니까 겨울 오후의 지친 태양이 기울기 시작하는 그때쯤, 얼어붙은 바다 위로 거만하게 솟은 건물들의 파사드가 조금 부드러워지나 싶더니, 하나둘 불이 들어오며 환해지는 창문들로 인해 마치 마법처럼 온화한 자태를 뽐내기 시작했습니다. 순간 그런 생각이 들더군요, 역시 스탠드 조명은 확실히 다르다는. 러시아에선 사실상 스탠드 조명을 쓰지 않습니다. 모스크바든 상트페테르부르크든 번화가를 걸어보세요. 위에서 무차별적으로 쏟아지는 천장 등의 눈부신 조명이 모든 건물의 창문을 환히 밝히고 있을 거예요. 천장 등은 일단 편리합니다. 버튼 하나만 누르면 강한 불빛이 방 전체를 균일하게 비추니까요. 텔레비전과도 죽이 잘 맞는 조명 방식이죠. 스크린에 불빛이 반사되지도 않고, 이상적으로 어우러지면서 보기가 편합니다.

반면 스탠드 조명은 별로 편하진 않습니다. 하나하나 따로 불을 켜야 하고 천장등 하나와 맞먹는 빛의 양을 얻기 위해서 최소한 서너 개의 스탠드가 필요하지요. 대신 그 조명이 가구와 벽에 그리는 그림자들은 누군가와의 대화를 이어가거나 오래된 책을 읽는 일, 모닥불과 실내악을 즐기기에 어울리는 분위기를 만들어냅니다. 당신네 나라에서 휴대전화 불빛 때문에 자취를 감춘 모든 것이 그 안에 포함된단 말이죠. 그러나 아직 스탠드 조명을 둘러싼 환상은 건재합니다. 밖에서 볼 때 부드럽고 어스름한 빛에 감싸인 방들, 그 안에 사는 사람들은 평생 동화나 두런두런 이야기하며 살 것 같다는 생각을 하게 돼요. 러시아인들에겐 허용된 적 없는 사치 말입니다.

저런 건물 안에서의 삶을 궁리해보는 일은 늘 나만의 작은 일탈 중 하나였습니다. 앞으로 이틀 후면 엄격한 제재 조치가 발동될 것이고 그런 환상은 불가능해지겠죠. 나 같은 사람에게 그건 역전된 추방이자 가장 혹독한 형벌을 의미합니다.

그때 문득 베레좁스키가 생각나더군요. 런던에서 보낸 그의 마지막 몇 해 말입니다. 그는 러시아를 끝내 떨쳐버리지 못했어요. 그에게 러시아적 삶이 주는 즐거움에 버금갈 만한 건 세상 어디에도 없었습니다. 천장의 적나라한 조명 아래 아무런 필터 없이 현실을 바라보는 일 말입니다. 나 같았으면 떨쳐버릴 수 있었을 거예요. 내가 그였다면, 런던에 살았다면. 아니 유럽 어디에서든 가능했을 겁니다. 변두리 작은 건물, 연철로 된 문을 열고 들어가 계단 두 개만 오르면 안으로 들어갈 수 있는 그런 집에서 얼마든지 살 수 있었을 거예요. 거길 책으로 가득 채우고, 동네 쓸만한 카페나 선술집을 알아두었다가 저녁에 위스키 한잔하러 들리곤 했겠죠. 거의 매일 같은 코스를 산책하면서, 가끔은 러시아 생각에 젖어들었을 겁니다. 마치 자기 자식들을 잡아먹는 건망증 심한 어머니를 생각하듯이 말이죠. 그런 어머니에게서 나는 도망쳤겠고, 살아남았을 거예요. 아닐지도 모르고. 어쨌든 나는 이미 늦었겠죠. 하지만 내 딸은, 내 딸만큼은 살아남을 겁니다. 그 아이는 러시아가 어쩌지 못할 거예요.

하지만 현실은 그런 식으로 흘러가지 않았죠. 인정해야만 했습니다. 유럽의 정겨움, 세상의 잔인함을 가려주는 스탠드 조명을 단념할 때가 온 거죠. 언젠가는 이런 순간이 올 것을 나는 마음 깊은 곳에서 알고 있었어요. 차르와 처음 눈을 마주쳤을 때부터. 그 눈빛은 전혀 유럽적이지 않았습니다. 따뜻함이라곤 찾아볼 수 없었어요. 걸리적거리는 걸 일절 허용치 않는, 오직 필연의 결단뿐이었습니다.

다음 날 아침, 좋아하는 호텔의 아담한 스위트룸에서 우리는 눈을 떴습니다. 스톡홀름의 중심부 섬에 위치한 전원주택형 건물이었어요. 짙은 해수면을 바라보는 하얀 목재 발코니에서 우리는 아침 식사를 했습니다. 멀리 항구의 크레인들이 부산하고 활동적인 세상의 존재를 어렴풋이 느끼게 하고 있었어요. 그 희미한 메아리가 이곳까지 날아와 나의 우울함과 크세니야의 권태를 휘감고 있었습니다.

나는 프리다이버처럼 내 삶을 올려다보았어요. 수면에 반짝이는 삶을 보면서도 나는 숨을 쉴 수가 없었습니다. 숨을 쉬어본 지가 20년이 다 되어가더군요. 그 세월이 쏜살같이 지나갔다는 얘기가 아닙니다. 오히려 수많은 생을 살아온 기분이었어요. 그런데도 단 한 순간을 제대로 숨 쉬어보지 못한 겁니다. 나는 계속해서 숨을 참고 있었어요. 그러다가 이제야 저 멀리 내가 가야 할 곳이 보이기 시작했어요. 모든 선택이 이미 이루어져 남은 건 단순한 형식뿐인, 그리하여 선택의 필요성이 더는 제기되지 않는 종착점 말입니다.

원래는 온종일 내 신세를 측은히 바라보며 지낼 참이었습니다. 그럴 자격은 충분하다고 생각했거든요. 한데 그건 곁에 있는 크세니야의 치열한 지성을 고려하지 않은 생각이었어요. 비록 내게 호의적으로 돌아서긴 했으나, 여전히 그녀는 위협적인 존재였습니다. 내가 또 나 자신을 속이는 걸 그녀가 두고 봐줄 리는 없었어요.

우리는 유르고르덴섬의 바다를 따라 걷고 있었어요. 한 시간 전에 호텔을 나와 잠시 팔짱을 끼고 수다를 떨며 걸었지만, 금세 적막이 둘을 에워싸 각자의 동작을 휘감았습니다. 그 뒤로는 우리 두 사람의 숨소리와 눈 덮인 깊은 숲 냄새만이 대기 속을 감돌았습니다.

생각에 잠긴 나는 앞서 걸어 나갔고 몇 걸음 떨어져 크세니야가 뒤를 따랐습니다. 저 앞 자작나무 사이, 마음씨 좋은 마법사가 살 것 같은 오렌지색 가옥 한 채가 작은 창문이 있는 삼각 지붕과 육중한 회색 굴뚝을 머리에 인 채 웅크리고 있었어요. 나는 속으로 중얼거렸죠, 저런 데 살아보지 않는다면 인생을 잘못 산 거겠지….

순간 등 뒤에서 첨벙 하는 물소리가 들렸습니다. 백조가 물살을 거슬러 발버둥이라도 치나 싶어, 얼른 뒤를 돌아보았죠. 한데 눈에 들어온 건 백조가 아닌 크세니야였습니다. 얼음장처럼 차가운 물 속에 완전히 들어가, 나를 향해 도발하는 듯한 미소를 짓고 있었어요. 서둘러 벗어 던진 옷가지가 눈 위에 알록달록하게 쌓여있더군요.

우리는 한참 동안 서로를 바라보았습니다. 나는 옷을 껴입고 바닷가에서, 그녀는 알몸으로 바닷속에서. 그녀의 눈동자는 대답 없는 질문들만큼이나 깊었지만, 입은 미소를 지으려 애쓰고 있었어요. 나도 옷을 벗기 시작했습니다. 모피로 속을 댄 회색 모자, 세상 안 다녀본 데가 없는 영국제 검정 구두, 양복 저고리와 짙은 색의 터틀넥 스웨터. 크세니야는 바다에서 나를 유심히 지켜보더니, 내가 입수하기 조금 전 몸을 돌려 헤엄쳐나가기 시작했습니다. 또다시 덜컥 겁이 덜컥 났어요. 대체 어디로 가는 거야? 그녀를 부를까 생각했어요. 임신한 걸 잊은 거야?

보아하니 내 말을 들을 마음이 아예 없었어요. 나로선 오직 뒤를 따라가 보는 수밖에 없었습니다. 나는 요란한 소리를 내며 물에 뛰어들었어요. 헤엄치는 크세니야의 들릴 듯 말 듯 찰싹이는 소리와는 딴판이었죠. 비명을 질렀어도 이상할 게 없었습니다. 차가운 물에 몸을 담그는 일은 내 전공이 아니었어요. 크세니야를 잡는다기보다 당장 얼어 죽지 않으려고, 본능적으로 헤엄치기 시작했지요. 그녀는 기슭에서 50여 미터 떨어진 곳에 멈춰 나를 기다리고 있었어요. 거의 잡았다 싶을 즈음, 또 도망갈 거라는 생각이 들더군요. 근데 아니었습니다. 내가 바짝 다가갈 때까지 기다렸어요. 어두운 물속에서 그녀의 빛나는 몸을 끌어안는 순간, 그녀 안에 자라고 있는 신비의 장엄함을 눈빛에서 읽을 수 있었습니다. 길들지 않은 무한한 자유야말로 그녀의 유일한 목표였어요. 그걸 거머쥐기 위하여, 예전의 그녀는 가장 저열한 굴종까지도 마다하지 않았던 겁니다. 이제 그녀를 이끄는 별들의 흐름을 그 무엇도 이탈하게 만들 수 없어요. 새로운 애정이 그녀의 가슴 속에 무르익었고, 이는 오로지 나를 향한 것이었습니다. 바로 이 순간, 마치 다 익은 과일들이 나무에서 떨어져 나가듯, 다른 모든 감정이 내게서 떠나갔습니다. 그리고 깊은 마음속에 남은 단 하나의 감정, 그것은 내 앞에 눈부시게 약동하는 미지의 삶을 향한 경외심이었습니다. 그 오랜 세월을 통틀어 처음이었어요, 냉기가 사방에서 조여오고 매서운 물살이 몸을 휘감는 가운데, 다시 숨쉴 수 있다는 느낌을 맛본 것은."

29

"친근함은 실수를 부릅니다. 크렘린의 스탈린과 노멘클라투라는 오랜 세월 서로 친밀한 관계 속에서 살아왔어요. 그들은 차르의 신료들이 살던 대저택에 거주하면서, 툭하면 함께 모여 만찬을 즐겼습니다. 스탈린은 친구들과 체스를 두거나 조촐한 저녁 식사를 즐기기 위해 그들을 찾아오곤 했습니다. 굳이 그를 위해 따로 자리를 만든 적은 없지만, 대개 상석은 그의 차지였어요. 무언가 필요할 땐, 그 자신이 일어나 직접 주방에 들어갔고요. 소규모 영화관도 함께 공유했습니다. 자식들은 자전거를 타고 공놀이를 했는데, 그 모두가 한 가족인 양 같이 커나갔습니다. 그럼에도 스탈린은 나중에 그들을 아무 거리낌 없이 차례차례 제거해나갔어요. 사실은 친밀한 관계가 그 일을 쉽게 만들어준 겁니다. 그들은 '코바'*가 자기들을 체포하고 고문하고 죽이리라고는 꿈에도 생각하지 못하고 있었으니까요. 너무 가까운 사이라 잘 보지 못한 셈입니다. 20년의 우정이 있는 만큼, 우두머리가 반드시 할 일을 하지 않을 수도 있겠거니 하는 망상이랄까. 하지만 그렇게는 되지 않죠. 우두머리는 자기 본능에 충실합니다. 뼛속까지 적자생존에 길든 포식자의 직감을 갖추고 있어요. 아무리 따져봐도 내가 살아남는 유일한 방법은 다른 모두를 죽이는 길뿐입니다.

내 경우는, 알아서 먼저 사라져준 것뿐이에요. 친근함에 뒤통수 맞도록 우두커니 기다리지 않았습니다. 주군의 신뢰는 특혜가 아니라 업보예요. 자기 비밀을 누군가에게 밝힌 사람은 그것의 노예가 됩니다. 그리고 주군은 노예 상태를 견디지 못해요. 자기 모습을 가두는 거울은 깨트리고 싶은 것이 인지상정이죠. 나아가 주군은 소소한 헌신에 대해서는 보상해줄 수 있으나, 너무 거창한 헌신에 대해서는 마땅하게 보상할 길이 없습니다. 그럴 때 원인 제거를 통해 문제를 해결하고픈 유혹이 고개를 들지요.

* 알렉산더 카즈베기의 소설 《부친살해》(1882)의 주인공. 스탈린은 이 이름을 필명으로 사용했다.

차르는 애착에 좌우된 적이 없습니다. 기껏해야 습관에 기울 뿐이에요. 그리고 언제부터인가 그는 나를 만나는 습관에서 자유로워졌습니다. 그는 노보오가리오보에 있는 자신의 다차를 중심으로 반경 3킬로미터의 숲을 밀어버리도록 지시했어요. 아침 늦게 일어나, 키릴 총주교가 영지에서 직송해온 신선한 달걀로 식사를 합니다. 그런 다음 전용 체육관에서 뉴스 채널을 틀어놓고 운동을 하지요. 긴급한 사안이 있을 경우, 그곳에서 비밀 보고서를 받아 읽고 조치를 하달합니다. 그러고 나면 풀에서 1킬로미터 수영을 해요. 그사이 풀 가장자리엔 장관, 보좌관, 대기업 수장 등, 전날 밤이나 당일 아침 호출당한 첫 면담자들이 지키고 서서 차르가 물에서 나오기만을 참을성 있게 기다립니다. 마침내 수영을 끝낸 차르는 목욕가운을 걸친 채 그들과 이런저런 현안을 두고 짧게 이야기를 나눕니다.

오후가 시작되고서야 대통령 행렬이 크렘린으로 향합니다. 도로는 30분 전부터 이미 교통통제가 이루어진 상황입니다. 교차로마다 민병대 차량이 지키고 있어, 차르의 일방통행을 확인합니다. 노보오가리오보에서 크렘린까지, 푸틴은 거의 '동작 그만' 상태나 다름없는 수도를 통째로 가로질러 집무실에 도착합니다. 간혹 새벽 어스름에 끝나기도 하는 하루 일정은 그때 비로소 시작하는 거죠. 차르의 삶이라는 것은 일반인의 그것과 완전히 궤를 달리하며, 같이 일하는 사람에겐 어쩔 수 없이 뒤틀린 생활을 강요합니다. 오직 한 사람이 밤에 자지 않으면서, 새벽 서너 시까지 이어지는 자신의 철야 근무를 함께하게끔 모스크바의 모든 주요 인사들을 단련시켜왔어요. 우두머리의 밤 습관을 잘 아는 숱한 장관과 고급공무원, 장군이 언제 닥칠지 모를 호출에 그렇게 대비하는 것이죠. 그런가 하면 각기 소규모 보좌관과 비서진이 포진하기 마련이니, 결국 내각의 불빛은 24시간 꺼지지 않고, 권력의 심장부인 모스크바는 스탈린 시대에 이어 또다시 잠을 잃어버립니다.

신하가 반드시 준수해야 할 유일한 책무는 출석입니다. 항상 거기 있기. 아무리 희박한 가능성일지언정, 주군이 그대를 찾을 가능성이 존재하는 한, 언제나 눈 닿는 곳에 나와 있는 것 말입니다. 나는 노보오가리오보에 기꺼운 마음으로 가본 적이 없습니다. 불쾌하리만치 운동 좋아하는 그곳 분위기가 늘 나는 씁쓸했어요. 그래서 기회만 되면 다른 누군가를 나 대신 보냈는데, 지원자야 넘쳐났죠! 스톡홀름에서 돌아온 뒤, 나는 더 이상 그곳에 발을 들이지 않았습니다. 더군다나 밤에 잘 때는, 아예 전화기를 꺼놓고 잠자리에 들었어요. 한두 번인가 대통령 경호대 책임자가 직접 찾아와 나를 침대에서 끌어낸 적은 있습니다. 이런 상황이 그대로 방치될 리 없다는 건 명백했죠.

자기 가까이 있는 것이 내게 달가운 일이 아니라는 생각을 차 르는 용인하기 어려웠습니다.

하루는 크렘린에서 어떤 회의에 평소처럼 존재감 없이 앉아 있는데, 마치 내가 이미 그 자리에 있지도 않은 듯 아주 무심한 눈빛으로 나를 바라보며 그가 이렇게 말했어요.

'자넨 스스로 누구보다 영리하다고 생각하지, 바쟈? 근데 진 실은 어떤지 아나? 사람이 너무 오래 젊으면, 제대로 늙지 못 하는 법이야.'

맞는 말이었어요. 마흔이란 나이는 용서가 없지요. 모든 게 드러나 더는 감출 수 없습니다. 권력의 정점에 다가갔어도 나 는 여전히 주변인이라는 점, 그게 진실이에요. 역시나 할아버 지의 서가가 문제라는 생각입니다. 그게 나로 하여금, 지금 이 곳은 시간의 중심이 아니라는 의식을 갖게 만들었어요. 지금 이 시대가 아무리 흥미진진해도, 단지 수 세기에 걸쳐 미세하 게 변주되며 펼쳐지는 코미디의 n번째 버전에 불과하다는 겁 니다.

〈때로는 한 인간이 세상에 일어나, / 천운을 떨치며 선포하네 : 내가 왔노라! / 그 영광의 꿈에 균열이 일자 / 어느새 죽음 일어 나 선포하네 : 내가 왔노라!〉*

단 한 번 그곳에 발 들여놓지 않고도, 무려 300여 년 전 라브 뤼예르는 오늘날의 크렘린을 우리나 당신네 어느 기자보다 정확히 묘사하고 있어요. 그걸 의식하지 못했다면, 내게 맡긴 일을 완수하지 못했겠죠. 나는 그저 껍데기에 지나지 않았을 겁니다. 차르의 대의에 기여한 나의 공적이, 굳이 말하자면, 훨씬 덜 유효하고 덜 결정적인 차원에 머물렀을 거예요. 하지만 그역시 나의 업보였겠죠. 갑자기 내 인생의 실상이 적나라하게 들여다보였습니다. 그건 고삐 풀린 욕망에 날뛰고 이유 없는 폭력을 행사하는, 무심하기 짝없는 천사와의 끝없는 싸움이었어요. 그런 삶에 나의 20년을 바친 겁니다. 마치 스무날, 20분처럼요. 달라진 건 하나도 없어요.

나 또한 그들과 한패였을 수 있겠죠, 왜 아니겠어요. 그러나 나는 늘 이방인이었습니다. 나 어렸을 적에, 할아버지가 알수 없는 이유로 무리를 떠나는 늑대 이야기를 해준 적이 있어요. 늑대는 혼자서 길을 떠납니다. 그러다 새로운 무리를 이루기도 하고, 그러지 못하기도 하죠. 늑대는 숲에서 지내든, 평원을 건너든 늘 혼자입니다. 한데 그걸로 힘든 것 같지는 않아 보

* 오마르 하이얌(1040~1123)의 시집 《루바이야트》 중 한 편.

여요. 홀로 떨어져 자기 삶을 꾸려가고, 시간이 지남에 따라 무리와는 다른 자기만의 습관을 발전시킵니다. 사냥꾼들은 이를 알고 두려워합니다. 외로운 늑대가 무리 속 늑대보다 훨씬 더 강하고, 영리하며 더 공격적이라는 걸 경험으로 아는 거죠.

할아버지는 자신이 그런 늑대와 같다고 생각하신 거예요. 누가 압니까, 그것이 한 세대 건너 격세유전으로 나타날 열성 형질일지. 분명한 건, 독립적이라면 질색인 무리에게 환영받을 형질은 절대 아니라는 사실이지요. 아나나 다를까, 말들이 참 많았어요. 그놈 되게 거만하다느니, 금고에 손대는 걸 누가 봤다느니. 심지어 내가 차르의 자리를 넘본다는 얘기까지 돌더군요. 남 험담하는 게 유일한 상상력인 자들이 있긴 있는 모양이더라고.

진실을 말하자면, 나는 항상 권력과 결탁했지 그 반대인 적은 없다는 점입니다. 이는 내 본성이에요. 많은 사람이 이해하지 못하는 점이죠. 힘 있는 사람들 주위엔 언제나 그 자리를 탐하는 자들이 꼬이는 건 사실입니다. 하나 진정한 참모란 권력자와는 완전히 다른 종족에 속해요. 알고 보면 좀 느긋한 사람이라고 할까. 주군의 귀에 속삭이는 참모의 조언은, 굳이 출세를 염두에 둔 노력 없이도, 최고의 영향력을 행사합니다. 그런 다음 참모는 자신의 서재로 얌전히 귀가해요. 수면 아래 야수들이 계속 서로를 물어뜯는 동안 말입니다. 그의 심장엔 얼음 조각이 박혀있어요. 보통 사람이 뜨거울수록, 그는 더 차갑습니다. 그래서 가끔은 결과가 안 좋지요. 권력자는 주변 누가 독야청청하는 꼴을 그 무엇보다 부담스러워하거든. 한데 내가 사직서를 낼 때, 차르의 머릿속엔 다른 생각이 있었습니다. 내가 불쑥 사임한 것을 그는 안도의 심정으로 반긴 것 같아요. 나라는 사람이 더는 필요하지 않았던 겁니다. 새로운 질서를 만드는 일엔 적잖은 상상력이 요구되나, 기존 질서를 유지하기엔 맹목적인 추종만으로도 충분하니까.

내 자리를 대신 차지한 사람이 없더군요. 래브라도가 푸틴이 전적으로 신뢰하는 유일한 참모입니다. 차르는 녀석을 데리고 공원을 산책하고, 녀석과 함께 집무실로 출근합니다. 그것 말고는 완전히 혼자예요. 이따금 경호원을 대기시키고, 하인을 부르는가 하면, 이런저런 이유로 신료들을 호출할 뿐입니다. 여자나 아이들을 곁에 두는 일도 없어요. 친구에 대해서는, 현재 그가 도달한 위치에서 친구를 갖는다는 건 생각조차 할 수 없는 일임을 그는 잘 알고 있습니다. 차르는 가장 친한 친구가 신하로 또는 막강한 적으로, 그리고 대부분은 동시에 그 둘 다로 얼마든지 변신할 수 있는 세계에 살고 있는 겁니다.

당신네 서구사회의 통치자들은 꼭 사춘기 소년 같아요. 도무지 혼자 있질 못하죠. 항상 자신에게 쏠리는 시선을 갈구합니다. 만약 온종일 방에 혼자 틀어박혀 지낸다면, 미지근한 바람 한 점처럼 공기 중에 사라질 사람들 같아요. 우리의 차르는 그 반대입니다. 고독 속에서, 고독을 먹고 살지요. 서구의 구경꾼들을 놀라자빠지게 하는 그의 왕성한 기력은 고독한 명상을 통해 얻어지는 겁니다. 세월이 흐를수록 그는 하늘이나 바람처럼 순수한 에너지가 되어가고 있어요. 당신들은 현실에 뿌리박고 어른으로 살아간다는 것의 의미를 잊었습니다. 당신들은 나라의 지도자가 일종의 연예인인 줄 알고 있어요. 당신들과 닮았기를, 당신들 눈높이에 맞춰주기를 바라고 있죠. 거리는 권위를 지켜줍니다. 마치 신처럼, 차르는 열광의 대상이 될 순 있지만, 그 자신이 열광하는 법은 없습니다. 필연적으로 냉담한 본성을 지닌 존재예요. 그의 얼굴에선 이미 불멸을 암시하는 대리석 같은 창백함이 묻어나지요.

이 정도면, 내가 말한 성대한 장례식에 대한 기대를 훌쩍 뛰어넘는 이야기가 되죠. 차르의 이상은 모든 적과 심지어 친구들, 부모와 자식, 아마도 코니까지 희생해가며 홀로 우뚝 살아남은 자의 고독한 무덤일 겁니다. 모든 생명체의 멸절을 조건으로요. 칼리굴라는 전 인류의 머리통이 하나의 모가지에 붙어있기를 원하고 있어요. 그래야 한 차례 칼을 휘둘러 일거에

온 세상을 없앨 수 있으니까.* 순수 그 자체의 권력이랄까요. 차르는 그런 존재가 되어버렸습니다. 어쩜 처음부터 그런 존재였는지도. 그런 그에게 평화를 가져다줄 유일한 권좌는 죽음이지요."

---

* 수에토니우스의 《황제열전》 중 〈칼리굴라〉에서 따온 내용.

30

"러시아는 서구의 악몽 제조기입니다. 19세기 말 당신네 지식인들이 혁명을 꿈꿀 때, 우린 혁명을 실행했습니다. 공산주의에 대하여 당신들은 말만 앞세웠죠. 우린 70년 동안 공산주의를 몸으로 겪어냈습니다. 그러고 나자 자본주의 시대가 도래했어요. 이 점에서도 우린 당신들보다 훨씬 멀리 나아갔습니다. 90년대에 우리보다 더 기업인들에게 규제를 완화해주고, 민영화하면서, 주도권을 허용한 나라가 없습니다. 그래서 누구의 편도 아닌, 법도 한계도 없는 엄청난 부호들이 형성됐죠. 우린 그들을 신뢰했지만, 생각만큼 일이 잘 풀리지 않았습니다.

지금 그 과정이 다시 시작되고 있어요. 당신네 체제는 위기에 봉착한 상태입니다. 권력을 제대로 행사하지 못하기 때문이죠. 나는 권력을 몸소 경험한 터라 말할 수 있어요, 그에 대해 딱히 호감을 느끼지 못한다고. 할아버지가 종종 말씀하시길, 언젠가는 세상 모든 도시에 널린 기마상을 모조리 끌어모아 사막 한가운데로 보내버려야 한댔어요. 그럼 역사의 학살자들을 모두 모은 수용소가 될 거라고 말입니다. 나는 할아버지의 생각에 늘 동조하는 편이었는데, 그 오랜 세월 크렘린을 제집처럼 드나들었으면서도 그런 내 입장엔 변화가 없습니다. 오히려 더하면 더했지.

그런데도 오늘날 권력은 유일한 솔루션입니다. 권력의 목표, 그것도 현재진행형인 모든 권력의 목표가 돌발사태 제거에 있기 때문이죠. 퀴스틴이 말하기를, '의식이 진행되는 중에 제멋대로 날아다니는 파리 한 마리가 차르를 능욕한다'라고 했어요. 통제를 벗어난 아주 사소한 사건은 권력의 입장에서 죽음, 적어도 죽음의 가능성과 맞먹는 일일 수 있습니다.

인간의 본성은 돌발사태를 탐하기 마련입니다. 어쩌면 두려워해야 마땅할 것 같은데도, 돌발사태를 기대하고 갈망해요. 그렇더라도 우리 스스로 마냥 방치해둘 수만은 없는 취향인 건 분명합니다. 특히 오늘날 돌발사태라는 건, 아무리 작은 파리의 비행이라 해도, 지옥을 초래할 수 있기 때문이에요. 바이러스 사태가 최종 리허설인 데 반해, 우리는 이제 겨우 시작입니다. 바로 그런 이유에서, 이제는 돌발사태와 권력이 서로 경쟁 관계에 놓이는 겁니다. 전자가 묵시록적 재앙으로 발전할 가능성이 항상 열려 있으므로, 우리는 어쩔 수 없이 후자를 선택하게 되는 거죠. 당신네 서구사회에서 통용되는 사이비 권력 말고. 그런 건 광대 가면을 쓰고 비극을 연기하는 것에 지나지 않아요. 이건 원초적 본질로 회귀한 권력에 관한 이야기입니다. 순수한 물리력 행사, 한 손으론 보호하고 한 손으론 위협하는 대리석상 말이오.

지금껏 권력은 늘 불완전했어요. 약속을 지키기 위해 인간적인 방법에 의존해야만 했기 때문입니다. 그리고 인간은 언제나 나약하지요.

모든 혁명에는 결정적인 순간이 존재합니다. 진압부대가 체제의 명을 어기고 발포를 거부하는 순간이죠. 바로 그 점이, 이전 차르가 모두 그랬듯, 푸틴에겐 악몽입니다. 진압에 나선 부대가 군중을 향해 발포하는 대신 그들과 연대할 수도 있다는 사실, 그것만큼 권력에 위협인 상황이 없어요. 천안문 광장에 대학생들이 운집하기 시작했을 때, 노회한 덩샤오핑이 즉각 반응하지 않은 이유가 바로 그겁니다. 자칫 잘못하면 추락할 수 있다는 걸 알거든요. 참신한 슬로건과 노래, 여대생들의 어여쁜 미소로 무장한 시위군중에게 자신의 부대가 먹잇감이 될지도 모를 위험을 감수하기 싫은 거죠. 그는 기다리기로 합니다. 시위대와 연대하지 못하도록 북경어를 모르는 군인들만 먼 지역에서 차출해 동원하지요. 진압부대를 꾸리는 데 며칠이 걸린 이유가 거기 있습니다. 대신 한번 도착한 그들은 인정사정없습니다.

그렇다면 이제 인간적 협조가 필요 없는 권력을 생각해봅시다. 반항할 리 전혀 없는 수단을 통해 자신의 안전과 힘이 보장되는 경우 말입니다. 가령 전자 부대, 드론 부대, 로봇 부대는 언제라도 아무 망설임 없이 타격에 나설 수 있어요. 완벽한 형태의 권력이 구축되는 셈입니다. 살과 피를 지닌 인간의 협조를 기반으로 작동하는 권력은, 아무리 강력해도 인간의 동의를 전제할 수밖에 없습니다. 그러나 오로지 지시와 규칙에 따라 움직이는 기계를 기반으로 한다면, 그 권력은 아무런 제약 없이 작동하게 되지요. 기계의 문제는 인간에 반항하는 것이 아니라, 지시를 곧이곧대로 따른다는 데 있어요.

항상 사물의 기원에 주목할 필요가 있습니다. 최근 우리 삶을 비약적으로 잠식하는 모든 테크놀로지는 군사적 필요성에서 탄생한 것이에요. 컴퓨터는 2차 세계대전 중 적의 암호를 해독하는 과정에서 발전했습니다. 통신수단으로서 인터넷은 핵전쟁을 염두에 둔 발상이었고, GPS는 전투부대의 위치측정을 위한 수단으로 개발된 것이지요. 한마디로 인간을 자유롭게 한다기보다 통제하기 위해 고안된 기술입니다. 군사적 용도에 뿌리를 둔 도구를 가지고 인간 해방을 운운할 만큼 어리석은 존재는 LSD에 취한 일군의 캘리포니아 마약쟁이들*밖에 없을 겁니다. 실로 많은 이들이 그렇게 믿었어요.

하지만 이젠 명백하지 않습니까? 직접 진실을 확인해보시죠. 우리를 둘러싼 군사기술로 인해 총동원 체제의 출현을 위한 조건들이 조성되었습니다. 앞으로는 우리가 어디 있든 그 존재가 특정될 것이고, 감시를 거쳐, 필요시 제거될 겁니다. 독자적 가치를 지닌 개인, 자유의지, 민주주의는 구시대의 유물로 전락해버렸어요. 데이터 증가로 인해 인간이란 존재는 하나의 신경 시스템, 새나 물고기 떼처럼 그 동향을 예측할 수 있는 표준구성 메커니즘이 되었습니다.

우리는 전쟁을 하고 있지 않지만, 이미 군사화되어 있어요. 소련 사람들이 꿈꾸던 게 바로 그거였습니다. 우리 국가는 항시 동원체제를 근거로 하여 존립해왔습니다. 우리는 전쟁이란 개념, 외부 침입에 대항하여 조국을 지킨다는 생각에 전적으로 기반한 나라였어요. 그렇기에 온갖 희생, 숱한 자유 침해가

* 실리콘밸리의 IT 개발자들.

정당화되어온 거죠. 보다 큰 자유, 어머니 러시아의 자유를 수호한다는 명분으로 말입니다. 50년대에 KGB는 소비에트 시민 개개인의 모든 인간관계를 추적해서 기록하기 위한 시스템을 개발하려 했어요. 아버지의 베르투슈카가 바로 그것을 상징하는 기기였습니다. 근데 페이스북이 훨씬 더 나가더군요. 캘리포니아 마약쟁이 그룹이 낡은 소비에트 관료들의 모든 꿈을 제치고 앞서나갔어요. 그들이 설치한 감시체계에는 한계가 없습니다. 그들 덕분에 우리 존재의 모든 순간이 정보의 출처가 되어버렸어요.

나치는 독일에서 아직도 사적인 개인으로 사는 사람은 수면 중인 사람뿐이라고 했는데, 캘리포니아 친구들은 그마저도 추월해버린 셈입니다. 수면을 포함한 인간의 모든 생체유동 현상은 그들에게 더 이상 미지의 영역이 아니에요. 모두 숫자로 변환되었습니다. 지금까지는 이익을 창출하기 위해서, 앞으로는 전례 없는 강력한 통제력을 행사하기 위해서.

지금까지 동원은 자발적인 개념이었습니다. 그것은 우리의 무사안일함에 기대어, 자유를 팔아넘기는 대가로 유리알들**

** 헤르만 헤세, 《유리알 유희》(1943). 현실을 벗어난 정체불명의 가치들을 암시한다.

을 보장해주었어요. 그러나 향후 바이러스가 시장이나 실험실
에서 튀어나올 경우, 시애틀과 함부르크 또는 요코하마가 대
량 살상용 핵폭탄이나 세균폭탄의 공격으로 초토화될 경우,
삶의 회의에 시달리는 일개 어린아이가 학급을 향해 총을 난
사하는 대신 도시 전체를 파괴할지도 모를 경우, 그때 인류에
겐 단 하나의 요구, 다름 아닌 보호받고자 하는 요구만 남을 겁
니다. 어떤 대가를 치르더라도 안전을 바랄 거예요. 당장 모든
변화가 의심의 대상이 되어, 조금이라도 규범을 벗어나면 기
필코 처단할 원수가 됩니다. 이로써 이미 기초를 다진 거나 진
배없죠. 상업적이던 동원체제가 이제는 정치적이고 군사적인
스탠스를 취합니다. 우리에게 가용한 모든 수단이 종말론적
재앙을 격퇴하는 일에 동원될 거예요. 테러에 맞서 모든 것이
항상 용인될 겁니다.

　그때 세상은 자먀찐의 후원자를 맞이할 준비가 되어 있을
거예요. 더는 아무 일 일어나지 않게끔 신경 써주는 존재 말입
니다. 기계는 권력의 절대적 형태를 보장해줄 것이고, 그럼 단
한 사람이 인류 전체를 지배할 수 있을 겁니다. 특별한 재주가
없는 누구라도 그 사람일 수 있어요. 권력은 더 이상 사람이 아
니라 기계 속에 존재할 것이기 때문입니다. 임의로 선택된 자
가 그 기계를 작동시키고요.

그의 치세가 오래가진 않을 겁니다. 요컨대, 우리의 브로드스키*가 말했듯, 독재자는 낡은 버전의 컴퓨터에 지나지 않아요. 로봇이 지배하는 세상에, 정상의 자리마저 로봇의 차지가 되는 건 시간문제일 뿐입니다.

오랜 세월 우리는 기계를 인간의 도구로 여겨왔어요. 하지만 오늘 인간이야말로 기계의 도구임이 명백해졌습니다. 전환은 완만하게 진행되고 있습니다. 기계는 인간에 대한 지배를 강요하지 않으며, 마치 충동이나 내밀한 갈망처럼 인간에게로 스며듭니다. 이제 기계의 완성은 첨단기술의 흐름 속에 좀 더 깊숙이 융합하고자 발버둥 치는 수많은 인간의 이상이 되었어요.

인류의 역사는 우리, 당신과 나 어쩌면 우리의 자식들과 함께 끝나가고 있습니다. 이후에도 무언가가 있겠으나, 더 이상 인간은 아닐 거예요. 우리 다음에 나타날 존재가 만약 있다면, 그건 지금까지 인간을 점유해온 생각이나 관심사와는 다른 무엇을 품은 존재일 겁니다.

우리는 시간의 흐름에 괄호를 열어 신이 세상에 내려오게

---

* 조지프 브로드스키(1940~1996). 러시아 태생으로 미국에 망명한 시인.

끔 한 건지도 모릅니다. 다만 그 신이 순수한 영적 실체가 아니라, 거대한 인공적 유기체일 뿐이지요. 인간이 만들었으나, 언제부터인가 인간을 뛰어넘어 죄도 고통도 없는 시대의 예언을 실현할 존재 말입니다.

보라, 이제 하느님의 거처는 사람들 가운데에 있다.
하느님께서 사람들과 함께 거처하시고
그들은 하느님의 백성이 될 것이다.
하느님 친히 그들의 하느님으로서 그들과 함께 계시고
그들의 눈에서 모든 눈물을 닦아주실 것이다.
다시는 죽음이 없고
다시는 슬픔도 울부짖음도 괴로움도 없을 것이다.
이전 것들이 사라져버렸기 때문이다.*

과연 예언자들의 계시는 정확했을까요? 인간의 모든 고통이 신의 등장을 준비하는 부득이한 서막에 불과하진 않을까요? 우주의 역사 아니, 이 지구의 역사에서 불과 수천 년에 걸

* 《신약성서》, 〈(요한)묵시록〉 21: 3-4.

친 고통이 대체 무슨 의미이겠습니까? 그렇습니다, 신은 창조주가 아닌 창조물입니다. 주인의 포도밭을 일구는 성실하고 겸허한 일꾼들처럼, 날마다 우리는 신이 도래할 조건들을 만들어왔어요. 그리하여 오늘, 우리는 고대인이 신의 것으로 여긴 속성들 대부분을 기계에 전이시켰습니다. 신이 최후의 심판에 대비해 모든 걸 보고 모든 걸 기록하던 시절이 있었지요. 신은 그야말로 최고의 자료소장자였습니다. 그리고 이제 기계가 그를 대신하고 있습니다. 기계의 기억력은 무한하고 결정력은 확고부동합니다. 단지 불멸과 부활에 관한 능력이 부족할 뿐인데, 머잖아 이마저 해결될 겁니다. 이사야 선지자의 예언에 포함된 최후의 적 즉, 죽음을 물리치는 신의 이미지가 최종 알고리듬을 가공하는 컴퓨터의 이미지 속에 구현되어 있으니까요.

이제 단 하나의 과정만 남았어요. 테크놀로지가 형이상학으로 변모했음을 인정해야 합니다. 시간이 얼마나 걸릴지 모르지만, 길은 이미 제시되어 있어요. 그리고 보니 내가 처음에 거짓말했군요. 진짜 경쟁은 권력과 묵시록적 재앙 사이가 아니라, 신의 도래와 묵시록적 재앙 사이에서 진행 중입니다."

31

방 전체가 깊은 침묵에 잠겼다. 이야기 도중 바라노프가 커다란 벽난로에 장작을 툭툭 던져넣어 살려오던 불꽃의 타닥거림이 이젠 잦아들었고, 내가 도착했을 때 강한 인상을 준 서가에서 그 환한 빛을 거두어들였다. 주위를 둘러보면서, 나는 아득한 옛날 있었던 재앙에서 살아남은 최후의 생존자가 된 느낌이었다. 러시아 서적들, 호두나무로 만든 우아한 책상과 여닫이 책상, 지금은 사라져버린 시대를 담은 세계지도. 이야기를 마친 바라노프는, 폼페이 유적에서나 볼 수 있는 재로 덮인 시신처럼 굳은 자세로 앉아 있었다. 정면으로 나를 마주하고 앉은 그 모습이 숨 쉴 필요조차 느끼지 않는 사람 같았다.

그때, 저쪽 구석에 문이 빠끔히 열리면서 아이의 밤색 머리가 보였다.

"아빠, 잠이 안 와."

"그래, 이리와 같이 있자."

네 살이나 다섯 살쯤 되어 보이는 여자아이가 한참 졸린 얼굴에 가벼운 플란넬 잠옷 차림으로 걸어 들어왔다. 방금 화덕에서 구워낸 앙증맞은 브리오슈인 줄 알았다. 섬세하면서 상큼한 표정이 아직 꿈을 꾸는 듯 커다란 담갈색 눈동자와 대조를 이루면서, 이 시각 아빠의 서재에 앉아있는 낯선 이에 대한 호기심을 내비치고 있었다. 아이는 아빠 목에 매달려 꼭 껴안은 다음, 살찐 얼룩 고양이가 웅크린 채 졸고 있는 쿠션 옆 양탄자에 주저앉았다.

잠깐 눈길을 돌렸다가 다시 바라본 바라노프는 완전히 다른 얼굴이었다. 정말 같은 사람인가 싶을 정도로.

"세상에서 내가 맛본 모든 행복은 바로 이곳, 키 1미터 10센티인 저 아이 안에 농축되어 있답니다."

우리 앞에 한 소녀가 고양이에게 종알종알 이야기하고 있었다. 아마도 고양이를 상대로 어른들의 대화를 요모조모 옮기다가, 자기 둘만 통하는 또 다른 어떤 화제로 넘어가는 듯했다. 가끔 눈을 들어 아버지를 쳐다보는데, 언젠가 맞닥뜨릴 험한 세상에 대해선 까마득히 모르는, 안전하게 보호받는 아이의 한없는 신뢰만이 그 눈빛을 가득 채우고 있었다. 바라노프도 아이 쪽을 바라보았는데, 지상 어디에도 그런 눈부심이 없다는 눈빛이었다.

"강아지를 한 마리 사들일까 생각 중입니다. 개는 솔직히 내 취향은 아닌데, 저 아이를 행복하게 해줄 시간이 얼마나 더 있겠어요."

그 말을 들으니 이해가 됐다. 크렘린 최고의 전략가였던 남자의 머릿속은 이제 다른 생각이 틈입할 여지가 전혀 없었다. 다섯 살배기 여자아이의 반짝이는 눈망울이 차르조차 이 회의적이고 무심한 사내를 상대로 이루지 못한 완전한 지배권을 행사하고 있었다.

"아냐가 태어나기 전까진 두려움이라는 걸 몰랐던 것 같아요. 근데 처음 이 아이를 본 순간부터는 줄곧 조마조마한 마음으로 살고 있습니다. 아이가 내 입술에 손가락을 갖다 대고 어느 얼굴에서도 본 적 없는 눈빛으로 나를 바라볼 때, 그때 내가 이 아이를 돌보는 게 아니라, 내 삶이 몽땅 이 아이 손에 달려 있다는 걸 깨달았어요." 또다시 내 생각의 흐름을 읽기라도 한 것처럼, 러시아인은 그렇게 중얼중얼 덧붙이는 것이었다.

바닥에 앉은 아이의 미소가 그를 향하고 있었다. 그렇게 아이는 인생의 시작을 기다리고 있었다. 이 시기만큼은, 조금이라도 아이와 더 함께할 수 있기만을 바라는 저 과묵한 사내의 곁을 지켜주는 것이 아이로서도 즐거울 따름이었다.

"내가 아이에게 가르칠 건 별로 없어요. 오히려 사람 눈에서 순간을 들여다보는 법을 내가 아이에게서 배우고 있답니다. 아이는 시간이 흐르고 날이 가는 것을 고려하지 않아요. 항상 미래에 살았던 나 같은 사람이 결코 알지·못하는 현재를 이 아이가 내게 선물해주었습니다. 그래도 언젠가는 서로 떨어져야겠죠. 앞으로 내 유일한 숙제는 세상 문턱까지 아이를 잘 데려가서 혼자 힘으로 헤쳐 나가게끔 한 뒤, 이 몸은 살짝 눈인사만 하고 물러나는 겁니다. 딸이 어린아이일 뿐인데도 벌써 나는 그 짧은 작별 인사를 할 생각이 머릿속을 떠나지 않아요. 그걸 할 힘만 내게 남아있기를 바랄 뿐입니다. 제발 웃을 수 있기를. 엉뚱한 표정으로 모든 걸 망치지 않기를. 나는 아이가 나에 관해서 다정히 웃는 모습만 기억하기를 바랍니다."

바라노프에게 딸의 존재는, 고독에 대한 과도한 욕구의 유일한 예외였다. 딸과 함께하는 매 순간이 그동안 살면서 감히 기대해본 적 없는 작은 기적의 축제 그 자체였다. 게으른 야심가의 인생 그 어디에서도 이런 상황을 정당화할 명분을 찾을 수 없었다. 그런데 여기 이렇게 한 아이가 있는 것이다, 이런저런 모양의 그림그리기에 푹 빠져서. 그 똘망똘망한 모습을 무엇에 비기겠는가. 가만히 바라보는 동안에 바라노프는 이미 그 모두를 그리워하고 있었다. 그럴 때면, 무한한 감사의 마음이 보드카의 목 넘김처럼 존재를 타고넘어, 조금이나마 자신을 해칠 가능성을 휩쓸어 가버렸다. 단지 한순간만 딸보다 앞서 저세상에 가면 좋겠다는 심정이랄까, 그래야 딸이 온다는 소식을 바람결에 소곤소곤 실어 나르고, 딸이 지날 길목마다 새하얀 꽃들로 꾸며놓지.

"이 아이가 세상에 나기 전까지는 아무도 나를 진정으로 신뢰할 수 없었어요. 가족도, 친구도, 차르도 심지어 크세니야도요. 사람도 사건도 마치 건물 한가운데 복도처럼 아무 흔적 없이 나를 가로질러 지나갈 뿐이었습니다. 일평생 나는 최대한 드넓은 행동 영역에서 나 자신을 시험해보겠다는 욕망밖에 없었어요. 그런데 지금은 인생의 조금은 압축된 동그라미를 완성할 시점이 온 겁니다. 세상을 다 갖겠다는 포부는 이제 내겐 의미 없어요. 대신 그중 소중한 한 조각을 선택할 생각입니다. 세상을 좌지우지하려 애쓰기보다는, 세상을 살아있게 하고 싶어요. 아시겠지만, 아이보다 더 보수적인 존재는 없습니다. 반복에 심취하는 것이야말로 아이들의 제일가는 열정이지요. 그걸 망치지 않으려면, 나는 꼼짝 않고 가만히 있어야 합니다."

우리가 보는 앞에서 아냐는 그림그리기를 멈추고 고양이와 놀아주기에 다시 들어갔다. 고양이는 왠지 시큰둥한 눈치인데, 아이가 코앞에서 흔들어대는 헝겊 토끼 인형에 적당히 관심 있는 척하고 있었다.

"아빠, 파샤가 말을 할 줄 알면 뭐라고 할 것 같아?"

"'진짜 토끼를 가져다줘, 그럼 재밌게 놀게'."

"아빠!"

"하하, 농담이야. 아마 이렇게 말할 거야, '난 너랑 같이 놀아서 좋아, 아냐. 네가 세상에서 제일 좋단다.'"

나는 조용히 일어나, 15년간 숱한 불면의 밤을 차르와 함께한 남자에게 고개 숙여 인사했다. 바라노프는 고맙다는 눈빛으로 나를 바라보았다. 사실 딸이 서재에 들어온 순간부터 그는 대화에 흥미를 잃은 상태였다. 시간을 세는 커다란 괘종시계 소리만 들리는 가운데, 나는 방들이 늘어선 복도를 조용히 빠져나왔다. 새벽의 어스름한 빛이 벽에 걸린 초상화와 카렐리아산 가구, 백자 난로들을 희미하게 비추고 있었다. 현관 문턱을 넘어 밖으로 나가자 바라노프 댁의 육중한 참나무 문짝이 등 뒤에서 닫혔다. 밖에는 고운 눈이 내리고 있었다.

감사의 말

지성과 우정 그리고 보드카 잔을 기울이며

이 책과 그 저자를 지원해준

시빌 자브리우에게 감사를 표합니다.

권력의 폐부를 겨냥한 예리한 메스

권력의 폐부를 겨냥한 예리한 메스

1

사람들은 그를 '크렘린의 마법사'라 불렀다. 수수께끼 같은 인물 바딤 바라노프는 연극 연출가로 출발해 푸틴 정권의 막후 실력자가 된 인물이다. 이른바 '차르'의 정치 고문 자리를 사임한 다음부터 그와 관련한 전설이 봇물처럼 쏟아졌으나, 누구도 그 안의 거짓과 진실을 가려낼 수 없었다. 어느 밤, 자기 입으로 모든 이야기를 털어놓기 전까지는.

이 소설은 러시아 권력의 핵심부로 우리를 끌고 들어간다. 그곳은 차르의 신하들과 대재벌들이 하루가 멀게 피 튀기는 싸움을 벌이는 격전장이다. 또한 그곳은 '스핀닥터' 바딤이 국정 전반을 한편의 정치극으로 연출하는 무대이며, 차르의 의지가 가감 없이 실현되는 현장이기도 하다. 그러나 바딤은 다른 이들처럼 탐욕에 사로잡힌 자가 아니다. 바로 자신이 연출한 점점 더 어두워지는 체제의 미로를 신음하며 헤맬 뿐이다. 방황하는 시인은 과연 늑대들의 소굴에서 탈출할 수 있을까?

소비에트 연방 해체를 시작으로 체첸전쟁과 소치 올림픽을 거쳐 우크라이나 사태에 이르기까지, 소설은 이 시대 러시아 체제의 신음하는 폐부에 과감히 메스를 갖다 댄다. 푸틴 시대의 이면을 낱낱이 파헤치는 가운데, 권력에 대한 고차원적인 사색으로 우리를 이끄는 수많은 단상이 두고두고 되새길 만하다.

2

전체 280쪽에서 250쪽 가까이 이어지는 기나긴 모놀로그의 주인공 바딤 바라노프는 실존 인물 블라디슬라프 수르코프가 그 모델이다. 푸틴의 공보보좌관이던 수르코프는 이른바 '막후 실세'이자 이데올로그로서 '주권민주주의'라는 개념을 창안하는 등, 푸틴 정권의 이념구조를 구축하여 작동시키는 주도적 위치에 있었다. 소설에선 전혀 언급되지 않지만, 둘이 동일인임엔 이론의 여지가 없다. 하지만 그 밖에 거의 모두가 실존 인물의 실명을 달고 등장함에도, 유독 주인공만 예외인 이유는 무얼까?

그의 시선을 통해서 그려지는 러시아의 실상과 인물들의 행적에 저자 자신의 가치 판단과 주관이 개입할 것이라는 해석이 가능하다. 가령 최고급 레스토랑에서 보리죽(카샤)을 주문하는 푸틴의 에피소드를 돌아보자. 알렉세이 나발니의 다큐 〈푸틴의 궁전〉(2021)이 적나라하게 폭로한 내용을 감안할 때, 그런 푸틴의 모습에선 '금욕적인 공무원' 상을 지나치게 부각하고자 한 저자의 욕심이 느껴진다. 그렇더라도 가능한 모든 종류의 데이터를 확인해가며 집필한 이 소설은 분명 픽션(fiction)를 뛰어넘어 잘 쓰인 팩션(faction)에서나 기대할 지적 충만감을 독자에게 선사한다. 소비에트 연방의 성립과 해체, 새로운 질서를 갈구하는 러시아 사회의 혼란과 푸틴의 집권 과정, 신흥 재벌에서 바그너 그룹에 이르는 권력의 기생자와 희생자들. 그 모두가 그려 나가는 숨은 현대사의 모순을, 그 비장한 내적 논리를 '이 한 권의 책'과 더불어 관통해나갈 수 있다. 사실에 근거한 발언과 행위들을 조밀하게 직조해가면서 자유와 역사, 권력과 인생의 보편적 화두를 적재적소에 던져 이야기를 추동하는 작가의 필력이 경이로운 수준이다.

3

이 작품은 2022년도 아카데미프랑세즈 소설 부문 대상 수상작이다. 모든 문학상이 그렇지만, 특히 프랑스어의 우아함과 섬세함을 기치로 내건 기관이 주관해서 그런지, 아카데미프랑세즈 수상 작품을 번역할 땐 특별히 더 정교한 보석을 들여다보거나 파이프오르간의 분산화음을 체험하는 기분이다. 단어와 단어가 암시의 망을 형성하면서 함의가 풍부한 문장들을 탄생시키는 가운데 치열한 이야기가 다각도의 이미지로 펼쳐지는, 이런 책과의 밤샘은 그 자체가 행복이다. 저자인 줄리아노 다 엠폴리는 스위스계 이탈리아인으로 프랑스 시앙스포에서 공부했으며, 이 아름다운 작품은 프랑스어로 쓴 그의 첫 소설이다.

2023. 6. 성귀수

크렘린의 마법사

초판 1쇄 발행 2023년 8월 18일

지은이 줄리아노 다 엠폴리
옮긴이 성귀수

펴낸이 김현태
펴낸곳 책세상
등록 1975년 5월 21일 제2017-000226호
주소 서울시 마포구 잔다리로 62-1, 3층(04031)
전화 02-704-1251 **팩스** 02-719-1258
이메일 editor@chaeksesang.com
광고·제휴 문의 creator@chaeksesang.com
홈페이지 chaeksesang.com
페이스북 /chaeksesang **트위터** @chaeksesang
인스타그램 @chaeksesang **네이버포스트** bkworldpub

ISBN 979-11-5931-968-6 03860